个体部落纪事

GE TI BU LUO JI SHI

范小青

长篇小说系列

FAN XIAO QING

人民文学出版社

图书在版编目(CIP)数据

个体部落纪事/范小青著.—北京:人民文学出版社,2015
(范小青长篇小说系列)
ISBN 978-7-02-010979-1

Ⅰ.①个… Ⅱ.①范… Ⅲ.①长篇小说—中国—当代 Ⅳ.①I247.5

中国版本图书馆 CIP 数据核字(2015)第 120703 号

责任编辑　包兰英
装帧设计　陶　雷
责任印制　史　帅

出版发行　人民文学出版社
社　　址　北京市朝内大街 166 号
邮政编码　100705
网　　址　http://www.rw-cn.com

印　　刷　北京季蜂印刷有限公司
经　　销　全国新华书店等

字　　数　180 千字
开　　本　680 毫米×1000 毫米　1/16
印　　张　16.25　插页 3
印　　数　1—5000
版　　次　2016 年 10 月北京第 1 版
印　　次　2016 年 10 月第 1 次印刷

书　　号　978-7-02-010979-1
定　　价　31.00 元

如有印装质量问题,请与本社图书销售中心调换。电话:010-65233595

第 1 章

"寒山屋"出了一桩性命攸关的大事体。

二十四岁的女老板邱小梅寻死路了。

八月半的夜里,大家吃月饼看月亮,乐呵惬意。邱小梅却一根麻绳吊在头颈上,荡在"寒山屋"店堂当中了。

这一夜,寒山寺弄几十家书画店家家灯火通明,外国人特别地起劲,生意特别地好做,科学杂志上讲月亮的圆缺会影响人的情绪,看起来,中国的月亮倒蛮配外国人的胃口。邱小梅的阿叔,"寒山屋"的后台股东邱荣,吃过月饼,从后院绕到前街,发现侄女的店门紧闭,敲门敲不开,邱荣一脚踢进去,就看见邱小梅的身体在月光里晃荡晃荡。

邱荣闷叫一声,连忙喊了车子把邱小梅送到医院里,医生说,哎呀,送错地方了,应该送火葬场,差一点吃了邱荣的拳头。

年纪轻轻的小姑娘,天生的一张标致面孔,又占了一块好地盘好市口,店里的生意正做得发落,前途还不晓得怎样光明灿烂呢,为啥要走这条绝路,街坊邻舍都很疑惑,没有人讲得清爽,也没有人想得明白,只有大孃孃背地里告诉过别人,说邱小梅起码有六个月的肚皮了。大嬢嬢在寒山寺门前的停车场收停车费,从停车场到寒山寺弄,第一家店面就是"寒山屋",所以大嬢嬢每日端一张小矮凳,坐在贴对"寒山屋"门面的墙角落,对邱小梅的一举一动自然看得顶仔细顶逼真,前一腔,大嬢嬢就看见邱小梅屋里的畚箕里,有一大把一大把的话梅核。大嬢嬢的话,想想是有道理的,邱小梅不光没有结婚,连男朋友也没有轧过,一个老实子囡,现在大肚皮了,难为情了,没有面子见人了,恐怕是要去寻死路了。再想想,又觉得没有道理,现在是什么世界,什么日脚①了,又不是老法里封建社会,未婚先孕的小姑娘何止一两个,面皮老老,到医院里让医生骂几声,总归要帮你刮掉的,刮掉了一身轻松,又可以重新做人了。再说邱小梅又不吃公家饭水,用不着担心敲掉饭碗头,或者开除党籍团籍,就算真是出了什么丑事体,也犯不着钻牛角尖,寻死路的,恐怕里面还有别样名堂呢。

到底是啥人闯的祸,大嬢嬢好像一点因头也没有,不过就算有点什么因头,谅她也不敢讲出来。邱荣是什么角色,绰号"老枪",山上下来的,横竖横的坯子,靠近过来,身上一股冷气,叫你不冷也会抖三抖。当年吃官司,听说就是为了杀人的案子,到底有没有杀死人,大家不敢去问他,想起来大概没有杀死,倘是杀死了,不会吃几年官司就放出来的。左邻右舍没有一个人敢当他的面讲邱小梅的事体,大嬢嬢一张嘴,比辣糊酱还要足味,在邱荣面前也会淡乏三分。

老板没有了,"寒山屋"自然要关门打烊歇生意了,这爿店市口好,贴对寒山寺山门,外国人从寒山寺观光出来,迎面就看见

---

① 日脚:日子。

"寒山屋",就一窝蜂拥过来看各式各样的工艺品,看得中意,自然会买的,"寒山屋"近水楼台总归先得月。所以,假使不出邱小梅这桩事体,上门来租店面的,作兴要踏平邱荣的门槛子,现在大家忌一脚,寒山寺附近一带的人,晓得这桩事体的,没有啥人敢来搅这爿吓人兮兮的店,赚这种寒毛凛凛的钞票。

可是,不出一个月,"寒山屋"就租出去了。

大家说,老枪这种户头,的的刮刮的中国人,从来不做日本(蚀本)生意的。

过了几日,就有人来收作"寒山屋"了,重新装修了门面,重新布置了柜台,弄得比早先愈加气派,愈加惹眼。收作店堂的人有男有女,也弄不清哪一个是新老板,只听说是住在南门的,寒山寺在苏州城西北面,人家老远八只脚从城南赶过来,吃的是寒山寺的名气,贪的是寒山寺开店的实惠。寒山寺弄得人心里很痒,上去搭讪,想把邱小梅的事体告诉他们,可是又怕邱荣晓得,那杆老枪发起火来是不得了的,权衡利弊,还是不讲为妙。所以新来的人根本就不晓得邱小梅啥小梅的事体。

外地人到苏州来,一般总归听说过寒山寺,可惜苏州白相①场所多,诸多园林又讲究细嚼慢咽,走马观花是看不出什么名堂来的。所以势必要忍痛割爱,有重点有选择地观光几个特别有滋味的地方。问问苏州的亲朋好友,寒山寺外头名气蛮响,到底怎么样,苏州人讲,哎哟寒山寺,我们是不稀奇的,日本人顶稀奇。日本人为啥稀奇,苏州人也弄不明白,顶好去问日本人。

其实,日本人欢喜白相寒山寺,归根结底还是中国人引起来的。

---

① 白相:玩。

中国人先把千年以前唐朝人写的诗传到日本去,日本人读了张继的那首《枫桥夜泊》,摇头晃脑,眉开眼笑,赞不绝口,后来,日本的小学生有一门功课就是背诵中国人的这首古诗——"月落乌啼霜满天,江枫渔火对愁眠。姑苏城外寒山寺,夜半钟声到客船"。反倒比中国人更顶真,中国的小学生恐怕还不一定背得出这首诗。当然,日本小人背起中国古诗来,自然是用的日语"黑漆嘛嗒""滑里滑嗒",肯定不及中国的普通话、广东话好听,更不及糯嗒嗒甜腻腻的吴侬软语苏州腔有味道。

相传,从前寒山和拾得在浙江天台山国清寺做和尚,两个光头一对宝货,相貌难看,衣着破烂,一日到夜痴不痴乖不乖的落魄样子,庙里其他和尚都看不起他们。有一次,新上任的台州太守请教国清寺住持丰干和尚,问他庙里啥人有真本事,丰干指点台州太守去谒拜寒山、拾得。太守上山入庙,在灶屋间里见了寒山、拾得,磕头就拜,其他和尚又惊又奇又不服气,问:大官何礼疯狂夫?太守一笑,说:真人不露相嘛。寒山、拾得据说是文殊菩萨和普贤菩萨的化身,一旦被人识破,两人手搀手,笑眯眯地说一声:丰干饶舌。双双走出。这一走,两个和尚就从浙江走到江苏,从天台山走到苏州城。在苏州阊门外,觅了一座寺庙为落脚点。这座寺庙建于南朝,叫妙利普明塔院,寒山、拾得在这里住下来,和睦相依,读诵真经,平常日脚对周围的老百姓施药舍茶,深得大家爱戴。后来拾得外出云游传道,一直走到日本。师兄弟互相想念,就用钟声来传递思念之情,虽说两人相隔千山万水,但水能传声,钟声漂洋过海,把两个人的心连在一起。拾得在日本传道很受欢迎,被日本人尊为能人,拾得说:真正的能人是寒山。日本人就派了使者过来邀请寒山,可惜来迟了一步,寒山已经升了天,结果就请鉴真大和尚东渡日本了。寒山圆寂以后,老百姓为了纪念这个好和尚,就把那座寺院改叫作"寒山寺",后来又塑了寒山、拾得两尊塑像。因为两个人始终和和合合,所以又被称作"和合二仙"。苏州城里老百姓逢到屋里办喜事,一般都要挂一幅和合二仙的画,祝愿新婚夫妻情投意合,白头到老。

一直到现在,寒山寺里的这两尊塑像仍然十分受人尊崇,现在庙里的和尚在像前放了一只很大的化缘柜,游人到此,无论是中国人还是外国人,大多心甘情愿地扔几枚铅币进去,这可不是看现代和尚的面子,而是投给寒山、拾得的。

所以,无论是传说中的寒山寺或者诗里写的寒山寺,还是眼门前的现实的寒山寺,它的名气都是名副其实的。苏州人之所以不怎么稀奇寒山寺,倒不是因为寒山寺本身没有花露水,有句古诗讲:不识庐山真面目,只缘身在此山中。苏州人不稀奇寒山寺,恐怕也是这个道理吧。

苏州人对名扬四海的寒山寺没有什么感触,可是对寒山寺前的一条既狭窄又破旧的石卵小巷倒是十分感兴趣。

这条小巷叫寒山寺弄,就在寒山寺山门前,要说这条巷子,总共不过几百米长,两排民居也是极普通极平凡的,实在没有什么突出惹眼的地方。但是,自从三年前邱荣从监牢里放出来,在自己屋门口开出了第一爿书画店,这条巷子就有些不一般了。邱荣在店里出售各种有苏州特色的民间工艺品,比如双面绣、檀香扇、红木雕刻等,专门挖外国人口袋里的五颜六色的钞票。老枪一牵头,一两年工夫,这条小弄堂里,一家接一家地开出了几十爿书画店,商品种类越来越多,花头经越来越多,惹得外国人眼花缭乱,惹得中国人眼热心跳。

老话讲,靠山吃山,靠水吃水。可是寒山寺弄的住家,靠庙靠了几世几代,却从来没有靠到点什么好处,想想真是气不落。现在的和尚也不比从前的和尚了,从前寒山、拾得与人为善,仁慈大方,现在的和尚一个个贼精,做的佛事,想的俗事,也同平头百姓一样,铜钿眼里翻跟头,真是世风日下,连和尚庙也逃不脱。

书画店兴起来,无疑成全了这一带的居民,寒山寺弄的风水也转过来了。胆子小一点的,不敢甩掉铁饭碗自己开店的,就把面街的房间租出去给别人开店,房租越涨越高。9号的张家里,一个月的房租收到三百五十元,坐得其利,实惠惬意,也用不着担什么风险,房钿喊得高一点,反正是两相情愿的,又不犯法。当然,自己开店的像邱荣这种角色,那个赚头更不用谈了。邱荣开店两年,就积了几万块,派头大得不得了,一爿"寒山屋"就送给侄女邱小梅,自己跑到城南角盘门另开了一爿店,钞票恐怕赚得七荤八素了。

邵小梅一根绳吊煞,左邻右舍心里有一种呜啦不出的滋味,想想小姑娘为人不错,不应该报应到她身上,看起来阎罗王有辰光也是糊里吧涂、不明是非的。怪来怪去只有怪到邱荣头上。倘是邱荣不开什么书画店,倘是邱荣不是这种狠天霸地的人物,倘是邱荣没有赚到几万块就不会把"寒山屋"送给邱小梅,也就不会弄出这种人命事体来。

十一月初头的一个大日头天,大清早寒山寺弄里"噼里啪啦乒乒乓乓"放了一阵炮仗,烟雾腾满了一条巷,"寒山屋"重新开张了,大家端了粥碗奔出来看。

新老板沈梦洁身穿大红的西装套裙,施了淡妆,落落大方立在店门口,同大家打招呼,学日本人的样子,嘴巴里一连串的"请多多关照""请多多关照",比邱小梅更加漂亮更加风流更加有台型。

"又是个女人……"

一号宅院里的唐师母因为身体不好,深居简出,不临市面,经常会大惊小怪:"哎哟哟,红得嘞,耀眼得嘞,妖骚得嘞……"

大孃孃见多识广,早已经打听到了新老板的名字和性别,她朝唐师母甩了一个白果眼,不以为然地说:"哎哟,这有什么稀奇,这种料子又不是全毛的,中长花呢碰顶了……"她看见沈梦洁在同她点头,连忙抬高了嗓音:"沈老板身架子好,这套衣裳服帖的……"

"年纪轻轻的小姑娘,都来做老板,现在外头的小青年,真是不得了,这个沈老板,看上去比邱小梅大不了几岁的……"

"哎,她晓得不晓得邱小梅的事体?"

"唉唉,女人做生意,现在的女人越来越狠了,不比从前老法里……"

"标致女人开店,没有花头经是不敢吃这碗饭水的,总归有好戏在后头呢……"

这句话得到了大家的一致赞同,好戏在后头,他们要看看这个比邱小梅更胜几分风流的摩登女人,怎样唱戏,怎样做戏。

沈梦洁立在"寒山屋"门口,迎接各种各样的目光。她晓得大家在咀嚼她、消化她,不过她一点也不在乎,也不想去打听这些人神神秘秘鬼鬼祟祟到底在议论什么。

看热闹的人,一直围了好长辰光才慢慢地散了,只留下大孃孃他们几个坚守阵地。

第一批客人的旅游车到了,大孃孃过去收了停车费,又走过来坐在小矮凳上,直逼逼地盯住沈梦洁,开始同她攀谈。

"沈老板,你的生意马上要来了,这帮日本人,白相过寒山寺,就会过来的。哎,你会不会讲日本话,我教你一句怎么样,'衣那沙……'你晓得这是啥意思,就是先生,这只货色便宜来兮,嘿嘿……"

沈梦洁忍不住笑起来,这个女人看上去五十出头了,虽然一身俗气,倒蛮热心,也蛮发松,她突然想同她寻寻开心,就讲了几句日语,弄得大孃孃呆木头一样朝她看。

憋了半天,大孃孃才回过神来:"你,你沈老板,你会讲日本话的?哎哟哟,沈老板,看你不出,你肚皮里倒蛮有货色的……"

沈梦洁得意地一哼:"我读过大学,专门学日本话的……"

她读的是职大,也算是大学,可惜牌子不硬,不过同大孃孃这种人还是不要太谦虚,这个女人一看就晓得是那种欺软怕硬的户头。

大孃孃听说沈梦洁大学毕业,更加惊奇:"哎哟哟,大学生也来做这种生意,你为啥不去做公家的事体呀?"

这句话顶戳沈梦洁的心境了,她不想同大孃孃谈这些,她晓得,讲出来,大孃孃也不会明白的。

当初沈梦洁在单位里工作得蛮出色,她高中毕业没有去考大学,因为自己有本事,很快就进了厂的技术科,做描图员,工作惬意轻松,面孔上还有光彩。有一日她困梦头里醒过来,突然心血来潮要去学日语,要去读大学了。她先斩后奏去报名,参加了职大的考试,结果考中了,再回头同领导商量,领导想不落,说描描图线,用不着学什么日本话,实在要学就业余学吧,厂里人手紧,放不出。沈梦洁一口气别不过来,就自说自话不上班,到职大去读书了,心想等我毕业了,有了吃硬的文凭,看你厂里要不要。可是当她神气活现地拿了文凭去寻厂长的辰光,厂长坚决不要,说是已经除了名。沈梦洁去告厂长,告不赢,结果总归自己吃亏,不光工作无望,档案上还添上一些"自由化""作风××"之类的评语,害得她到处自荐,又到处碰壁。她到外事部门、外贸部门、外经部门上上下下来来回回奔了一年,一点缺口也没有打开。沈梦洁对自己的估价从来是很高的,她总归觉得自己是一个人才,一门心思要表现出这种高人一等的天赋和本事。在接二连三吃败仗的情况下,她终于选择了个体户这样一个位置,尽管她自己对这条路成功与否也只有百分之五十的把握,但是她要尽最大的努力,把百分之五十的把握变成百分之一百的现实,她要在这个特殊的位置上,最大限度地体现出她的价值。她的目标很明确——赚钞票、发财。

沈梦洁的这个决心,并不是长期酝酿成熟的,而仅仅是在同邱荣谈了一次话以后就做出的,一次在一个画家朋友的家庭舞会上,那个不走运不得意的画家告诉沈梦洁,他的画现在有出路了,通过一些个体书画店卖给外国人,收入很可观。后来他们谈了个体户书画店的许多事体,有人无意中提到一句,听说寒山寺门前最好的一个市口关门打烊了,谁要是租到那个店面,重新经营,肯定会有前途的。说者无意,听者有心,沈梦洁办事体一向干脆利落,她马上托人介绍认识了房主邱老板。

邱荣和沈梦洁,属于两种完全不同性格的人,如果说沈梦洁像一团火,那么邱荣恰好像一块冰,可是两个人却有一种一见如故的感觉,一个话多,一个话少,却谈得很投机。沈梦洁执意要租邱荣的"寒山屋",邱荣反而劝阻她,可他的那些淡漠的毫无感情色彩的劝阻,反倒更激起沈梦洁在个体户行列中干一番事业的热情和好胜心。沈梦洁一直想打听"寒山屋"关门的原因,邱荣却一直回避,只字不吐。沈梦洁后来终于说服邱荣把这爿店租给她,店名仍用"寒山屋",沈梦洁很喜欢这个名字。

当她作为"寒山屋"的老板立足在这块地方的辰光,她以为这是她一生中最清醒的辰光,过去的那许多追求,名誉、地位、文凭,都很空很虚,只有金钱才是唯一真实的东西。

"哎,"大孃孃压低嗓音问沈梦洁,"你是怎么认识'老枪'的?怎么认识的?"

"老枪?谁老枪?"沈梦洁脑袋一转,马上明白了:"老枪,邱荣叫老枪,对不对,啊哈,老枪,啊哈哈哈,老枪,这个名字真有意思……"

大孃孃皱皱眉头说:"你怎么,会去租他的店呢?……"

沈梦洁眉毛一挑,等她的下文。

"这个人,山上下来的,你倒相信他……"

"咳咳!"对面弄堂口卖五香茶叶蛋的郭小二干咳了一声,打断了大孃孃的话,"喂,你讲闲话牙齿足足齐,摆点灵魂头在身上,你想触老枪的壁脚,你不怕老枪放你的血?……"

大孃孃翻了个白眼,但果真不再说什么了。

沈梦洁说:"怎么,老枪这么凶,你们这样怕他?"

郭小二见来了一批游人,连忙喊:"茶叶蛋,五香茶叶蛋……"

游人朝锅子里黑乎乎的茶叶蛋看看,摇摇头走开了。

沈梦洁同郭小二寻开心:"喂,你茶叶蛋里放的什么作料,这么香啊?"

大孃孃说:"啥人敢吃他的茶叶蛋,你看他那套家什,龌里龌龊,几层老垢,你看他那双手,墨漆黑,腻心兮兮,啥人敢吃他的茶叶蛋……"

郭小二一点也不动气,贼忒兮兮地说:"我是卖相龌龊,肚皮里清爽,不信你尝一个……"

大孃孃"呸"他一声,回头对沈梦洁说:"日长世久轧熟了你就晓得这个小鬼三了,早先一家人从苏北逃过来,现在爷娘全没有了,留他一个独卵种,吹牛山一等功,做点事体不像脸,懒虫一只,从来不想心思不动脑筋怎么多赚点钞票,二十好几岁的人了,也不想想讨女人的事体,真是个江北胚子……"

沈梦洁发现这两个人虽然在斗嘴,但感情倒不错,大孃孃啰里吧唆,像做娘的在埋怨不争气的儿子。

郭小二仍旧笑眯眯:"江北人江南人全是中国人,有钱人无钱人全不是太空人。"

沈梦洁笑他:"你倒样样看得蛮像,可以进寒山寺做和尚了。"

郭小二顶真地说:"我是进去过,问他们收不收,人家秃头直摇不肯收。我告诉你,现在做和尚也要开后门的,要有熟人关系的。有一日夜里不晓得啥地方来了一个小赤佬,立在寒山寺山门口不肯走,和尚要赶他,后来庙里那个顶老的老和尚出来一看,呆了一歇,连忙说:'认得的,认得的,进来吧,进来吧,嘻嘻,作兴是那个老和尚的孙子呢……'"

大孃孃"扑哧"一笑:"小猢狲,瞎三话四,和尚哪里来的孙子?"

"哎哟,大孃孃,你不要一本正经了,你又不是不晓得,现在的和尚惬意煞的,吃鱼吃肉,结婚养儿子。上次有个小和尚告诉我,他们还跳迪斯科呢。小和尚还讲,老和尚全是假正经……"

大家一起笑起来,连那个立在1号大门口晒太阳的钱老老也笑了。

钱老老一边笑一边踱过来,走近沈梦洁,盯牢她看了一歇。钱老老突然叹了一口气,说:"你蛮像我的女儿……"

沈梦洁想不到钱老老会讲这种话,一时头倒不晓得怎样对话了。

大孃孃凑近些说:"钱老老,你想女儿想昏了,人家沈老板金枝玉叶,你想揩便宜啊?"

钱老老好像没有听见大孃孃说什么,又盯着沈梦洁看了一歇,才慢慢地摇摇头,说:"不是,不是,不是我的女儿……"

沈梦洁问他:"你女儿在啥地方?"

郭小二插嘴说:"他女儿在北京呢,做唱歌演员呢,酒干倘卖无,我们钱老老是一只倒干酒的老酒瓶……"

大孃孃马上反驳:"你又瞎说,倒干的老酒瓶穷得答答滴,钱老老有的是钞票,对不对,钱老老?"

钱老老点点头:"有钞票有钞票,钱笃笃留给我的,钱笃笃是我十八代上的老祖宗,钱笃笃的女儿多少风光,我的女儿也就有多少风光……"

沈梦洁被钱老老的发噱滑稽相引得又一次发松大笑。正笑得开心,看见有两个日本人从寒山寺出来,对这边指指点点,走了过来。沈梦洁连忙走回店堂,开始接待开张后的第一批主顾。

日本人刚刚踏进店堂,一个高个子的翻译就急急忙忙地追了进来。日本人把货架和柜台里的货扫瞄一遍,然后集中目光凝视着一幅桃花坞木刻年画,这是一幅屏条画,画的是一个民间传说故事。

翻译趾高气扬地用中国话问沈梦洁:"这幅画值这么多钱吗?"

沈梦洁看了翻译一眼,没有理睬他,却直接用日语同日本人高谈,她告诉那两个目瞪口呆的日本人,这种桃花坞木刻年画已经衰落很久,差一点失传,在中国购买这类画的大部分是农民,一般的知识阶层是不欢喜这种俗气的年画的。但这种画在土俗之中，充溢着浓郁的民风民俗，是很难能可贵的。

日本人很精明，尽管十分赞叹沈梦洁能讲如此流利的日语，但并没有买这幅画。这和那位翻译有很大关系，翻译竟然当着沈梦洁的面告诉日本人，这种画街上书店里有的是，价格起码便宜一半以上。

沈梦洁恨透了这个翻译，是他给她的开张之喜浇了一盆冷水，其实即使做了这笔生意，也只不过有几块钱的赚头，可是中国人相信兆头，像沈梦洁这样的开放的现代女性也不例外。

日本人走出"寒山屋"店堂的辰光，沈梦洁听见翻译对他们说："走，到对面店里看看，那边的货比这里的好……"

沈梦洁气得差一点骂人。

和"寒山屋"贴对的店名叫"吴中宝"，老板是个又黑又瘦的青年，大家叫他黑皮。黑皮貌不惊人，做生意却有一套本事，前一阵不晓得从哪里花来一个十八九岁的小姑娘，说是轧的女朋友，黑皮领她去开了双眼皮，修了眉毛，钻了耳朵洞，打扮得像台上唱戏的，又哆又艳，小姑娘本身又有几分妖媚，人称"骚妹妹"。骚妹妹学了几句简单的外语，她的任务就是立在店门口，看见外国人来，就装扮出一张笑面孔，要笑得外国人心里发酥，美国人来了讲一声"先生您好"，日本人来了讲一声"货色很硬气"，香港人来了讲一声"东西很便宜"。骚妹妹帮黑皮拉了不少生意，黑皮待骚妹妹自然不薄，新衣裳新行头一套一套地翻，惹得附近一带的小姑娘对骚妹妹既眼热又嫉妒，背地里讲了不少难听的闲话。骚妹妹人小气量倒蛮大，从来不同别人计较，在外人面前总是一张笑面孔。

沈梦洁眼看着两个日本人在翻译的唆使下到黑皮的店里去

了,又看见骚妹妹嗲兮兮地上前说了几句夹生日本话,肚皮里又好气又好笑,想想现在做生意五花八门,也是一门学问,复杂、深奥、微妙,大有钻研头呢。

沈梦洁立在店门口想心思,有人走到她面前,喊了她一声,她回过神来,很吃惊地看着来人:"唐、唐老师……你,怎么在这里?……"

沈梦洁在职大学日语的辰光,唐少泽做过她的老师,后来唐少泽调走了,听说到外事部门去了。

唐少泽笑笑说:"我怎么不能在这里呢,我的家就在这里面……"

"你……"沈梦洁明白了,寒山寺弄31号宅院里的唐家,就是他的家,唐师母是他的姆妈,那个叫唐云的小姑娘,大概是他的妹妹。

唐少泽点点头,说:"我听说邱荣的店面租出去了,可想不到是你租的,真巧啊,你怎么也做起个体户的事体来,赶时髦?"

沈梦洁无所谓地说:"就算是赶时髦吧,赶时髦也有好处的,你说呢……"

唐少泽好像有点不自在,停了一歇,又笑着说:"就是,我也去赶了时髦,到旅游局当了翻译,天天和外国人打交道,准确地说是和日本人……"

沈梦洁"哦"了一声,想起刚才那个高个子的翻译,心中不由一动,但没有说什么。

唐少泽关心地问沈梦洁:"你现在就住在这里?"

沈梦洁出了一口气:"和你做邻居了,我的煤炉和你们家的煤炉靠在一起,你姆妈还有点意见呢。"

寒山寺弄1号宅院在这条巷子里算是一座比较大的建筑了，大天井南边是一排开的四间房子，西侧有两间偏房，现在的"寒山屋"和隔壁的一间屋子在天井北边，是前几年邱荣造的，这一边原先是一堵围墙，邱荣改造了，把大门移到东边。造了这两间面街的平房，西边的一间就是"寒山屋"，东边一间是邱荣的住房，不过现在邱荣很少回来住，房间几乎一直空着。

沈梦洁盘下"寒山屋"开店，离家很远，书画店的生意又是夜里好于白天，她自然要住在这里了。床就搭在店堂后面，用布帘和店堂分开，煤炉灶具挤进天井后面公用的灶屋间，灶屋间本来已经很乱了，现在又加进一套灶具，大家终归是不舒心的。

前面是堂皇繁杂的店堂，面对着无数中外游人，纯然一派旺盛景象，而在这热闹的背后，宅院里仍然是闭塞的、破旧的、狭窄的，仍然是俗气且平淡无味的。

沈梦洁的起点正是建立在这两个极不协调的现象之中。

唐少泽看看沈梦洁柜台里和货架上的物品，问："这些货，都是邱小梅留下来的吧？"

"邱小梅，就是原来的店主吧，哎，到底是怎么回事体，怎么会关门的呢？"

"这……我、我也不大清爽。"唐少泽支支吾吾，连忙岔开话题："听说邱荣房租收得不高，你同他原来认识吧。"

"不，不认识，是别人介绍的。哎，你和邱荣是邻居，你和他熟悉吧，这个人到底怎么样，我听说有不少人怕他，他真的那么凶啊？"

唐少泽没有回答沈梦洁的问题，却顺手拿起一把小绢扇，翻来覆去地看。

沈梦洁也没有再追问他，唐少泽毕竟做过她的老师，尽管她头脑里很少有师道尊严的束缚，但她总不能对唐少泽穷追不放。何况，唐少泽还是一个相当帅气而又成熟的男人。

唐少泽却突然说："我和邱荣不仅是邻居，还是同学，从小学一年级到高中二年级，又一起插队，后来……"

"后来怎么样？"沈梦洁熬不牢追问了一句。

"后来——就分手了，我回来了，他——再后来，他也回来了。"

沈梦洁看得出唐少泽有心事，在谈到邱荣的辰光，他总是很沉重。沈梦洁并不想刺探别人的隐私，但却抑制不住地想听听邱荣这个人的事体。

唐少泽看了一下手表，说了句"我还有事"，便匆匆地走了。

唐少泽刚走，郭小二对着他的背影说："奶油五香豆。"

沈梦洁哈哈大笑，笑得渗出了眼泪。

大孃孃不等沈梦洁笑停当，就凑过来对她说："沈老板，我提醒你一声，这个唐少泽你不要去惹他，他自己人倒不促狭苛刻，他的女人，是只雌老虎，又是醋罐头，不许男人同别的女人讲闲话的，给她看见了，骂起人来，我们老太婆听了也要红面孔的……"

"他老婆是做啥事体的？"沈梦洁不由来了兴趣。

"啥人晓得她做啥事体，总归是惬意事体，靠了爷老头子的牌头，你不晓得，唐少泽的老丈人是市里的大干部，那个女人了不起了，猖狂得不得了，每次到阿婆屋里来，把我们街坊邻居从来不放在眼里的，唐老太婆只配给她话吃，开出口来就教训人，算什么干部子女，一点点教养也没有的，一点点道理也不讲的……"

"她要是看见她男人同我讲话，她会来骂我？"沈梦洁有意寻开心。

"哟,你试试看,你行行看,上次邱小梅给她骂得哭起来,还有对过的骚妹妹喏,三日两头吃她闲话的,不过骚妹妹反正面皮厚,钻子钻也钻不进的……"

沈梦洁一点也想不出唐少泽到底讨了个什么样的女人,大家正在讲闲话,有个农民模样的男人背了个大包裹走过来。

郭小二同他打招呼:"喂,尖屁股,今朝又来推销什么货色啦?"

大孃孃就急急忙忙地地道道地告诉沈梦洁,这个乡下人是附近农村里的,自己会做双面绣,专门到这里来兜售,他的物事价格便宜,但货色蹩脚,因为这个人长得獐头鼠目,脑壳子尖兮兮的,为人又精明,辰光长了,大家熟了,这里的人都叫他"尖屁股"。

乡下人看见沈梦洁,眼睛一亮,连忙笑着迎上来:"哟,你是这里的新老板,怎么样,看看货色,不会叫你吃亏的……"一边说一边就解开包裹,拿出一只仿红木架子的十六圆双面绣,绣的是小猫扑蝶,倒还算逼真可爱,可是针脚不匀,色彩也不协调,仿红木架子做得很粗糙。

沈梦洁摇摇头。

乡下人凑上去说:"再看看,再看看嘛,价钱我们好商量的,喏,这种十六圆的,只讨你四十块,你出手七十块是笃定的,像你这样好看的大小姐,笃定还可以多卖十块……"

沈梦洁气不落,又不想同这种人计较。早几年工艺品刚刚复兴的辰光,这种仿红木架的双面绣还可以骗几个钞票,现在早已经被人家看穿了,三钱不值两钱,人家正规的刺绣厂,或者刺绣研究所出来的真货,十六圆的也不过一百多一点,啥人还肯出七八十块买一尺蹩脚货,外国人又不是猪头三。

这个乡下人是个牛皮糖,还在黏:"来来来,拣一拣,尽拣不动气,拣了不中意不买也不关账的,来嘛来嘛……"

沈梦洁现在根本用不着进货,原来店里的现成货堆了不少,邱荣转给她,讲好只收本钱,赚头全归沈梦洁,这是非常优惠的了,按照一般规矩,赚头起码七三分成,天下是邱荣打下来的,这些货是他们千辛万苦弄来的,还要贴出好处费,分三成赚头完全应该的,连沈梦洁也不明白邱荣为什么这样优待她,总不会真的因为面孔生得比别人标致一点吧,倘是面孔标致真的有用场,为啥她在社会上到处碰鼻头呢?

乡下人又磨了一歇,看看沈梦洁仍然无动于衷,捎起包裹到对面黑皮那里去推销。

乡下人在"吴中宝"店面口,刚刚讲了几句话,就高声叫了起来:"真的,你讲的?十六圆十块一只?你小子,你小子良心太黑了,我本钱也不给我了,啊……"

黑皮沙哑着喉咙阴阳怪气地说:"哎哟,尖屁股,干吗煞有介事的?你这点成本,骗别人骗得过你骗我骗不过的……"

"天地良心,你想想看,光光做工要花多少,我家主婆绣一张,要四日天。还有,这只架子,你看看,做工不容易的,现在的断命丝线也贵煞人,我不骗你们的,真的,我不骗人的……"

黑皮哈哈一笑:"不骗人,不骗人你靠什么吃饭,真正……"

乡下人终于变了面孔,不再哀求了:"你闲话讲讲清爽,啥人骗人,啥人骗人,你骗人还是我骗人?"

黑皮宽宏大量地笑笑:"你骗人,我骗人,我们大家都骗人……"

骚妹妹"咯咯"地笑。

乡下人还是一肚皮的气："你们不要欺侮我们乡下人，你弄得我火起来，到工商局去揭你的老皮，你那点名堂，那点交易，不要当我不晓得……"

黑皮笑得更开心："哎哟，看你那张面孔，工商局局长是你大爷，吓煞人了。你去呀，你现在就去呀，你去叫工商嘛捉我吃官司呀……"

乡下人无可奈何地看着黑皮和骚妹妹，不再拉直喉咙喊，只是叽叽咕咕地说："城里人城里人，真是没有道理的，我是没有这笔本钱，有这笔钞票，我自己也来开爿店，做点像样生意给你们看看……"乡下人一边发牢骚，一边朝前面走，又到其他店里去推销了。

太阳眼看着落了下来，沈梦洁有点无聊，回到店堂里坐下来，大孃孃郭小二他们还在有一搭没一搭地瞎嚼。沈梦洁的情绪低落了，开张第一日就这么没有生气，总共卖掉一块丝绸围巾，净赚二块五，勉强三顿吃饱肚皮。她突然有点泄气，不敢展望前景。

夜里快要打烊的辰光，一阵纷乱而清脆的自行车铃声由远而近，沈梦洁听出响声不一般，抬头一看，是她的一帮朋友来看她了。

沈梦洁的朋友很多，有画画的，有写诗的，有写小说的，也有喜欢音乐的，可惜一个成名成家的也没有，全是一帮落魄不羁的户头。这群人拥到"寒山屋"，各人拿出一包吃的东西来，有高级饮料，有西洋糕点，也有中式熟菜，在狭小的店堂里摆开了一顿丰盛而杂乱的夜餐。

吃过夜餐，大家又跳舞，直到尽了兴，才一窝蜂地跨上自行车。沈梦洁立在店门口送他们，自行车铃声由近而远，最后终于消失了，留下的只是黑夜中的一片寂静。

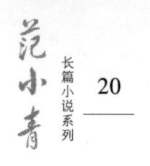

沈梦洁怎么也困不着,热闹过后的宁静是最令人沮丧的。

慢慢地,她好像听见很远的地方有一种奇怪的声音,她屏息凝神地听,这声音忽强忽弱,听不清是什么声音,如泣如诉……夜深人静,声音渐渐地近了,近得好像就在她门前屋后。过了一歇,又远去了,过一歇,又近了,又远了,好像在随风飘荡。

沈梦洁开始非常害怕,躲在被窝里,又想叫又想哭,后来,很奇怪,这个飘忽不定捉摸不透的声音倒成了一首催眠曲。沈梦洁正是在这催眠曲的音乐里慢慢地困着了。

第 2 章

铃木宏是夜里八点在东京上的飞机,两个钟头以后准点到达上海虹桥机场。

跨下舷梯,就有三四个中国人迎上去自我介绍,是苏州旅游局的工作人员,负责全程接待日本代表团,翻译是个年纪很轻的小姑娘,长得蛮标致,穿得既鲜艳又洋气,可惜日语说得不怎么样。一想到在中国所有的活动将由这个嫩嗒嗒的小姑娘陪同,代表团里有几位先生就有点担心,出国一趟并不很容易,总想尽量多看一点,多听一点,多了解一点,翻译的水平可是至关重要的。

双方客气了一番,日本客人就被领上一辆日本进口的大轿车,从上海直奔苏州寒山宾馆。

到达寒山宾馆,已是后半夜一点多钟了,铃木宏由一个挤出满面笑容的服务员领进了他的房间。他在沙发上坐了一刻钟,就到卫生间放水,幸好还有热水,可惜水有点发黄,不晓得是水管子生铁锈了,还是锅炉有什么毛病,铃木宏犹豫了一下。他突然想起十几年前他在农村的小河里洗河浴,脚底下踏着泥河泛起一股一股的污泥浊水,不过那辰光他不叫铃木宏,叫张宏。

他还是下了池子，泡在温吞吞的热水中，浑身一下子松软了，惬意得想在这个池子里困一会儿。

洗了澡，他看见茶几上有中国袋装泡茶，忍不住泡了一杯，开水不烫，恐怕还是隔天早晨的，到后半夜自然泡不开茶了，这也难怪服务员，啥人想到有人半夜三更要吃茶呢。铃木宏想按呼叫铃叫服务员换瓶开水来，可一转念头，又打消了这个主意。他到日本有近十年了，可是仍然改不了吃茶的习惯，工作疲劳了，情绪波动了，心情烦躁了，泡一杯老浓茶，滚烫滚烫地喝一口，就有一种飘飘欲仙的感觉。

铃木宏没有上床困觉，在沙发上打了个瞌睡，很快就醒了，一看手表，五点刚出头，在日本他每天五点就起来了。他总觉得自己对睡眠的要求同别人不一样。天快要亮了，铃木宏不想再睡了，拿出随身带的一本中文书《神仙·佛的故事》看起来。

有一则故事，说从前有一个女子，一个人独居家中，有一夜隔壁和尚庙里的一个奸僧闯入她的卧房，欲施暴行，女子宁死不从，奸僧杀了女子，断其级，携带而去。正巧这一天，这女子的舅舅住宿在这里，所以被人怀疑是他杀了外甥女，于是被捉进官府。因为寻不到女子首级，拿不到物证，官府便严刑逼供，要他交出首级。舅舅的女儿看不过父亲受刑，回去叫人带了自己的首级送到官府，此时官府才觉得此案有疑，夜里便焚香祷告城隍神，求神指示。城隍神果真托梦指点迷津，害杀女者某僧，女首在佛腹中，官府即去庙中搜查，果然在佛腹中搜得女首，遂释放了舅舅，捉拿了奸僧，并为两个女子立了双烈庙。

铃木宏读了这则故事，心里有种说不出的滋味，只觉得透不过气来。他从沙发上立起来，想调节一下情绪，这辰光，电话铃响了。

是那位女翻译,悦耳的音色和不准确的日语一起送到铃木宏的耳朵里,是通知他第一天的活动安排——参观市内园林,六点早餐,七点出发。

铃木宏放下电话,心情仍然被那个故事纠缠着,很沉重,那个奸僧,那两个女子的首级搅得他很不舒服。他不想去看市内园林,那园林他都很熟悉。他要尽早地到寒山寺附近转转。刚才电话里忘记问一问翻译小姐,游览寒山寺是在哪一天。最后他决定第一天不随团活动。

吃早饭的辰光,他把这个决定告诉陪同人员,他们很吃惊,探究地看着他,铃木宏不想多说什么,只推托身体不适,那几个人连连抱歉。说日程安排得太紧了,又说过几日倘有空闲,可以专门陪他去,等等。

铃木宏终于应付过去了,等代表团上车走了,他又回房间呆坐了一会儿,才坐电梯下了楼,慢慢地在宾馆周围先转起来。

寒山宾馆是一家新开张的三星级宾馆,在苏州城里,算是超一流的宾馆了。

寒山宾馆建在离寒山寺一里远的枫桥北侧,依桥临水。宾馆前的一塘河水十分清静。据说从前这里水面很阔,水流甚急,行船是很危险的,一般行船至此,总要先祷于天,方才敢过,所以当地人称这地方叫娘娘滨。有一年铃木宏和另外两个摇队青年摇船从娘娘滨经过去苏州城里装大粪,那辰光他们是不信天命信革命的,没有祈求娘娘护佑,结果船翻了,三个人九死一生爬上岸来,惊恐万状。

现在这娘娘滨倒是风平浪静的,也很少有小船过往,那种横冲直撞的挂帆船勇猛无比,看上去是不避邪,不忌讳的。

造寒山宾馆的这块地方,原先是一片荒坟野地,天一黑,就没有人敢走近。有一对小青年轧朋友,没有地方亲嘴相面孔,夜里钻到坟堆里,结果不晓得看见了鬼还是看见了人,吓得逃回来。自从寒山宾馆造起来,那种阴森森的气氛一扫而光,这地方闹猛起来了,宾馆楼顶上有夜花园,电梯一乘,眨眼就升到十五层,在楼顶花园叫杯雀巢咖啡咪咪,望远处看看苏州城的夜景,朝近处看看寒山寺的黑影,别有风味。所以不少住在城东城南的人夜黑几十里路也愿意奔过来,到楼顶花园尝尝鲜。

铃木宏踱出宾馆,朝枫桥走过去。这个地方他很熟悉,除了这家新造的宾馆,其他一切他都烂熟于心。到日本以后,他经常做梦回苏州。每一次梦中的苏州都是在寒山寺、枫桥这一带。他曾经在枫桥镇边的农村插了九年队。他苏州老家一个人也没有。农闲了,没有地方去,他们就跑到寒山寺这边来野白相。那辰光,寒山寺是不开放的。古黄色的围墙和漆黑的大门给人一种既恐怖又神秘的感觉,他们就爬围墙翻进去,寺里杂草丛生,一派荒凉景象,趴在大殿的门缝往里看看,寒山、拾得的塑像披了一层厚厚的灰尘。寺内不少碑刻被凿得面目皆非,终归是红卫兵的杰作。

铃木宏登上四十几级桥阶,站在枫桥上,脚下是江南大运河的一支重要支流,枫桥其实是一座很普通的单孔石拱桥,在江南水乡这种桥是不稀奇的,一般老百姓叫作三里桥、九里桥的,大多数就是这种单孔拱桥。枫桥的得名和出名,自然要归功于张继的那首诗。这首诗,把原来的封桥变成了枫桥,把一座平凡的石桥吹得神龙活现。苏州城里比枫桥有价值的古桥多得是,像五十三孔的宝带桥,被称为三吴第一桥的万年桥,有一百多级台阶的吊桥,桥栏杆雕刻了一百头石狮子的百狮子桥等,可是大家偏生说,"画桥三百,枫桥独有名",这大概也叫吃名气吧。

枫桥的桥坡紧连着铁岭关。明朝辰光,苏州军民为了抵抗倭寇(其实就是日本强盗)的侵扰,在苏州城四郊筑关设防。枫桥一带是西面的重要关口,建了铁铃关,就在城西设了一边坚固的屏障。当年在苏州其他几个口子上设的敌楼,后来全塌毁了,所以,铁铃关就成了苏州唯一遗存的抗倭遗迹。早几年,铁岭关也已经破落得不像腔了,一般的人都不敢爬上来看西洋景。现在铃木宏重游故地,发现铁铃关已经修复一新,游人如织了。

铃木宏站在桥头,迎着凄厉的秋风,心里苦滋滋的,没有那种故地重游的甜丝丝的感受。当年他离开故乡去日本的前夕,特意到这里来转了一圈,他怎么也不会想到,当他重新站在枫桥上,心情竟是这样的恶劣,郁愤压抑,焦躁不安。

那一年,他从乡下回苏州城,在一爿集体工厂上班,混得很不起劲。到一九七九年,突然有一天从日本东京寄来一封全部用汉字写的信,是他的同父异母弟弟铃木诚写来的,弟弟告诉他,父亲已经去世了,临终前父亲留下遗言,把全部遗产留给大儿子。现在铃木诚希望哥哥回日本继承遗产。如果办出境手续有麻烦,弟弟可以在日本帮他做一点努力。

他根本不相信这封突如其来的信上所说的一切,他也没有见过日本父亲和这个弟弟,他从小和中国母亲一起生活在苏州,母亲后来在"文革"中死了,就剩下他一个人,他晓得在日本还有他的亲人,但三十年中,只有过一次联系,他的父亲五十年代初回日本后,在日本又讨了女人,曾来过一封信向母亲问好并打听他的情况,母亲没有回信,就这样断了关系,也就刈断了他对日本的思念。一方面他不相信这封信,但在他内心深处却又相信这是真的。但他不明白那个日本老头为什么会把钱留给他,是觉得对不起他的母亲,还是因为他是长子,或者其他什么原因。他也不明白他的弟弟铃木诚怎么就心甘情愿地遵守父亲的遗志。

他终于弄清爽了这一切都是真的,他终于被那个陌生的国土吸引去了,当然,吸引他的还有那些并不陌生的金钱。

他带着老婆刘琴芬、儿子张阳只坐了一两个钟头的飞机,三个中国人就变成了三个日本人,张姓刘姓也统统变成了铃木姓。

他已经没有机会再去了解那个使他变成了有钱人的日本老头,但他却慢慢地了解了那个叫铃木诚的日本青年。

铃木诚在日本一家实力相当雄厚并且很有希望的跨国公司里供职,他脾气很倔,自食其力以后就没有开口向父亲要过一次钞票,他靠自己的才干争取到他应该有的地位和财产,所以,父亲这样处置遗产,最先还是他提出来的。

铃木宏一下飞机,就被弟弟紧紧地拥抱住了,尽管他很不习惯,却感受到了弟弟的真诚和友爱。弟弟懂汉语,他告诉哥哥,小时候父亲就逼着他学中文。在百忙中弟弟每天抽两小时来教他日语,帮助他以及他老婆孩子在极短的时间里通过了语言关。

父亲留下的钱是一笔相当可观的数目,铃木宏却不想躺在这份财产上过日脚,这一点兄弟俩倒是一脉相承了父亲的血液。弟弟帮他在一家电子公司谋了一个普通职员的差事,于是,铃木宏正式开始了一个日本人的生活。

铃木宏在日本立住了脚跟,他已经记不清弟弟到底给了他多少帮助,也没有办法报答弟弟,他晓得,在日本,金钱也不是万能的,至少对铃木诚是这样。

铃木宏的老婆刘琴芬原是苏州一个普通工人家的女儿,铃木宏插队回城后在工厂里认识的，当时还蛮谈得来，后来就结婚了，又有了小人，也不觉得有什么特别的俗气。可是到了日本以后，刘琴芬反而变得俗不可耐了，她好像完全忘记了自己的过去，自我感觉好得不得了，娇滴滴懒洋洋地做起了阔太太，平常日脚还牢骚不断，就像百万富翁家的小姐下嫁了一个小职员，处处委屈了她。来日本几年，她曾带着儿子回中国几次，看着她那衣锦荣归的得意之情，他为她感到脸红，他不敢想象她回故乡的辰光会表现出一种什么样的庸俗之态。在弟弟面前，他却总是违心地为她辩护。铃木诚总是淡淡地一笑，铃木宏总是怀疑这一笑中蕴含了什么复杂的情感。

铃木诚的妻子铃木和子，和刘琴芬不同，她倒真的出自于名门，是铃木诚所在公司一位董事长的千金。董事长看中了铃木诚的才干，料想他前途远大，硬把女儿嫁给了他。这桩婚姻原来是没有基础的，但铃木和子很尊重丈夫，后来有了小人，对丈夫的感情虽然转移给孩子了，但家庭是很幸福、美满的。铃木诚是个外冷内热的人，正值壮年，对女人的要求当然是强烈的，紧张工作之余，多么想有个温柔体贴的妻子陪伴着他度过良宵。可是和子给子女的爱远远胜过给丈夫的爱，这种苦衷，铃木诚是不会告诉别人的，只是深藏在心里，直到有一天，铃木宏突然问起他的家庭生活，他忍不住把这些事吐露给了唯一能理解他的人，从此以后，这对异国异母兄弟无话不谈，感情越来越深了。

一年前，公司组织了一个代表团到中国去，谈生意兼观光旅游。铃木诚过去很少外出，这一次听说观光地点主要在苏州，铃木诚第一次开口向上司请求让他也去，上司同意了。铃木诚终于到了向往已久的苏州，看到了向往已久的寒山寺。

从那次中国之行以后，铃木诚好像有点失魂落魄的样子，工作上也不如从前那样专注认真了。时隔不久，他又第二次借故去了中国，紧接着，第三次又去。

铃木宏觉得很奇怪，弟弟这种反常行为，刺激了他的疑窦，他很想解开这个谜。弟弟第四次去中国时，他到机场去送，察觉到弟弟好像有什么话要说，可结果还是没有说。铃木宏当时想也许这次回来弟弟会告诉他的，可他怎么也不会想到，这次告别竟成了永别，弟弟一去不返全无音讯。后来有一天，弟弟所在公司派人找到铃木宏，请他到公司去一趟，铃木宏忐忑不安地去了。他惊呆了，在那里他看见了弟弟的骨灰盒。他昏昏沉沉地听公司的人告诉他，铃木诚先生是在中国去世的。他追问死因，他们向他出具了中国医生开的死亡证明，弟弟死于心脏病。他看见铃木和子带着两个小孩哭得眼睛又红又肿，再也止不住内心的痛苦，痛哭起来。公司给了一笔抚恤金，铃木和子不声不响地收下了，最后公司的人拿出一本记事本，说这是唯一能找到的铃木诚先生的遗物。铃木宏捧着弟弟的骨灰盒和那个记事本，又失声痛哭。

那天深夜，铃木宏像在梦里一样回想着他到日本后和弟弟相处的这段时光，他不相信弟弟真的死了，弟弟的身体一向很好，从来未发现有心脏病。他心中有了难解的疑团，对弟弟不明不白的死因不能就此认了。

铃木宏翻开弟弟的记事本，一页一页往下看，大部分记的是谈生意的情况，也有一些观光旅游的感受。可是有一页上只写了三个字：寒山屋。翻开几页，又出现了两个莫名其妙的字：纯子。整个记事本看完了，这两处的内容，难以解释，也值得怀疑，可惜总共只有五个汉字，铃木宏想来想去想得头脑发涨也想不明白。

过了一段时间,刘琴芬看见男人一直心事重重,就说:"哎哟,这种事件,还弄不明白,笨煞了,为了女人嘛。你不晓得,我这趟回去看见了,现在寒山寺附近开了不少书画店,全是起的'寒山屋'啦,'文宝阁'啦。这种名字,那里的小姑娘,有不少做卖货生意的,赚外国人的钞票,你兄弟,说不定,嘿嘿,也风流了一次呢,活在世上没有得风流,情愿做个风流鬼了……"

刘琴芬还想讲下去,面孔上突然吃了男人火辣辣的一记耳光,这是结婚以来开天辟地第一次,她捂了面孔呆了半天,正想撒赖皮,发现男人的面孔铁青,像要杀人的样子,吓得连忙逃了出去。

铃木宏简直没有办法和这种女人一道过日脚,他不允许刘琴芬这样诬蔑铃木诚,他相信弟弟的为人,决不会出那种不顾后果的荒唐事。但他又不得不承认刘琴芬的话提醒了他,弟弟记事本上的"寒山屋"和"纯子"的秘密恐怕要到寒山寺去才能揭开。

他争取到了一个机会,终于回到了故乡苏州,回到了寒山寺。可是他不是来怀旧,也不是来抒情的,他没有那种情绪和雅兴,弟弟的死,对他的打击太大了,他的心灵深处压抑着一股强大的冲击波,不晓得什么时候会喷射而出。弟弟没有了,他在日本又成了一个孤独的人。现在他唯一的寄托就是弄清弟弟的死因,他只能以此来告慰弟弟的在天之灵了。

铃木宏正是怀着这样一种心情回到寒山寺的,他去枫桥上站了一会儿,心里突然涌上一股酸酸的热流,他急急忙忙地下了桥,朝寒山寺方向走去。远远地看过去,寒山寺弄很热闹,游人很多,铃木宏的心情莫名其妙地紧张起来,心跳加快了,并且有些颤抖。他有一种预感,弟弟就是在这里出事体的。他心里突然产生了一股强烈的仇恨和强烈的复仇意识。

铃木宏走近寒寺弄一眼就看见第一家店招牌"寒山屋",心脏几乎承受不住巨大的负担了。他连忙站住,长吁了一口气,镇静了一下,然后才朝"寒山屋"走过去。

店主果真是个年轻女子,铃木宏盯着她看了一会儿,突然想,不会是她,不会是她,他不希望这个人,就是他要寻找的那个女人,就是他要把她撕碎的那个女人。

年轻的女店主注意到铃木宏在看她,莞尔一笑,用日语招呼了一声您好,她不晓得从哪里看出他是日本人,他身上没有一点标志。

铃木宏走上前,不卑不亢地问她的尊姓大名,他说的是日语,女店主听懂了,又用日语回答:"姓沈,沈梦洁。"

"哦,沈小姐。"铃木宏莫名其妙地松了一口气,斟酌着,慢慢地说:"沈小姐在这里做生意时间不短了吧?"

沈梦洁狐疑地看了铃木宏一眼,反问道:"先生,有什么事吗?"

铃木宏被动了,只好直言发问:"小姐知道这附近有一个叫纯子的姑娘吗?"

沈梦洁又盯着铃木宏看了一会儿,笑着说:"啊哈,纯子,小鹿纯子,还是松井纯子,那全是你们日本姑娘,先生,怎么跑到中国来寻纯子呢?"

铃木宏有点难堪,不再说什么,装模作样地看起沈梦洁店里的货物。沈梦洁已经明白这个日本人不是存心来买东西的,她也不去戳穿他,仍然很耐心地一一指点,介绍商品。

铃木宏不由又看了沈梦洁一眼,她的日语说得很不错,虽然发音不是很准,但用词和语法上无可挑剔,至少不比随团的那个小翻译差,有这样的本事为啥也来开店做小生意呢? 他指着一只红木雕刻的老虎说:"这个,要两百块,太贵了,只值一百块。"

沈梦洁笑眯眯地说:"先生,这个老虎不贵的,不信你到其他店里去看看,价钱一样的,货色有好有坏,我的这只红木雕刻,你仔细看看,货真价实……"

铃木宏摇摇头:"不值不值,真货也不值这么多,你们的赚头太大了。"

沈梦洁仍然满面孔的笑容:"哎哟先生,要讲赚头嘛,谁不想要一点,没有赚头我们靠什么吃? 讲话要凭良心……"

铃木宏看着沈梦洁的笑脸,心里很复杂,愣了一会儿,突然恶狠狠地说:"良心,什么良心? 我见过不少人是要钱不要良心的!"

沈梦洁的笑容中生出一种稀奇古怪的表情,看起来还在笑,却笑得叫人看了不适意。她盯着铃木宏的脸说:"先生,你的话不错,要钱不要良心的人到处都有,我们中国有,你们日本也有,你说对不对?"

铃木宏捉摸不透沈梦洁,但他已经可以断定,这个媚而不俗、仪态自如的女老板,决不是他要寻找的那个人。他正考虑着应该再和她说几句什么话,却发现一个满面皱纹的老太婆立在寒山屋斜对面的拐角上,不怀好意地看着他和她。铃木宏心里不适意,正想走开,突然"寒山屋"对面店里的骚妹妹走了过来,她那笑容甜得发腻,对他说了一句十分蹩脚的日语:"先生,请到这边来。"

铃木宏厌恶地皱了眉头,摆脱了骚妹妹的纠缠,也没有再看沈梦洁一眼,就走了过去。刚走了几步,他听见那个老太婆去问沈梦洁:"喂,沈老板,这个日本人什么名堂,同你讲什么,一样不买,浪费别人的辰光啊……"

沈梦洁说:"他要寻一个叫纯子的小姑娘,我对他说,纯子是日本人,我们中国人没有叫纯子的,我叫他回日本寻。"

铃木宏忍不住停下脚步,假装欣赏寒山寺前的那棵百年古树,侧耳倾听他们的对话。

"哎,大孃孃,"沈梦洁问,"你说这个人滑稽不滑稽,还跟我来讨论什么良心不良心呢,这个人,真有意思,出来也不跟个翻译……"

"就是,幸亏得你会讲日语。"大孃孃精神抖擞,"哎,沈老板,他既然肯同你攀谈,你为啥不叫他买样东西赚他一票。真是,我说沈老板,你到底嫩欧,做生意就要老面皮的,不相信你问问对过骚妹妹,看看她那张面皮有多厚,嗲兮兮,一只手恨不得伸到人家袋袋里去。"

骚妹妹因为黑皮不去店里,讲闲话的胆子也大了一点,她立时还击大孃孃:"哟,大孃孃,我面皮再厚总归厚不过你的,上次人家不肯交停车费,沈老板你猜猜看,她做啥,去趴在人家车轮底下,赖皮装死腔……"

不等大孃孃讲什么,那边郭小二又插上来:"你们两个也不要比了,你们的面皮都不算厚,顶厚的是啥人?钱老老……喂钱老老,你过来,有事体问你。"

钱老老果真弓着腰走了过来,笑眯眯地盯牢沈梦洁看。

"钱老老,你讲,寒山寺弄啥人面皮顶厚?"郭小二问他。

钱老老笑眯眯地说:"自然是我啦,我是钱笃笤的传人嘛,钱笃笤嫁出女儿又赖婚,面皮老不老……"

那是说书先生说的明朝钱志节的事体,钱志节笃苔(算命)为生,曾经闹过不少笑话。

大家笑了一阵,钱老老突然对沈梦洁说:"刚才那个日本人,我好像看见过的,有点面熟,我好像记得……"

大孃孃白了他一眼:"就你的记性好,什么事全记得的,沈老板像你女儿,这个日本人是不是像你的儿子啊……"

钱老老摇头叹气:"我这世没有养儿子的命,倘是有儿子,老来也用不着独吊吊一个人过日脚了……"

"你嫌避一个人过日脚冷清,你可以去寻你的女儿嘛,去同她一淘①过嘛……"

"女儿,女儿,寻不着的……"钱老老又盯牢沈梦洁看,说:"那个日本人,我看得顶清爽,从宾馆那边走过来,心事重重,走到这边,先看店名,一眼就看中了你的'寒山屋'就去同你缠了,人家外国人来,没有先抬头看店名的,总是先看柜台里的货色,你们讲是不是,我看得顶清爽,这个日本人,我晓得他不是来白相的,是来寻人的……"

听了钱老老这句话,大家把眼睛转向铃木宏走过的地方,偏巧铃木宏也听清了钱老老这句话,下意识地回头朝这边看。

"哎,钱老老这句话有点道理,"大孃孃有意抬高了嗓音喊,"喂,沈老板,你叫他回过来再问问看,到底要寻什么人,我去帮他一淘寻……"

铃木宏突然有点心虚,急急忙忙地走开了。身后那几个人不知又说了什么话,一起哈哈大笑起来,他心里很沮丧。

铃木宏回到寒山宾馆自己的房间里,刚刚坐下,电话铃又响了,他有点奇怪,代表团的人除他之外都出去了,有谁会给他打电

---

① 一淘:一道。淘,伙伴儿,结伴儿。

话呢。电话里的人告诉铃木宏,他是苏州旅游局的翻译,从现在起将接替那个年轻的女翻译的工作,听说铃木宏先生身体不适没有随团活动,他刚才已经打过两个电话表示慰问,可是没有人接。

铃木宏支吾了一下。

新翻译又说,如果方便的话,他现在就过来,主要是想了解一下代表团对翻译的要求。

铃木宏不好推辞,应允了,那边就挂了电话。铃木宏心想这个翻译可能要比那个小毛丫头强一点。

很快门铃就响了。

铃木宏去开门,一看门外站着的人,他呆住了,那个人也瞪大眼睛惊讶地盯住铃木宏,随即两个人同时叫喊起来:

"小唐!"

"张宏!"

然后,两个人站在门口又愣了半天,一句话也说不出来。一个女服务员走过来关心地问:"先生,有什么事?"

两个人这才回过神来,铃木宏连忙把唐少泽拥进房间,在沙发上坐下来。

"新换来的翻译就选你呀,小唐!你小子,不简单,看见水蛇叫爷娘,忘记了吧,现在堂堂大翻译了……"铃木宏兴奋不已。

唐少泽也很激动:"打野狗吃的张宏,变成了西装革履的铃木先生,你小子,走了这么多日脚,也不通个信息,你的良心大大的坏,死啦死啦的……"

他们一起畅怀大笑。当年在一起插队,共患难,同生死的还有邱荣,提起邱荣,铃木宏的心情立即沉重起来。

癞疤的舅舅是公社书记,癞疤就以为自己了不起,专门去花人家小姑娘。插青来了以后,那里的小姑娘却喜欢插青,不去理睬癞疤,白日夜里到插青屋里来白相。癞疤火恼,专门寻插青们吼过,还叫了几个乡下人提了蛇甩在小唐床上。癞疤看见张宏,嘴里就不清不爽地阴损,骂他是野种。有一次骂张宏的娘是婊子,张宏跳过去和他们拼,结果寡不敌众反倒吃了一顿拳脚,被打得鼻青脸肿。邱荣因为模坯大,臂膀粗,样子野蛮,看上去有一股犟劲,癞疤不敢去撩他,可是癞疤欺侮别的插青,邱荣看不入眼,几次想叫癞疤着着实实吃一顿家生。这一日看见张宏一副惨象捂着面孔回来,邱荣当即跑到癞疤屋里,把癞疤拖到场上,当着大家的面,收作了一顿,出手重了一点,敲断了癞疤一只手臂。那天夜里,插青扬眉吐气,摆酒庆祝,酒喝到一半,进来几个公安人员,面孔铁板,把邱荣铐走了。张宏和小唐追到公社,公社说早已关到县里去了,又追到县里,县公安局不许见。后来隔了几日,就判下来了,八年,张宏和小唐帮邱荣上诉,被人家弹开三公尺。

邱荣后来到苏北一个劳改农场去了,临走前,张宏和小唐去看他,张宏鼻涕眼泪地说:"这个官司应该我去吃。"

邱荣凶狠地瞪了他一眼,只说了一句话:"我不懊侬的。"

张宏千叮咛万嘱咐叫邱荣到了那边就写信给他,可是邱荣一去之后音信全无,那年春节,张宏和小唐千里迢迢跑到那个农场,人家问他们犯人在几大队几小队,他们回答不出,差一点被当作嫌疑分子捉起来。后来,直到张宏去日本也没有得到过邱荣的消息。

现在见了小唐,又提起邱荣,铃木宏心里什么滋味都有。

"邱荣后来到底怎么样?那几年,我到他屋里去打听过,邱荣的阿哥阿嫂不理睬我,后来放出来了吧?"

唐少泽点点头:"后来减了刑,但不算错判,说罪还是有的,你刚走,他就出来了……"

"现在呢,现在他在哪里?"铃木宏迫不及待了。

小唐告诉铃木宏,邱荣现在完全变了,放出来以后,就开始做生意,发了财,现在很有钱,结了婚,老婆还是个正式的大学本科生呢,在中学教英语,可惜就是没有小人,也不知道是什么原因。

听了小唐的话,铃木宏沉默了好久,一切都变了,变得那么快,变得令人难以相信。

过了好一阵,铃木宏说:"小唐,向你打听一件事,那边'寒山屋'的女店主是什么时候来的?"

唐少泽不晓得铃木宏问这个干什么,他说:"你问的是沈梦洁,才来几天呢,她其实,唉,她原来是我的学生,在职大学日语……"

"哦,"铃木宏又问,"这个店,'寒山屋',不是她自己的?"

"租的。"

"那……她来之前是谁开这个店呢?"

唐少泽看看铃木宏,说:"也是个小姑娘。"

铃木宏急不可待地问:"是不是叫纯子?"

唐少泽奇怪地说:"纯子,什么纯子,你怎么啦,怎么会叫纯子呢,我看你怎么有点不对头,想日本姑娘了……"

铃木宏掩饰了一下,但还是忍不住追问:"她叫什么名字?"

"邱小梅。其实,这店也不是她的,是她阿叔送给她的……"

"阿叔,谁?"

"邱荣。"

铃木宏震惊了,嘴唇抖了一下,是邱荣,为什么会是邱荣呢?

唐少泽看出铃木宏有心事,不过他没有去追问。

"那个,那个邱小梅,现在呢,她在哪里?"

"死了。"唐少泽不动声色地说。

铃木宏的大脑更猛烈地震动开了。

"自杀,上吊。"仍然毫无感情色彩。

"为什么?为什么?"铃木宏不由得紧紧地抓住小唐的手。

唐少泽犹豫着,说:"我……不大清爽。"

铃木宏愣了一会儿,咬牙切齿地说:"邱荣,一定知道!"

唐少泽不安地看着铃木宏。

铃木宏却镇静下来。

第 3 章

早晨是在一阵尖厉的斥骂声中开始的。

寒山寺弄1号院子里,大部分人都醒了,除了新搬来住的沈梦洁,其他人都明白,凌丽又开始发虎威、训男人,给婆家颜色看。

凌丽和唐少泽结婚后,仍然住在娘家。爷老头子在市里做头头,有一套独门独院两楼两底四室一厅的住房。凌丽的哥哥是个书踱头①,三十五六岁了,还不想轧女朋友,寻上门来想做凌家媳妇的倒不少,可惜大公子一个也看不中。凌丽比阿哥活络得多,爷娘自然欢喜这个宝贝女儿,女儿结婚,屋里顶大顶好的房间让她做新房,还腾出一间做书房。凌丽在自己屋里做惯了小姐,生活上有保姆料理,怎么肯到婆家去吃苦头。当初凌丽看中唐少泽生得漂亮,就提出来要同他结婚。唐少泽不肯,他晓得自己同凌丽不是一个层次的人,可是凌丽缠住他不放,不光结婚新房,连全套家具用品全是凌丽一手操办的,就像拉郎配那样,把唐少泽拉了回去。这倒成全了唐少泽,做了个现成的乘龙快婿,靠了老丈人的牌头,又

---

① 书踱头:书呆子,踱头即傻子。

从职校调到旅游局。

唐少泽屋里很穷,父亲死得早,姆妈身体有毛病,又没有工作,长年在屋里。唐少泽的妹妹高中毕业考取了师范,现在还在读书。因为屋里两个人全要靠唐少泽的工资过日脚,房子总共只有十四平方米的一间,唐师母前几年为了儿子的婚姻大事急白了头发,后来得了这样一个倒贴的媳妇,唐师母困梦头里也会笑醒的。凌丽婚后有辰光也跟了唐少泽回来看看老阿婆,倒也客客气气,叫一声"姆妈",唐师母虽然不能和儿子住在一起,心里却蛮快活的。

可是,过了不久,凌丽的小姐脾气就发出来了。她看中唐少泽主要是喜欢他那张奶油面孔,可是,奶油面孔天天看,也会变得不奶油的,新箍马桶三日香,过了三日臭难当。凌丽看厌了唐少泽的面孔,就开始抱怨唐少泽的穷酸。先是倒翻隔夜账,说唐少泽结婚辰光一分钞票也不出,新房里什么什么什么什么全是她买的,又说唐少泽屋里的人全是精刮户头,揩她屋里的油,占她屋里的便宜。偏生唐少泽这个人面孔生得奶油,脾气也蛮奶油,黏嗒嗒,不动气,不同女人计较。凌丽吵得没有滋味了,又换了一个题目,说唐少泽是于连,同她结婚是踏了她的肩胛爬上去,唐少泽也不动气,笑眯眯地说:"我是于连,你是不是玛特尔呢,我死了你肯不肯捧我的骷髅头?"说得凌丽眼睛白翻白翻。结婚一年以后,凌丽生了个女儿,娇小姐做娘了,心思用到小毛头身上,那几句老话啰里啰唆,自己也觉得厌气了,唐少泽耳朵边上总算清静了几日。等到小毛头断了奶,平常日脚有保姆领,凌丽的精力又充沛起来了。凌丽养小人以前,虽然算不上十分漂亮,但也不难看,皮肤蛮白,身材蛮丰满,有几分媚态。女人养了小人,别样不怕,就怕发胖,可凌丽养过小人以后,却活脱脱瘦了一大圈,落了形,头颈变得纤细,身条活脱脱像一根丝瓜。皮肤白的人还是胖一点好看,一瘦,就像个白骨精了。凌丽在镜子里照来照去,越照心里越苦,老颜了不少,胖过之后一瘦,面孔上的皱纹就显出来了,再看看唐少泽,虽然比她大好几岁,却还是那样嫩相,那样奶油,自己倒像唐少泽的老阿姐了。两个人一同上街,那种不要面皮的小姑娘就对着他看,有的还朝他做媚眼。唐少泽脾气温和,平常日脚不管对啥人,总是笑眯眯的,这种笑对一般人讲起来没有什么了不起,可是有的小姑娘,吃男人卖相的,看见这种笑就会想入非非,而且唐少泽又是外事翻译,有地位有学问,难怪人家要往别处想。凌丽越想越可怕,越想越危险,从此之后就像看贼骨头一样看住了唐少泽,不许他同年纪轻的女人接触,蛮横到不讲道理的地步。她相信面孔长得漂亮的女人没有几个肯规规矩矩过日脚的。

凌丽的女儿一直放在自己屋里,从来不带到婆家去,唐师母想看孙女儿,就做点小衣裳小鞋子送上门去,亲家公亲家母倒蛮客气,可是凌丽嫌阿婆土气,塌她的台,总是对阿婆说:"用不着你送来的,我会过去拿的。"

唐师母真是有苦说不出。

昨天下昼,起了冷讯,凌丽才想起小人棉鞋还没有着落,急急忙忙赶过来。走过寒山寺门前停车场的辰光,大孃孃拦住了她,告诉她"寒山屋"重新开张了,新来的女老板比邱小梅还要漂亮,还要时髦。

凌丽看看大孃孃,不晓得她话中夹了什么意思。

大孃孃诡秘地一笑,说:"沈梦洁同你家男人认得的,刚刚两个人在店堂里讲得头头是道呢,我听沈老板叫他唐老师呢……"

凌丽的神经马上紧张起来。

"哎,我告诉你,这个沈老板有花露水的,会讲日本话,她说自己是大学生呢,你相信不相信,我是不相信的,大学生会来开店做小生意？真正……"

凌丽气急败坏奔进婆家,发现唐少泽和老娘在屋里有说有笑,心里更加冒火。

"哟,你怎么来了？"

唐少泽一句很普通很正常的话,凌丽听起来就不顺耳朵。

"我为啥不能来？你为啥能来？你不是讲今朝没有空,有接待任务吗,怎么有辰光跑到这里来了？"

唐少泽笑笑说："真巧,我要接待的那个日本代表团就住在寒山宾馆。"

凌丽冷笑："是真巧,这一来你方便了。"

唐少泽和唐师母都闻出了火药味,但不明白是什么原因。唐师母识相地退了出去,唐少泽对凌丽说："这几日我不能回去困了,要陪日本人……"

"陪日本人怎么陪到自己屋里来了,是不是这地方又新来了狐狸精？"

唐少泽晓得凌丽的心事了,沈梦洁的事体一定是哪个长舌婆告诉凌丽了,唐少泽不在意地笑笑,说："在这里吃夜饭吧,吃过夜饭我送你回去,或者叫小郑开车送一送,小郑肯的……"

凌丽立起身,朝寒山寺的后窗看看："哼,我今朝不回去了,就住在这里,我倒要看看,那个狐狸精的面孔！"

唐少泽无可奈何。

凌丽本来想上"寒山屋"门前去直接同沈梦洁交交手,可是一点借口也拿不着,一拖辰光,"寒山屋"已经打烊了。凌丽是憋了一肚皮气困着的。

唐少泽住在寒山宾馆,一大早,趁外宾起来之前,奔回来看一看凌丽,结果正好撞在老婆的炮口上。

凌丽一清早已经和沈梦洁对过照面,在公用的灶屋间,沈梦洁开了煤炉烧泡饭。她不晓得凌丽是什么人,明眸皓齿地对她一笑,然后一抖一抖地到天井里去刷牙揩面。浑身骨头没有三两重,凌丽回进屋里,一股气在肚皮里打转,正好唐少泽回来了。

凌丽冲过去,面孔贴牢男人的面孔问:"你老实告诉我,你同那个女人是什么辰光认得、什么辰光开始勾勾搭搭的?"

唐少泽摇摇头,苦笑笑。

凌丽提高了声音追问。

唐师母说:"声音轻点,隔壁人家听了,多难听,这种事体不好瞎说的,瞎说要吃人家耳光的,人家作兴还是姑娘呢……"

"姑娘,你怎么晓得姑娘不姑娘,你包庇她算什么名堂?真是滑稽,年轻人的事体,管你老太婆什么闲事,看她那张面孔,妖骚得吓人……"

唐少泽从来不在乎凌丽说他什么,可是现在凌丽这样瞎说沈梦洁,他觉得很不是味道,万一被沈梦洁听见了,叫他把面孔往哪里放。他压低声音对凌丽讲:"你轻一点好不好,为啥要无中生有地坑害别人呢,这样对你又有什么好处呢?"

唐少泽不反驳凌丽的辰光,凌丽说他没有男子气,一旦唐少泽犟嘴巴了,凌丽更加不得了,她可以训斥唐少泽一百句、一千句、一万句,却听不得唐少泽一句反驳。

"好哇,你们一家门串起来欺侮我,包庇那个骚女人,想做啥啊?你们这种人家,恶死人家,少有少见的人家,你们这种人家,讨着我这样的媳妇,还不称心啊,我真是懊悔莫及了……"

凌丽的声音尖厉响亮,薄薄的旧板壁是挡不牢、隔不开的,隔壁邻居都过来看骂相。凌丽更加有劲了。"这个道理,跑遍天下,终归在我手里,你们这家门是没有道理的……"

唐少泽和唐师母又气又难堪,这个女人嘴巴一张,哄也哄不住,骗也骗不住,吓也吓不住,拿她一点办法也没有。唐少泽的妹妹唐云实在气不过,在边上冷冷地说:"哎哟,屋里酸得来,醋罐头打翻了!"

门外面看热闹的全哄笑起来,凌丽又气又恨,却不直接和姑娘对嘴,仍旧盯牢自己男人。

唐师母坐在屋里不出声地抹眼泪,自己儿子被女人这样活吃,一个屁也不敢放,做娘的心里难过。起先儿子、媳妇拌嘴,唐师母还出面说几句公道话,不过娘的公道总归公在儿子这一边的。所以老太婆不出面还好一点,老太婆一参与,凌丽就更凶,唐师母以后就再也不敢多嘴多舌了。现在回过头来想想,当初要是不讨这个女人,讨一个门当户对的贤惠能干的媳妇,恐怕要比现在这样好得多,一家门的日脚也会太平安逸得多。唐师母想想千不该万不该,当初不应该贪人家的地位和钱财,弄得现在屋里三日两头出洋相,给人家看好戏。他们唐家这许多年来穷虽穷,志不短,攀了高枝,反倒弄得低人三分。唐师母为人懦弱,没有别样办法,只有自己伤心落眼泪。

唐少泽看着姆妈落眼泪,心里呜啦不出。

沈梦洁也已经听出因头来了,她觉得很可笑很滑稽,她根本没有心思去同这样的女人纠缠。早晨起来,她心神很乱,还有点耳鸣,耳朵里老是有夜里听到的奇怪的声响,这种声音连续几夜,弄得她心神不宁。

凌丽原来是想把沈梦洁挑起来直接斗一斗的,可是沈梦洁根本不吃她这一套,好像根本没有把她放在心上,好像她面前根本没有凌丽这么一个人站着。凌丽又恼又羞,她也看出来沈梦洁不是好惹的,但是就这么偃旗息鼓,又不甘心,所以只有继续对准唐少泽发火。

"你这种男人一点花露水也没有的,跟了你,算我触霉头,你眼乌珠睁睁开,现在外头啥样世界了,全是万元户、十万元户了,你一个月弄几张大团结回来,够啥人吃,够啥人用,人家做外事工作的总有点外快的,你的外快呢,你的钞票呢……"

唐少泽不想分辩,在经济上他的确是沾了凌丽的光,他的工资、奖金大部分是交给老娘的,姆妈和妹妹,两张嘴,一个家,要撑开场面,要过日脚,他不养,叫啥人养呢。

"你自己算算,你一个月'良友'要吃几包,穷酸瘪三,还要摆派头……"

天地良心,从前唐少泽是不抽烟的,可是凌丽说男人不抽烟没有男人的气派,把爷老头子的高级香烟拿来给唐少泽抽,等到唐少泽抽出了瘾头,戒不掉了,烟瘾越来越大,凌丽又抱怨他赚得少,用得多了。

"你出去看看,现在人家屋里高档电器、高级用品,哪一样不是男人撑起来的,我们屋里要靠女人的。告诉你,隔壁刘市长女儿结婚,男方拿出一万五千,一台进口录像机就七千块,你这种男人,一点脚路也没有的。我告诉你,我靠爷娘的那点老本也靠得差不多了,再下去要靠你了,你准备怎么说法……"

唐云几次想和阿嫂杀杀辣辣吵一吵,都被姆妈拦住了,无奈,唐云跑进灶屋间,对隔壁邻居说:"你们大家看看,这个女人,一点道德也没有,一点道理也不讲……"

沈梦洁笑着对唐云说:"世上本无事,庸人自扰之。"

唐云对着沈梦洁看看,心想这个人倒有点水平,不像黑皮骚妹妹那样的轻佻。唐云在这个屋里算是文化蛮高的了,肚皮里水墨花露水也有一点,只可惜平常在这样的家庭环境里有货无处倒。原先她与隔壁杨工的儿子杨关有点共同语言,后来杨关医学院毕业分配出去,她就越发觉得自己孤单了,现在碰上沈梦洁,唐云连忙搭上腔:"她以为自己是只凤凰,我看嘛,连只老母鸡也不如……"

说完了,两个人相视一笑,心照不宣。

凌丽在唐家寻事,一开始院子里的人家也去劝过,不过没有一个有好结果的,后来大家也就乐得不出铜钿看好戏,不管他们吵到什么程度,很少有人轧进去,只有钱老老看不出青红色,多少不识相。

这辰光沈梦洁烧好早粥,端出来立在天井里吃,钱老老弯腰驼背地上前劝相骂的情形正入她的眼帘。钱老老这一劝,凌丽刚刚低下去的声音又尖了:"咦,咦……我们小夫妻的事体,要你钱老老来多管闲事……"

钱老老哆哆嗦嗦地说:"罪过罪过……"

唐云从灶屋间走出来说:"钱老老,你省省吧,对牛弹琴,牛还多产点奶呢……"唐云还想说什么,一眼看见杨工程师屋里的门开了,杨关拿着刷牙杯,出来刷牙齿,唐云立时开心地笑起来:"杨关,你回来了!"

杨关一嘴的牙膏沫,看了唐云一眼,点点头。

唐云闲话多起来:"哎哟,我也不晓得你回转,什么辰光回来的?"

杨关无响,只是埋头刷牙。

唐云笑眯眯地等待。

杨关刷好牙,还是不讲话。

唐云说:"哎,我问你呢,啥辰光回来的?"

杨关闷声闷气地说:"昨天夜里,汽车脱班。"

"哎哟,汽车脱班,断命汽车现在经常脱班,半路上插蜡烛的事体多煞的,真是不负责任。"唐云大惊小怪,看看杨关不开心,又问:"哎,回来休假,还是出公差?"

杨关没有好声气:"休什么假,我们那种单位没有休假的。"

杨关医学院毕业以后,分配到北山劳改农场医院做医生,这个劳改农场在万顷太湖之中的北山岛上,离苏州百十多公里,交通十分不便,来去要坐轮渡,碰上风大雨疾,轮渡不开,要出来也出不来。这个农场是全省劳改农场的一面红旗,对劳改干部要求非常高,连农场医院的医务人员也一律没有礼拜天,没有休假日。

当初分配前夕,班主任找杨关做工作,说了北山岛不少好话,杨关对那个地方还蛮感兴趣,因为那地方工作比较轻松,可以省时间自学一点东西,所以他也没有使班主任为难,很爽气地到农场医院报到了,想不到那地方除了水、劳改干部和劳改犯,再无其他什么了,生活单调、闭塞。工作倒确实不很紧张,闲来没有事体做,浑身难过,想回苏州看看老同学也走不出来。杨关的情绪越来越低落,前一腔,工作中出了点小的差错,又吃了领导的批评,更加心灰意冷。昨天上午上班,为了一点小事体他和主任发生了几句口角,主任说:"你不情愿在这里工作你可以走,我们这里请不起你这种少爷大学生。"杨关一气之下真的走了出来,没有请假,连招呼也没有打，就乘了轮渡到了南山。他一个人在南山风景区白相了大半天，眼看着天快要黑了，才回到渡口，这辰光开往北山的最后一班轮渡已经开走了，他索性乘末班长途车回到苏州。走进屋里，已经很晚了，他原想跟爷娘诉说几句，可是杨工程师是个很顶真的老实人，听说儿子工作辰光自说自话跑回来，火气上来了，不管三七二十一，骂了一顿，要赶他走，要不是姆妈拉住，杨关恐怕真要到街路上去荡一夜了。

困过觉后，他情绪还没有好转，唐云热切地问长问短，问得他更加心烦意乱。

唐云一点也不在乎杨关的冷淡，仍旧笑嘻嘻地同他讲话："做什么这么一本正经呀，问你呀，你为啥不开心？"

杨关的姆妈丁阿姨是蛮欢喜唐云的，看儿子给唐云面孔看，她倒不好意思了，连忙把唐云叫过去，把事体告诉了唐云。

唐云看着杨关的面孔，不响了。

这边凌丽总算消了气，正在大口大口地吃早饭，唐云也去端了一碗粥出来，看着杨关还立在天井里呆笃笃地想心事，小心翼翼地走过去，说："去吃粥吧。"

杨关不理睬她。

唐云想了想，轻轻地问："你不请假回来，回去怎么办？"

杨关仍旧不响，回头看看沈梦洁，眼睛亮起来，问唐云："喂，她就是'寒山屋'的新老板吧？"

唐云也回头看看沈梦洁，心里不由有点酸意。沈梦洁高雅优美，在这个破陋陈旧的小院里真是光彩照人，难怪院子里的男人不论老少都愿意多看她几眼，连杨关这样的憨头也不例外。

"咦，"杨关见唐云不回答，又追问："咦，我问你呢，你……"

"你问她自己好了……"唐云赌气地走开了。

杨关呆了一歇明白了,走过去,像大哥哥一样拍拍唐云的肩胛:"你呀,你们女人,全是一种腔调……"

唐云肩胛上被杨关一拍,浑身骨头都酥了,面孔也板不住了,笑了起来。

杨关说:"我上次听邱荣讲,这个姓沈的是大学毕业……"

唐云又翘嘴咋舌地强调:"职大。"

"哦,"杨关若有所思。他不明白沈梦洁为什么要来开店,但他很佩服她的勇气和胆量:"大学生开店,恐怕是不多的,哎,我假使也来开店,你说灵不灵?"

唐云"去"了他一声,没有理睬他。

凌丽吃了早饭,一句话也不讲,瞪了唐少泽一眼,拔腿就走。

唐师母连忙把几双新做的小人棉鞋塞给儿子,叫他追上去。

唐少泽哭笑不得,拿了鞋子奔出去追凌丽。等他回进天井,看见妹子和杨关亲亲热热地在谈笑,不由眉头一皱,丢一句话过去:"阿云,你抓紧走吧,上课要迟到了。"

唐云不识相:"不要紧,今朝第一节课是教育学,没有听头的,不去也不关账的……"

唐少泽走进自己屋里,听见妹子和杨关在天井里大笑,他喊了一声:"阿云,你进来,我有事体问你。"

唐云进来了:"哎哟,阿哥,你烦煞人了,花头经多煞,不肯让人家清静一歇的,刚刚一只大喇叭关了,你又要来开小喇叭了。"

唐少泽面孔板下来:"你不要油腔滑调,我告诉你,你马上就要毕业了,自己有什么打算,不要把辰光浪费掉……"

唐云白了哥哥一眼,不作声。

其实唐少泽倒不是讨厌杨关,这个小伙子人是不错的,除了脾气犟一点,其他全蛮好,和唐云也蛮般配。两个小人好,两家大人肚皮里全有数,看上去也都没有意见。可是唐少泽不希望妹子和杨关这样密切交往,他对妹子抱的希望很大。因为出身贫寒,又没有地位,在大人屋里抬不起头来,他自己年近不惑,是没有什么奔头了,他希望妹子下苦功夫读书,将来考研究生,公费出国,做个有地位的人。年纪轻轻,过多地纠缠在同杨关的感情中,恐怕要分心的。何况,杨关看上去也不会有什么大的出息了。

"考研究生的事体,你外语要抓紧,等我稍微空一点,每日可以抽点辰光来帮帮你……"

唐云面孔别过去,声音低下来:"我不考研究生,我也不要学外语了……"

"啊?"唐少泽吃了一惊,"你再讲一遍不考研究生?"

唐云含混不清地说:"我,我的功课不灵了,现在在班级里已经是下游了,研究生考不取的,我不考了,考也是白起劲,我们班里的人,从一年级开始就准备功课考研究生了,我比不过他们的……"

唐少泽一时倒不晓得讲什么好了。妹妹的功课从小学到中学都是拔尖的,就是高中毕业考大学有点失常,取了师范,可进了大学后成绩也是遥遥领先的。现在到了关键时刻她的学习成绩却落下来,这还得了! 他憋了一歇,问了妹妹一句:"不考研究生你做啥?"

"咦,我毕业了就工作吗,我蛮欢喜做老师的,做老师蛮有劲的……"

"你这个人——"唐少泽又气又急,"你这个小姑娘,没有出息,不争气,我现在这样巴家,就是为了你,想培养你考研究生。屋里再苦,有我来承担,你……"

唐云眼泪在眼眶里打转:"我不争气?我同姆妈用了你几个钞票,听了凌丽多少闲话了,你吃得下去,我吃不下去,我早一日工作,早一日不受她的气!姆妈造了什么孽,这把年纪了,在媳妇面前屁也不敢放一个,你倒有张面孔见人!"

唐少泽心里发酸:"你的心思我晓得,我的心思你理解吗?"

唐云说:"我是不理解,我不理解。你为啥一定要我考研究生……"

唐少泽愣了一歇说:"我是想靠你为我们唐家出这口气,改变我们家的地位……"

唐云不满意地说:"阿哥你这句话我不服帖,我们家的地位怎么啦,哪一点比别人低啦,大家全是凭劳动吃饭,大干部也好,小工人也好,个体户也好,不偷不抢,正大光明,根本不存在啥人低啥人高的问题……"

唐少泽也承认妹子讲得有道理,他自己心里又何尝不是这样想的呢,但是,他叹了口气:"你不明白……"

唐家兄妹正在说话,院子里有人哭了起来,是邱贵的老婆,自从女儿邱小梅死了以后,邱贵的老婆神经就不大正常了,每天早上哭一次,那哭声是夹杂着咒骂声的,她不骂邱荣,倒是骂自家男人。每逢这辰光,邱贵总是抱着头一声不响。这个三轮车工人苦了一世,穷了一世,骨头也硬了一世,隔壁邻居背地里叫他"憨鹅",当年他兄弟邱荣吃官司,他不但不同情兄弟还骂他无法无天,吃官司活该,差一点断了兄弟关系。女儿邱小梅出了事体,他倒一句也没有骂人,但从此他不再和兄弟说一句话,邱荣的钞票他一分也不要。所以虽然邱荣发了财,可邱贵屋里还是和从前一样,一房家当也不齐全。小梅的妹妹小菊也长大了,十七八岁的姑娘和爷娘困一间屋,终归不大便当。"寒山屋"隔壁间房一直空着,邱荣现在很少回来住,几次要让出来给小菊住,邱贵却拒不接受,而且只要小菊抱怨一声,就要吃生活。弄得小菊有几次火辣辣地说:"阿叔比做爷的好!"邱贵听了一跳三尺高,在他心里,小梅的死,邱荣是罪魁祸首,他一世人生不会原谅兄弟,死了变成鬼到阴间也不会理睬他的。小菊竟然敢讲阿叔比爷好,邱贵是困梦头里也想不着的。他刮了小菊一记耳光,叫小菊滚出去,他不承认邱家有邱荣这样的兄弟,也不想承认邱家有小菊这样的女儿了。他们几世几代吃的良心饭,力气饭,从来不做亏心事体,出了邱荣这样的孽种,报应报在小梅身上,也是天意。小菊不服爷老头子,吃了耳光也不哭,还回嘴说:"你不做亏心事体吗,你吃良心饭吗,前日下午你踏三轮车拉两个外地客人,多要了人家三块洋钿,你亏心不亏心?"邱贵面孔涨得通红,一句话也讲不出。

邱贵的老婆一边哼哭调一边诉说男人的不好,这是每天的必修课,就像庙里的小和尚做功课背经文一样,恐怕也是有口无心的,连调头也同和尚念经的调头差不多。

"哎呀我的冤家呀,你一世人生没有出息呀,一日到夜呀,一身臭汗呀,寻三五个洋钱呀,屋里人吃西北风呀……"

日复一日,总是怪邱贵没有本事,屋里穷,所以小梅要去开店,所以会弄出这样的事体来。

唐少泽和唐云心情沉重起来,邱小梅的不幸,使这个小院子里蒙上了一层阴云,好像是永远也摆脱不了的阴云,那个善良温情的邱小梅再也不会回来了。唐云发现阿哥面孔发白,气色很不好,她不由叹了口气说:"咳,人怎么都这么想不开,还是做和尚清爽。"

唐少泽吃了一惊,他想不到年纪轻轻的妹妹会讲这样的话。

其实,做和尚也未必真正能清爽,特别是现在的和尚,他发现那些小和尚的眼睛一个比一个活络,充满对现实世界的渴求,他觉得很好笑,却又笑不出来。

钱老老在边上喷喷嘴说:"老古话是有道理的,有钱能使鬼推磨嘛,一分钱逼死英雄汉嘛……"

唐少泽心里一动,他不也是被金钱压迫着,凌丽怨他也不是一点道理没有,他又何尝不想从哪里多弄点钱,他晓得凌丽不一定真要钞票,她总觉得弄不到钞票的男人,是没有用场的男人。

唐少泽一时心里发热,急躁起来。他有个非常要好的同事曾经暗示过他,倘若能同个体户的店挂上钩,在为外宾做向导时指点一下,吃回扣的好处是唾手可得的。唐少泽听的时候吓了一跳,连忙装作没有听见。现在回想起来反倒有点懊悔了。中国人经过许多年的迷茫和混乱,现在终于看清了目标,并且人人都在为此奋斗,他为什么不呢?

唐少泽从天井里出来,正准备到寒山宾馆去,在"寒山屋"门口被沈梦洁喊住了,他有点难堪。

"哎,你说邱老板,邱荣,和你很熟吧?他怎么一直不回来,我想请教他呢,人影子也不见……"

唐少泽说:"他现在不大回来了,回来也没有好事体。"

"为啥?"沈梦洁听了邱贵老婆的哭诉,听出点名堂,但心里仍是一笔糊涂账,"是不是邱小梅的死和他有什么关系!"

唐少泽点点头,又摇摇头,垂下了眼睛,心里很难过。

沈梦洁不再问什么,低头整理柜台。

唐少泽发现对面大孃孃和黑皮他们又在咬耳朵,很不自在。沈梦洁突然问他:"邱荣他不会再回到这边来了?"

唐少泽不晓得怎么回答，这一向，邱荣确实很少回来，但有辰光和老婆憋了气，没地方去，也回来住一两天，过后，还是要走的。邱荣和那个大学生老婆关系越来越僵，这桩事体这边的人都不大清爽，因为邱荣的女人不像凌丽，见了外国人一面孔的笑，从来不和邱荣吵相骂。只有一次邱荣回来叫唐少泽陪他喝闷酒，半醉半醒的辰光，把女人的事体全告诉了唐少泽。唐少泽的嘴是很紧的，一直过了半年，他也没有对任何人说过，当然也不会去告诉沈梦洁，尽管他并不讨厌沈梦洁，甚至多少有点喜欢她，但他总归以为她不是一个十分可靠的人。

　　沈梦洁目送唐少泽远去，她发现这个奶油小生，看起来懦弱兮兮，没有什么男子气，但骨子里好像是有点分量，有点内涵的。

第 4 章

生意仍旧很清淡,每日只能赚回一点维持平常日脚的小利。

沈梦洁又调整了货架,把一些有妆色的货物放到显目的地方。

她定定地坐在店堂里,每天的早晨总是纷乱嘈杂的,弄得她头昏眼花、神思恍惚,只有到开了店,坐定下来,才稍微可以松口气。可是一入定,脑筋清爽了,她就会想起连续几个夜里听见的那个奇特的声音。她看见大孃孃百般无聊地立在那里东张西望,煞不牢招呼她:"哎,大孃孃,你过来,我问你一桩事体。"

大孃孃兴头十足,颠颠地跑过来:"啥事体?"

沈梦洁一时倒不好直言相问了,只好说:"你们夜里困觉,有没有听见什么声响,这地方,夜里有什么物事吗?"

大孃孃的面孔马上紧张起来:"夜里啥物事?你夜里听见啥声响啦?"

沈梦洁顿了一顿说:"我也说不出是啥声响,反正蛮可怕的,又像哭又像笑,又像唱歌又像背书……"

"在啥地方?"大孃孃眼乌珠①弹出,问得汗毛凛凛。

沈梦洁身上不由得也起了一层鸡皮疙瘩:"啥地方,我也听不清,反正蛮近的,好像就在身边。"

"哎哟哟,沈老板,你真的假的……"大孃孃现出紧张、兴奋、神秘的情态,她压低声音问:"你听说过邱小梅吧,她就是在这间屋里吊……"

下面的话不讲了,让沈梦洁自己去想象,自己去吓自己。

沈梦洁勉强镇静下来,但面孔有点发白。对过"吴中宝"店里黑皮听见她们的对话,吹了几声口哨,就过来搭讪:"沈老板,你听她瞎说,大孃孃一张嘴巴,你要上当的……"

郭小二也在一边笑:"大孃孃你不作兴的,人家沈老板新来乍到,你不可以吓人家的噢……"

沈梦洁心里放松了一点,但还是疑心疑惑:"不过那种稀奇古怪的声音我真的听见过,呜啦呜啦,吓煞人……"

黑皮和郭小二一同哈哈大笑:"啊哈哈,啊哈哈,沈老板吓煞人,呜啦呜啦,小和尚念经呀……"

沈梦洁一想对了,恐怕就是那种声响,不由也哈哈大笑。

大孃孃还不甘心,说:"你们不要瞎缠,和尚念经归和尚念经,和尚念经和鬼哭是不一样的……"

沈梦洁再细细回想起来,那声音很凄厉,很悲凉,和尚念经怎么会有这种悲切之情呢。

"我告诉你们,天井里唐师母一直生毛病,爬不起来,人家全讲是……上身了,八月半那一日,唐师母……"大孃孃正在绘声绘

---

① 眼乌珠:即眼珠。

色地往下讲,郭小二眼睛尖,叫了起来:"哟,小和尚来了,问问他们……"

沈梦洁连忙朝那边看。

两个穿着的确良袈裟的小和尚各人挑了一对水桶,从寒山寺边门出来,到寒山寺弄老虎灶去泡开水。沈梦洁从来没有见过这样年轻的和尚,不由多看了他们几眼。

郭小二贼皮赖脸地说:"沈老板,小和尚不可以多看的,和尚怕女人看的……"

沈梦洁笑骂了一声:"小猢狲。"又问郭小二,"小和尚挑水吃,和尚庙里不开伙?"

"咦,现在样样讲究经济效益,和尚也要讲经济效益,自己烧水不如到老虎灶泡水合算嘛。"

沈梦洁觉得很好笑,郭小二却说:"这有什么好笑的,和尚又不是佛,又没有成仙,和尚也是人呀,也要吃也要穿……有的小和尚还买猪头肉吃呢。"

沈梦洁说:"和尚庙里没有规矩?我听人家说做和尚苦煞的,一日天只许睡三四个钟头,吃嘛,只有点薄粥咸菜汤……"

大孃孃说:"你讲的是老法里的和尚,现今的和尚也惬意的,老法里的和尚是苦的,喏,钱老老喏,老早也做过和尚,做得面孔蜡蜡黄。"

郭小二戳穿了大孃孃的牛皮:"你怎么晓得,钱老老做和尚的辰光,你在哪里?"

大孃孃面不改色:"咦,是钱老老自己告诉别人的,他自己讲出来的事体,还有假的?"

隔了不多久,两个小和尚挑了两担热水走过来了。

郭小二连忙去拦住他们,用普通话说:"哎哎,小和尚,歇歇,歇歇。"

小和尚放下水桶,两个人也不施礼,只是随随便便地问:"何事?"

郭小二对沈梦洁眨眨眼睛,说:"没有别样,问你们一桩事体,你们想不想女人?"

"罪过罪过。"又是异口同声。

沈梦洁熬不牢笑了,她发现两个小和尚也拼命憋住笑。

郭小二说:"出家人不打诳语,你们为啥口是心非,世界上的男人没有不想女人的,你们是不是男人?"

小和尚终于笑起来,其中年纪稍大一点的一个说:"我们可以发功排杂念的……"一边说一边和另一个和尚甩令子①笑,活络得很。

沈梦洁插上去问:"你们原来是做什么的,怎么会来做和尚?"

小和尚低垂了眼睛,不看沈梦洁的面孔,说:"我们是佛学院毕业分配来的。"

"是灵岩山上的佛学院吧?"沈梦洁说,"还有大专学历呢。你们上佛学院,读点什么书?"

小和尚神气起来:"女菩萨,不瞒你讲,我们读的书多呢,功课有《金刚经》《般若经》等经书,还有两门外语,还有天文地理,等等。至于我们自己看的书,什么都看,金庸、琼瑶,还有弗洛伊德……"

沈梦洁简直不可思议,和尚看弗洛伊德,会成为什么样的和尚。

---

① 甩令子:暗做动作,传送信息。

郭小二拍拍小和尚的肩:"啥,小和尚——"

小和尚正色地纠正郭小二:"我们都是有法名的,我叫悟性,他叫悟原——"

"啊哈哈,啊哈哈,悟性,悟原,还有悟空,悟净,悟能呢,啊哈哈,小和尚……"

叫悟原的小和尚说:"你不要小看我师兄,他马上就要升为执客了,执客你懂吧——"

"执客?"郭小二寻开心:"执客算哪一级干部,处级?科级?"

悟原一本正经点点头:"科级。"

"那还得加工资吧。"

悟原又点点头:"自然有的。"

悟性招呼师弟:"走吧,水要凉了,老家伙又要啰唆了。"

悟原挑起水桶,临走,压低声音问郭小二:"你有没有邓丽君的磁带,帮我弄弄看,我隔日来拿。"

沈梦洁看着两个小和尚走回寒山寺,她绝对不相信,这样生龙活虎的年轻人,能够净六根,达彼岸。

小和尚走了以后,钱老老又踱过来,问:"小和尚同你们讲什么啦?"

郭小二说:"小和尚讲,老和尚要来请你进寒山寺住持佛事,他们说你从前做和尚做得贼精,现在庙里一塌糊涂,要请教你老先生呢。喂,你从前是不是做过和尚?"

钱老老不点头也不摇头,不说是也不说不是,只是盯了沈梦洁看。沈梦洁被钱老老的眼睛感动了,差一点说:"钱老老,你想认我做女儿吗?"

沈梦洁父母死得早,一个人过了许多年,还从来没有年长一辈的人这样温和地看过她,因为她个性强,穿着打扮也是独出一只角,上了年纪的人看不惯她的腔调,钱老老却偏偏对她百看不厌。

钱老老盯着沈梦洁的面孔,自言自语地说:"寒山寺大雄宝殿里的寒山、拾得铜像,寒山的肚脐眼是一枚铜钱,说是铸寒山佛的辰光,枫桥有一个贫女从小佩戴上拿出这枚铜钱,之后投入熔炉——这枚铜钱不曾烧化,原模原样变成了寒山和尚的肚脐。"

沈梦洁心里一动。

钱老老又说:"后来他们到佛像身上刮铜,把那枚铜钱也挖下来了。"他指指寒山寺的山门,"当家和尚气得吐血——"

郭小二挖苦钱老老:"那个贫女叫什么?是不是住在这条街上?"

钱老老闭着眼睛摇摇头:"不晓得,不晓得。"

"作兴是钱老老的好婆①还是太婆②……"

"罪过罪过,"钱老老说,"后来那女子得道,看破了红尘,做了尼姑。"

沈梦洁没有同他们一起笑,她不相信这样的传说,但是听过之后,她心里却有了一种辨不清的滋味,她总觉得自己一世人生也看不穿这爿世界的,就是到了另一爿世界上,也仍然会像现在一样的。周川曾经说她有做女王的野心,她从没有反驳过。她和周川正好是互补的一对,她是处处不让人,处处不认输的,而周川却是个老好人,处处让人,处处甘拜下风,有时候沈梦洁觉得真不合算,她这一边在外面争强好胜,周川却在他那一边把一切名利抛在脑后,为了这个,她抱怨过周川,可周川笑笑说:"这叫互补维持平

---

① 好婆:祖母,奶奶。
② 太婆:曾祖母。

衡,要不然,这爿世界就会倾斜的。"

沈梦洁和周川相识是一个很偶然的机会。周川在一所很普通的中学当语文教师。有一日和沈梦洁同科室的一位中年女技术员的儿子来找母亲,说学校要开家长会议,让母亲马上去,那位女技术员正有加班任务走不脱,沈梦洁于是自告奋勇去了。周川见了沈梦洁很惊讶,问她是那个学生的什么,她瞪了他一眼,说是阿姨,有什么话你说就是了。周川却顶真地说:"我们要求母亲或父亲来,别的亲属不能代替。"沈梦洁"哼"了一声,说:"你这个人煞有介事的,这样卖力气,领导又不会给你加工资加奖金的。"周川更加认真地说:"我做班主任每月是比别人多拿六块钱奖金的。"说得沈梦洁笑弯了腰。

为啥要同这样一个人结婚,沈梦洁并不是一时冲动,她自己总想出人头地,高人一等,要是嫁一个同样好胜的男人,两虎相争,必有一伤,她同周川性格上可以互补,事业上却需要周川为她做一些牺牲。可惜,结果却适得其反,三年前,周川那所中学分到一个援藏名额,大家都不肯去,推来推去,最后周川说:"终归要有一个人去的,就让我去吧。"

沈梦洁大叫大闹也没有阻止得了,周川可怜巴巴地说:"别人都不肯去的,讲好我去的,怎么可以后悔呢。"周川走的辰光,沈梦洁正面临各种困难,她报名考职大,单位不同意;儿子刚满周岁,正是烦人的时候。周川却说:"这点事好办,小人交给好婆带,考大学就不要考了,现在单位待你不错,上了大学不一定能有更好的位子。"说完就走了。这一走要去八年,每年顶多能回来一次,沈梦洁这辰光才明白她嫁的是一个多么偏执而无情的人,她守着空房哭了一夜,第二天把儿子放到婆婆那里,转身就去报考职大了。

沈梦洁正在胡思乱想,大孃孃走过来,很神秘地对她说:

"喂,沈老板,那个日本人又来了。"

沈梦洁抬头一看,铃木宏慢慢地朝这边走过来,好像很警惕地注视着周围的一切。她没有对大孃孃说什么,她对这个神经兮兮的日本人不感兴趣,反正他不是来买东西的,同她不搭界。

郭小二也看了一眼铃木宏,突然说:"这个人不是日本人,前两天我碰见他和奶油五香豆在讲话,一口苏州话,比我这口江北苏州话地道多了。"

沈梦洁奇怪地"哦"了一声,又抬头看看铃木宏,铃木宏已经走近了,对她友好地一笑,完全不是第一次见面时那种夹杂着仇恨和疑窦的表情了。

沈梦洁对他也报以同等的一笑,心里却骂了一声:"十三点。"

铃木宏用日语问沈梦洁:"请问,邱家是住在这个院子里吧?"

沈梦洁突然想捉弄一下这个不晓得到底是日本人还是中国人的角色,她突然一笑,用苏州话问铃木宏:"你是邱家啥人?"

铃木宏面孔上有点尴尬,古怪地笑笑,朝寒山寺弄一号院子走进去。

过不一会儿,天井里传出邱贵老婆尖厉的哭叫声:"邱荣死掉了,去寻死路了,你到阎罗爷那里去寻他吧……"

铃木宏走出来,面色仓皇还有点气愤,沈梦洁他们几个人暗地里发笑。

铃木宏好像不甘心就这么灰溜溜地走开,他站在"寒山屋"门口,随手拿了柜台上的一座老寿星瓷像,问了一下价钱,也没有还价,就付了外汇券。

沈梦洁晓得这个阴森古怪的人心事重重,她不由多了一句嘴:

"你寻邱荣,他现在不大回来的。"

铃木宏盯着她看了一眼,终于用吴语和她对话了:"你晓得他现在住在啥地方?"

沈梦洁说:"只听说在盘门那边开了爿店,具体地方不清爽,我也要寻他呢。"

铃木宏探询地看着沈梦洁。

沈梦洁说:"你看,我这个人大约不是做生意的胚子,店开了这一阵,生意做不起来,今朝要不是你施舍点外汇,要去喝西北风了。"她看见铃木宏面孔红了,开心地笑起来,继续说:"我寻邱荣,是想请教请教他的生意经。"

铃木宏乘机提起他关心的话题,"这爿'寒山屋'是你向邱荣租的吧,邱荣的侄女邱小梅你认得吧?"

沈梦洁奇怪他怎么了解得这么清爽,开玩笑地问:"你怎么晓得?你是做什么工作的?你到底是日本人还是中国人?"

铃木宏反问:"你看呢?"

沈梦洁眼眉毛一挑,一本正经地说:"我会看相的,你是做侦探的,半个中国人半个日本人,对不对?"

铃木宏警惕地看看沈梦洁,并不明白她是真是假。

"你自己肚皮里有数脉,不做侦探,为啥这样虚头晃脑,鬼鬼搭搭的腔调。"

铃木宏掩饰地笑笑,他想不到自己在沈梦洁的眼睛里是这样一个形象,也不晓得沈梦洁为啥要回避邱小梅的事体,他忍不住追问了一句:"那个邱小梅,你认得吧?"

沈梦洁狐疑地看了他一眼,摇摇头:"我不认得,我是来步她的后尘的。"

"那个邱小梅，她到底为什么……"铃木宏期待地看着沈梦洁。

沈梦洁仍然摇头："我不晓得，从来没啥人来向我介绍过邱小梅，我对这种事体也不感兴趣。"她发现铃木宏非常失望，就指指大孃孃、郭小二他们说："喏，立在那里的几个人，他们是这里的老人家了，你可以去问问他们。"

铃木宏看看那几个人，叹了口气，摇摇头，十分不情愿地走了。

沈梦洁不明白，他既然可以向她打听，为什么就不能去问大孃孃呢。

大孃孃见铃木宏走了，赶忙凑过来，挤眉弄眼地说，"哟，沈老板，你们讲得热络得来，他同你讲点啥？"

沈梦洁原本想实话相告，可不晓得怎么念头一转，把话咽了下去。

对过"吴中宝"店的黑皮话中夹音地说，"日本人挑你一笔生意，给的外汇吧，你花功不错嘛，日本人存心挑你的……"

大孃孃盯牢沈梦洁的面孔看了一歇，莫名其妙地笑起来，说："面盘子着实算标致的，哎，那个假日本，会不会看中你了？"

沈梦洁心中很反感，但入乡随俗，嬉皮笑脸地说："可惜我没有这份福气，喏，对过店里骚妹妹，一张面孔雪白粉嫩，人家欢喜的。"

黑皮听见沈梦洁把话又甩还给他了，晓得这个女人不是好惹的。黑皮虽然年轻，但架子却不嫩，说话办事都讲究分寸，表面文章是做得蛮好的，所以，他就没有再接嘴同沈梦洁打舌战。

大孃孃立得腿脚发酸，回到停车场的遮风棚坐下来，六路公共汽车到站了，下车的客人大多数往寒山寺拥过去，只有一个老太婆抱了一个四五岁的男小人朝停车场这边走来。

老太婆穿了一件蓝竹布大襟衣裳,一双布鞋,头上包一块方头巾,腰里束一块围身头,实足一个乡下老太婆。那个男小人倒长得蛮清爽,穿得也蛮洋气。

乡下老太婆走近大孃孃坐的地方,翕动几下干瘪瘪的嘴问:"老阿嫂,问个询。"

大孃孃不屑地白了她一眼,心想叫我老阿嫂,我总比你这个老太婆要嫩一点的。

"老阿嫂,"乡下老太婆不晓得是不识相,偏偏还多喊几声:"老阿嫂,问个询,有爿店叫,叫寒山寺,哦,不对,叫寒山啥的,新来一个老板是女的,在啥地方?"

大孃孃上上下下打量她一番,不是直接回答她,却反问道:"你寻她做啥?"

乡下老太婆蛮拎得清,听大孃孃的口气,晓得沈梦洁离这里不远了,一张尖嘴也不饶人了,反唇相讥:"我寻她做啥,反正是有事体,没有事体大老远跑来寻死啊。真正告诉你,喏,这个小人,是沈老板的儿子。"

"啊?啊啊!?你讲什么,你讲讲清爽,你讲这个小人是沈老板的儿子,沈老板哪里来的儿子,真是滑稽,你个老太婆,这个小人哪里来的?"

"咦,你这个人问出闲话来别有一功的,哪里来的,当然是她养出来的,总归不会是石头缝里蹦出来的,不会是天上掉下来的……"

大孃孃兴趣浓厚,也不在乎乡下老太婆的口气,又问了一遍:"这个小人,真的是沈老板的?"

沈梦洁的阿婆是个很粗俗、尖利的乡下人,恐怕从出世到今朝,从来没有人教过她怎样讲话才有礼貌,她的儿子周川一点也不像是她养出来的,娘儿俩脾气正好相反。她对大孃孃横了一眼,说:"不是她的,是你的?"

大孃孃一口气噎住,她还没有碰见过这么不讲理,讲话这么冲的人呢。顿了一歇,实在熬不牢,又问:"你是帮她领小人的吧?这个小人是不是她的私生子?"

沈梦洁的阿婆火天火地:"啥人私生子?啥人私生子?你这样瞎讲,要吃耳光的。告诉你,这个小人是我的孙子,沈梦洁是我媳妇!"

大孃孃不相信沈老板会有这样一个老阿婆,但是这种事体又不好造谣的,谅她老太婆也不敢当面说谎。大孃孃换了一副面孔,对沈梦洁的老阿婆说:"噢,噢,噢,你是沈老板的阿婆啊,哟哟,好福气,抱孙子了,你不要缠错①,我是讲沈老板看上去蛮嫩相,不像生过小人的……来,来,我领你去……"

只消手指一指的地方,大孃孃还热情地领过去,还没有走到门口先拉直喉咙喊起来:"沈老板,你快点出来看看,啥人来了!"

沈梦洁闻声从店里出来,看见是阿婆抱了儿子来,一时十分惊讶。

一直不作声的儿子,看见姆妈,急得叫起来:"姆妈,姆妈,抱抱!"

沈梦洁连忙过来抱儿子、亲儿子。

左邻右舍都有滋有味地看。

大孃孃继续大声叫喊:"哎哟哟,沈老板,儿子这么大了,真看

---

① 缠错:弄错,理解错。

你不出欤,你这个儿子,像你的,你看一双眼睛,乌溜溜地转,滴滴滴地看,活像你,一只模子里刻出来的,你们大家讲,像不像,啊?"

不等沈梦洁发问,她阿婆叽里呱啦地抱怨起来:"这个小鬼头,作煞了,非要来看姆妈不来不成的,我有啥办法,弄不过他的,他是我的阿爸爷,我吃不消他的,一碰哭,两碰气,一点点的人,脾气倒蛮大,不像我们川川的……"

"像我的。"沈梦洁半真半假地打断阿婆的啰唆,"那件绒线外套为啥不穿,要受凉的,你看风多大,你看,拖鼻涕了……"

老太婆眼睛白翻白翻:"不是不帮他穿,你的小爷硬劲不肯穿,这个小人少见的,别人家的小人欢喜穿新衣裳,这个小鬼头看见新衣裳就喊'甩脱伊、甩脱伊',也不晓得啥人教出来的?"

看闹猛①的人全笑了,在旁边议论现今的小人难弄。

老太婆更有劲头了:"你们两个人一对宝贝,一个高飞,一个远走,屋里不要了,小人也不要了,真是少有的。小人丢给我,我弄不动了,现在外面帮人家领小人,一个月寻个五六十块笃定的,我帮你们白看小人,还要贴吃贴用,真是蚀本生意,小鬼头一碰还叫姆妈,好像我亏待他了,你讲怎么办?"

沈梦洁本来对周川窝了一肚皮的火,老太婆还来寻事,她也火冒了:"怎么办,去问你的宝贝儿子呀,你到西藏去叫他回来呀,痒茄茄,支援西藏呢,不晓得什么人教养出来的活雷锋,老实告诉你,他不到西藏去,我也不会甩掉小人来开店,你自己心里有数,他不要屋里,我瞎起劲做啥,大家横竖横,拆牛棚,一家门翘光拉倒……"

---

① 闹猛:热闹。

老太婆这一下有点蒙了,她的心情是蛮复杂的,对沈梦洁是又看不惯,又碰不得,她晓得自己儿子几斤几两,讨这样一个女人不容易,现在又开了店,说不准哪一日就成了财主,千万不能放手,不然儿子转来空屋一间,儿子要难过的。老太婆连忙笑起来:"说说白相的,说说白相的,啥人要讲拆牛棚,蛮好的人家,川川去了已经三年了,再熬几年就出头了。"

沈梦洁冷笑一声:"再熬几年我也熬成老太婆了。"

"你看你说得多难听,你早呢,一朵鲜花刚刚开呢。"

大家又笑了,郭小二油腔滑调地唱:"才放的花蕾,你怎么也流泪,如果你也是……"

老太婆也笑,说:"就是嘛,就是嘛,你叫这位小阿哥讲讲,你是不是好年轻的,像不像三十岁的人……"

郭小二故作惊讶,大叫小唤:"哎哟哟,沈老板到而立之年啦,照我看起来,当她刚刚高中毕业呢。"

"好了好了,别寻开心了。"沈梦洁不耐烦地说,又回头问阿婆,"你打算怎么办,小人不领了,还给我,还是要我贴你五十块六十块?"

老太婆转转小眼睛:"瞎说瞎说,他讲要来看看姆妈,我是领他来白相的,又不是来讲别样的,什么钞票不钞票,他是我的孙子呀……"

这几句话才像个做好婆讲的,沈梦洁心里想。当初不晓得周川有这样一个泥土气的老娘,她真的有点懊恼同周川结婚了。

大人烦了半天,冷落了儿子,儿子不开心,勾牢沈梦洁的头颈说:"姆妈,等一歇我跟好婆回去。"

沈梦洁奇怪,问他:"你喜欢好婆?"

儿子点点头说:"好婆天天买好吃的物事给我吃的,还带我到大公园去乘小火车,还到动物园,还到说不出名字的地方去,姆妈没有带我去过的地方……"

沈梦洁心里一热,眼睛有点发酸,想对阿婆说几句感激的话,但看见老太太和大孃孃他们叽叽咕咕讲话,样子又土又俗,她不由叹了一口气。

阿婆进灶屋间去帮沈梦洁烧饭,沈梦洁心里一动,心想要是让阿婆和儿子都住过来,倒也蛮好,虽然拥挤一点,但可以天天同儿子在一起,阿婆除了看小人,还能帮帮她的忙,烧烧饭,省得像现在这样老是苏打饼干方便面混日脚。

吃饭辰光,沈梦洁把自己的打算告诉阿婆,可是阿婆不同意,说:"住到这边来,那边屋里不住人不灵的,不住人有阴气的。"

沈梦洁说:"不要紧,隔点日脚去晒一晒透透风。"

阿婆仍旧不肯,停了一歇,才说:"那边一个人也没有,倘是川川刹生头里回来,屋里没有人气,冷冰冰的,他要吓坏的,当是出了啥事体了。我不高兴住过来,还是不住过来的好,这一点点地方,怎么住……"

沈梦洁没有办法,只好送走了阿婆和儿子,无可奈何地看着汽车开走了。

她回过来的辰光,看见上一次那个高个子翻译领着几个外国人手指着黑皮的"吴中宝"店招,朝那边过去了。她眼巴巴地看着黑皮在很短的辰光里又做了一笔大生意,卖出三只双面绣、一件真丝绣花睡袍,还有些红木,玉石小摆设,她不由叹了一口气。那个翻译走出"吴中宝"店堂一副得意之情。她晓得他肯定会从黑皮那里得到相当的好处,她不由对黑皮说:"老板,你花露水蛮足的嘛,寻到这种好帮手,招财进宝噢。"

黑皮说:"沈老板你寻开心,我有什么好帮手,骚妹妹那点花露水你是有数脉的,不及你一根汗毛的。"

沈梦洁有意说给那个翻译听:"啊呀,我告诉你,那天工商局有人来寻我,问我晓得不晓得外事单位翻译吃回扣的事体,叫我知情揭发,我讲我新来乍到,怎么会知情呢,你讲是不是。"

那个翻译听沈梦洁这样敲边鼓,无动于衷,对黑皮说:"中国人里顶多的就是眼皮薄,眼皮一薄,什么事体都做得出的,告密啦,做暗探啦,这种人,到处都有。"

黑皮和他一吹一喝:"就是嘛,前一腔,'古吴轩'店的姚老板看我多赚了一点,背地里就去告我,结果呢,碍不着我一根汗毛,我后来同他讲,告人,要有证据的,人证物证,不要以为凭自己瞎想想就可以去告人、咬人……"

沈梦洁想不答,狠狠地瞪了那个翻译一眼,那个人却对她笑笑,笑得十分真诚。

沈梦洁越想越气,黑皮这么一个其貌不扬的小青年,做生意为啥这样发落,她自己枉有一张大专文凭,枉长了一张聪明面孔,做起生意来被黑皮甩几甩也是轻而易举的,真是门对门气煞人,倘是对门的不是黑皮,沈梦洁作兴不至于这样气不平。在这条寒山寺弄开店的,也不是个个像黑皮那样精灵的,像3号"重光"店老板李江,那个老头子,就是死蟹一只了,沈梦洁虽然不大了解这个人,但有辰光走过去看看,老头子总是缩在店堂里,坐一张矮凳,只露出一对小眼睛看着柜台,一日到夜低了头,不晓得在看书还是在做啥,他的那爿店店面也十分凌乱,货架上乱七八糟堆了一点低档蹩脚货,灰积了一层,从来不去揩揩,生意自然比沈梦洁还冷落。

沈梦洁无聊得很,走到李江店门口去看看,一看,不由笑起来。李江还是那个老样子,只有一堆花白头发在柜台后面,他听见笑,抬头朝外面看看她,好像不认得,又低头看书,沈梦洁喊了他一声:"李老师,你在做啥呀?"

李江又抬头看她一眼,不说话,扬扬手里的那本书。

"哟,看书,哎哟,李老师认真得嘞。看什么书呀,市场学,还是生意经?还是……"

李江把书面朝沈梦洁展开,沈梦洁一看,《妇科医生精要》,她吃了一惊,以为李江不怀好意,是个流氓,可再看看他那副腔调,又觉得好笑,实在不像个心怀鬼胎的人。

"喂,"她固执地又去打扰他,"喂,李老师,你生意这样清淡,怎么不想想办法?"

李江淡淡一笑,好像说有什么办法。

"你看黑皮店里,发得不得了,啥道理,你晓得吧?"

李江不置可否,但看上去肚皮里是一清一爽的。

沈梦洁又追问:"到底啥道理?他是不是有什么名堂?私皮夹账,违法乱纪!"

李江仍然不置可否,不吐一个字。

"什么名堂!"

李江又低了头。

沈梦洁急了:"咦,李老师,你是哑子啊,怎么不讲话的,什么名堂?"

李江又笑笑,好像根本不在乎"什么名堂"。

"你既然晓得黑皮那一套生意经,为啥不学他的样,不走他的路子,多赚点钞票?喂,你讲呀……"

李江终于开口了:"我只要日脚过得去,不想多赚钞票。"

　　沈梦洁听不出这话是真是假,虽然李江孤身一人,没有负担,也没有什么物质上的追求,她不相信世界上会有不喜欢钞票的人。她觉得李江这个人很特别,不再去寻他的开心了。

　　沈梦洁回到自己店里,刚坐定,眼睛突然一亮,她看见邱荣正从江村桥上走过来。她心里一热,突然有了一种见了久别的亲人的感觉,好像有好多话要对他讲。她不晓得,倘是现在桥上的不是邱荣,而是周川,她会不会有这样的感觉,恐怕不一定。

　　罪过噢,沈梦洁想,这是不是把金钱看得胜于爱情呢?

第 5 章

　　这块野地不晓得已经野了多少年多少代了,也不晓得还要再野多少辰光。不过,照现今的情势看,地皮这么紧张,场所这么宝贵,这块野地恐怕很快也会变成宝地了。听说前一腔已经有人来对这地方指指戳戳了,说不定哪一日就会有人来量地皮画白线的。

　　这块野地在寒山寺背后,面临娘娘浜,背靠寒山寺高耸的古黄色的围墙。野地上到处是百年大树和墟墓坟墩,到处杂草丛生。这一带的人很少跑到那里去,因为人迹稀少,倒成了飞禽走兽做窝的地方。鸟做了窝,生蛋、孵小鸟,日脚倒也蛮太平。可是终归有几个胆子野豁豁的小鬼头,进去摸鸟蛋,一摸一个准。摸了鸟蛋,夜里附近的住户就听见鸟妈妈哀哀地哭,大人就骂小人,"作孽嗽,断命鸟蛋有唉好白相,作孽嗽……"小人仍旧进去摸鸟蛋,碰得巧,连鸟妈妈也一淘捉回来。

　　野地上的坟墩自然也是野的,但大多坟是有墓碑的,或简或繁,多少在石头上刻几个字。比如在墓碑上刻写"刊石枫桥,德辉不灭"的,恐怕是有些许政绩的人,有的则啰里吧唆地写了出生年月、生平事迹。也有的很简洁地刻上"××公××墓"几个字,当然这些石碑现在大都已经破损,因为虽说是荒野,前几年同样在劫难逃。有一座吴女坟,规模甚为壮观,相传是吴王夫差小女之坟,说是吴王的这个女儿因为看不惯父亲轻士重色,为王无道,时常忧国之危。后来看中了一个书生韩重,想嫁给他,可是韩重因为其父之故而不愿意娶她,吴女自杀身死。夫差对此十分心痛,以金棺铜椁将小女葬于阊门外枫桥。下葬之日,吴女化为一只白鹤,舞于吴市,千万人随观之,白鹤边舞边歌,唱曰:"南山有鸟,北门张罗。鸟既高飞,罗当奈何!想欲从君,谗言几多,悲怨成疾,殁身黄坡。"对于吴女坟这样的传说,稍微有头脑的人就会晓得是不可信的,吴越时期到今朝,没有三千年也有两千多年了,没人相信夫差女儿的坟至今还保留在这地方。但是老百姓顶喜欢听这样的故事,所以也就以讹传讹,以假当真了。后来"吴女坟"又被红卫兵凿成了"妖女坟",今朝回想起来,实在是一桩滑稽事体。还有一个梅花和尚坟,和吴女坟不同,没有人晓得他的身世,也很少有关于他的传说,所以大家称他野和尚。梅花和尚墓前有石碑,题了两句对子:"槐梦醒时成大觉,梅花梦里证无生。"据钱老老讲,这是梅花和尚自己题的,问他怎么晓得,钱老老说梅花和尚托梦告诉他的。钱老老肚皮里倒有不少关于梅花和尚的稀奇古怪的事体,不过从钱老老嘴巴里讲出来,大家总归一笑了之,没有人当真的。钱老老也不一定要大家相信,他原来也就吃饱了闲着无聊,嚼嚼白相的。

几年前,寒山寺弄1号里的邱荣赚了一笔钞票,在自己天井里造房子,威风扫过大街小巷,声势惊动了枫桥镇。造的是平房,却奠了楼房的墙脚,夯墙基的辰光,夯得结结实实,原本计划好的,砖头石块不够用了,邱荣挥挥手叫小工到寒山寺后面野地里去拖。

那几个小工是外面请来的,不晓得野地里忌一脚,跑到那里,只拣大石块往邱家拖,结果把梅花和尚的那块墓碑也拖来了。

钱老老平常日脚顶喜欢轧闹猛,看造房子自然轧在前八尺。他老眼昏花,看见拖来的石头上面还刻了字,回屋里戴了老花眼镜,把石头上的泥迹揩揩清爽,煞有介事地读了上联"槐梦醒时成大觉",之后就叫起来,说这块物事不可以随便动的,随便动了要惹恼梅花和尚的。

大家拥过去看那块石头上的字,没有啥人看得出那几个字,槐梦醒时也好,梅花和尚也好,看上去全是糊里糊涂的一团。

大家同钱老老寻开心问他:"梅花和尚是不是寒山寺里的和尚?"

钱老老答不出来。

大家又笑,说是野和尚吧。钱老老面孔上很难看。

邱荣立在旁边不声不响地看钱老老,钱老老对他说:"邱老二,你不好动的,梅花和尚有灵的……"

邱荣阴森森地说:"你不是说他成大觉了吗,既然成大觉,就与世无争,根本不会在乎一块墓碑派什么用场的。"

钱老老摇头晃脑:"闲话不能这样讲的,闲话不能这样讲的,成大觉是他的事体,我们野俗人也不可以作孽的。"

邱荣"哼"了一声:"我这个人就是作孽作惯了,让梅花和尚来惩罚我好了。"

那块石碑就这样在众目睽睽之下,做了邱荣的奠脚石。

不晓得是邱荣的毒誓发准了,还是钱老老的预言说中了,邱荣现世报了——邱小梅不明不白地死,邱贵女人发痴,邱家兄弟反目。寒山寺弄的人家,没有一家有邱荣这样发财,也没有一家像邱家这样败落。大家想起当初钱老老的闲话,都有点汗毛凛凛的。

邱荣现世报,不光惨了邱家,1号宅院里的风水也坏了。从前这个天井里的人家,都是太太平平、安安静静过日脚的。除了邱贵有辰光踏三轮车踏吃力了,夜里回来喝几两老酒,借了酒意骂几句粗话,其他人都客客气气,一家门也好,邻里之间也好,和睦相处。现在是内部吵天天有,外部吵三六九,弄得大家心情不舒畅。

邱荣小辰光,经常听阿哥邱贵讲这个院子的过去。这一号宅院原先是邱家祖上的,从前的邱家据说还是枫桥一带的大户,有钱有势,所以现在推想起来,那辰光这一号院子里的房子肯定不是现在这种低矮的开天窗的平房,起码是几面花窗的楼房。邱家不晓得在几世几代的辰光,出了个不肖子孙,十七八岁,不读书,不想做官,一日到夜同寒山寺里的和尚轧朋友,当家人三番几次家法教训,仍然不思悔改,终于有一日一走了之,没有回转,有人讲恐怕是看穿了一切去做了和尚,邱家人到寒山寺去寻人,没有寻到,只好当作白养了这么一个儿子。钱老老讲的故事倒同邱贵讲得差不多,只是有一个差别,邱贵认为这空房子原本姓邱,钱老老认为这宅房子早先姓钱。当然,不管是姓邱还是姓钱,现在统统姓公,邱家的或是钱家的房子怎么会充了公,大家弄不明白,不过早几年中国弄不明白的事多着呢。

邱贵比邱荣大十岁,长兄如父。邱荣对阿哥的感情是很深的,从小阿哥就是他的崇拜对象。邱贵五大三粗,在邱荣心目中是个顶天立地的男子汉。后来邱荣插队辰光,因为打人致残吃了官司,邱贵一次也没有去看他,写了一封信,板着面孔教训了他一顿,说他自食其果,要他认罪服罪,彻底改造世界观。邱荣十分伤心,二十几年阿哥在他心目中的形象彻底毁灭了。吃官司的第一年春节,他一个人在很远的地方服刑,没有人和他通信,也没有人给他送吃的用的,可是有一天,他的侄女儿邱小梅突然千里迢迢地来了。那时小梅还在中学里读书,她是节省了一分一分铅币,瞒着父母偷偷地跑出来的。邱荣在十六七岁的小姑娘面前哭了一场,从此,邱小梅经常和叔叔通信,告诉他家里和外面的情况,经常寄东西给他,每逢节假日,总是想办法去看他。邱荣狼吞虎咽地吃着小梅带来的各种食物,突然他眼睛一瞥,看见小梅在旁边咽馋唾,邱荣再也吃不落了,这才发现小梅的面孔干瘦发黄,头发也没有光泽,衣裳又旧又小,吊在身上,没有一点姑娘的光彩,邱荣在心里发誓,他总有一天要报答小梅。

这一天终于来了。

邱荣把一爿店送给了侄女邱小梅。

可是,邱小梅却吊死在"寒山屋"里了。

邱荣从悲痛中清醒过来,第一个念头就是寻找小梅致死的原因,他要报复,他要杀人。

邱小梅却是什么也没有留下。

邱荣像一只困兽到处乱窜,眼睛发红,好像随时要扑上去咬人,熟人见了他都躲得远远的,连邱贵也不同他说一句话。两三天过后,他正在屋里气闷,天井里的唐云蹑进来,胆怯怯地看着他,好像有什么话要讲。

唐云和小梅从小一起长大,又一起念书,像亲姐妹一样,会不会小梅有什么话对唐云讲过呢,邱荣立即提起了精神。

唐云憋了半天,却哭起来,抽抽咽咽地说:"那天,我去店里白相,看中一条丝围巾,一时又没有钞票,小梅一定要我拿了戴,我说,隔日就来还钞票,可是,可是,来不及了……"

邱荣呆笃笃地看着唐云,麻木不仁地听她讲话。唐云连哭带诉地讲:"我记得,那天店里还有个日本人,蛮面善的,蛮和气的,会讲几句中国话的,也在店里白相,好像不是买物事的,同小梅讲得蛮投机,后来日本人走了,小梅还问我……"

"问你什么!"邱荣突然紧张起来。

"问我,日本人凶不凶,我还同她寻开心,问她是不是要嫁给日本人,小梅面孔血血红,唉,就是眼门前的事,活灵活现,小梅怎么……唉唉……"

"那天她还同你讲了什么?"邱荣抓住话题不肯放过。

"其他,其他也没有了,噢,好像还问我'纯子'是什么,是不是日本女人的名字,我说是的,好几部日本电视剧里都有叫'纯子'的……"

"纯子?"邱荣陷入了沉思之中,唐云什么辰光走的也没有发觉。

邱荣记得很清爽,小梅办丧事的辰光,是有一个陌生人轧在人群当中,穿的西装,结了领带,还戴了黑纱。当时邱荣根本没有心思去注意他,只是觉得这个人和一般的中国人不大一样,面孔是陌生的,但好像又有点熟悉的东西。他记得那个人铁青面孔,一言不发,哀乐刚刚发响,他就用手捂住胸口,奔到门口,倚倒在门槛上,门口有几个人把他搀起来送了出去,后来也不晓得怎么样了。

这个人,可能就是唐云讲的那个日本人,他怎么会来悼念小梅,他和小梅……邱荣一下子激动了,可是,到哪儿去寻这个人呢?他抱着一线希望奔到寒山宾馆,却迟了一步,服务员告诉他,是有一个日本代表团,可惜已经走了。邱荣在一段时间里,真是万念俱灰,什么事体也不想做,什么人也不想见,他并不是那种没有经历过生活的狂风巨浪的小青年,但这一次的惩罚,却把他打垮了,压倒了。

他不想回寒山寺弄一号院子,他不能看阿嫂的失常举止,更受不了阿哥的冷酷淡漠。他不敢进"寒山屋",一走进"寒山屋"他就看见小梅的影子在晃动。

钱老老遇见他,总是低了头躲开,反倒像是欠了他的债。邱荣想起"寒山屋"底下的那块墓碑,真想追上钱老老痛哭一场。

这辰光的邱荣已经腰缠万贯,属于他的房子也不少,寒山寺弄有两间,盘门那边有一座小楼,两楼两底,但他却总是觉得自己像个流浪汉,无家可归。在盘门的新楼房上,他的老婆高红总是笑眯眯地等待着他,却经常使他感到一种说不清爽的隔膜。

高红是的的刮刮正规大学毕业的本科生,学的是英语专业,毕业后分配在市里一所中学当外语教师。邱荣开了书画店,苦于自己不懂外语,在同外国人做生意的辰光十分不便,就托朋友物色一两个懂外语的人才,每日夜里到他店里帮帮忙,只要当天有赚头,就给一点报酬。后来,寻到了高红。高红在邱荣店里帮忙不过半年,就和丈夫离了婚,嫁给邱荣了。

古话讲,女人要讨二婚头。像邱荣这样的男人一直到三十六岁,才第一次真正接触女人,高红对他确实是十分配胃口的。从前,因为劳改犯的臭名声,轧过几个女朋友全没有成功,高红对邱荣的过去一概不问,结婚以后,高红更加成了邱荣生意上的好帮手,而且对邱荣也很体贴。所以,高红为了他而离婚,拆散一个家庭,邱荣心里虽说有点疙瘩,但对高红还是蛮中意的,何况高红相貌也不错,肚皮里多少有点真货,邱荣的朋友都恭喜他寻了个好女人。

过了一段辰光，邱荣发现高红内心好像有什么秘密，有什么事体瞒着他，他试探过但从来探不出什么名堂。后来邱荣又有了一个感觉，高红在拼命赚钞票。她在学校工作很出色，奖金挣得最高，同时还担任了几家业余职校的外语辅导老师，一夜上两节课，有近十块钱的收入。有几个礼拜天，她带回来一大堆外语考卷，也是揽的外快，批一张考卷就是五块钱的收入。高红说，那一天她批了八十份考卷，饭碗端在手上还在批改。每天夜里很晚她还要应付店面上的生意。高红对邱荣的钱财从来不过问，邱荣几次把存折交给她，她看都不看一眼就还给他了。邱荣想不通，不晓得是不是高红想告诉大家，包括他，她嫁给他不是因为他的钞票，她自己也会赚钱。她要许多钞票做啥，高红也从来不同他讲，慢慢地，两个人都感觉到双方之间有了隔膜，也可能这种隔膜原本就有，从前没有发现罢了。

　　高红的社交面越来越广，在屋里和邱荣的话自然越来越少，邱荣总想是不是自己配不上她，她念过大学，有真才实学，两个人缺少共同语言。现在，邱荣好像很怕回去，回到屋里，高红那种职业性的空洞洞的笑叫他心里不适意。结婚以后，夫妻俩从来没有吵过一次相骂，邱荣脾气犟，气闷的辰光，吵一架，可以发泄发泄，心里轻松一点，可是高红从来不创造吵相骂的条件和机会，总是一张笑面孔。还有一桩事体叫邱荣心里很不痛快，高红的肚皮一直大不起来。眼睛一眨，结婚已经两三年了，高红那里仍然毫无动静，夫妻之间谈起小人的事体，他几次暗示她是不是到医院检查检查，高红不是笑一笑混过去，就是推说没有空，邱荣也不好逼她。邱荣心里憋了许多东西，污恶得要爆炸，他有许多三教九流的朋友，他却不晓得找啥人去讲讲心里的闷气，一直到有一天沈梦洁活鲜鲜、亮闪闪地闯进了他的店堂。

对于关了门的"寒山屋",许多人劝邱荣早一点租出去,一来经济上可以少受损失,二来新店主一到就会冲淡对旧人的思念。邱荣对此却一直没有考虑。他不愿意自己触自己的心境,揭心上的伤疤。

沈梦洁心急火燎地说明了来意,邱荣坐在那里,若有所思,也不晓得有没有听清沈梦洁在讲什么。后来他抬头看了一眼沈梦洁,立即被她的那种傲立于社会的气质震惊了,感动了,可是他还是冷冰冰地说:"不租。"

沈梦洁尴尬地站着,过了一歇她冷笑一声说:"这爿世界上真的没有啥人肯帮我一把……"

邱荣被她这句话打动了,其实这辰光他也很希望有人帮他一把呢。他的口气松动了一点,问:"你会做生意?"

"不会,"沈梦洁说,"不过我可以学,就像小人开始不会吃饭,总不能等学会了再吃,总是要一边学一边吃起来的……"

邱荣摇摇头,又问:"你想发财……"

沈梦洁又直愣愣地说:"是的,我想发财,我现在刚刚弄明白,钞票最能体现一个人的本事和价值。钞票其实不是一个孤立的内容,从前人家都讲铜臭铜臭,照我看来讲的票臭是不公平的,钞票里是臭、香、酸、甜、苦、辣、咸、淡,什么滋味都有的。"

邱荣不由又看了沈梦洁一眼,他不明白为啥,沈梦洁的话总能讲到他心里。

沈梦洁知道邱荣心里活泛了一点,便不失时机地说:"邱老板,这爿'寒山屋'有得天独厚的好条件,为啥要人为地埋没它呢?为啥不让我帮帮你……你放心,我不会让'寒山屋'塌招势的。"

她同邱小梅是完全不同的两种人,当初,邱荣让邱小梅接替他做"寒山屋"的老板,邱小梅说:"我不来事的,我做不好的,我只能做做帮手。"想到小梅,邱荣心里一揪,他脱口问沈梦洁:"你一定要租'寒山屋',你晓得'寒山屋'的过去吗?"

沈梦洁扬一扬眉毛:"我不晓得,我也不想晓得,我只希望看到它的未来,就像对我自己一样,我只想奔我的前程。"

这句话说了一半,她的过去呢,怎么回事体,邱荣熬不牢又问:"你以前是做什么的?"

沈梦洁笑笑,轻描淡写地把这几年的经历告诉了邱荣。

就这样,他们不知不觉竟谈了几个钟头,高红下班回来,看着他们,很古怪地笑笑。

邱荣告诉高红:"她姓沈,想来租'寒山屋'的。"

高红又古怪地一笑,说:"老早应该租出去了。"

终于,他们达成了协议。

沈梦洁开店以后,邱荣还没有去看过她,但心里却一直挂记着她,不晓得是不是因为想念小梅的原因,他对沈梦洁有一种天然的保护欲。

昨天夜里,高红和一个来买东西的西方人谈得热络得不得了,可惜邱荣一句话也听不懂,后来那个外国人居然抱住高红吻了一下,邱荣心里说不出的别扭。高红却笑着劝他:"你不要这样古板嘛,人家也不是坏心思嘛,再说都是为了做生意嘛……"

他差一点脱口反驳:"那你还不如去卖肉!"后来高红去送那个外国人,一直到很晚才回来,显得很兴奋,面孔上红通通的。邱荣一句也没有问,她也一句话不说,两个人分头困了。

天不亮邱荣就醒了,爬起来什么事也没有做,就出门了,直奔

"寒山屋"来。

当沈梦洁像见了久别的亲人一样招呼他时,邱荣也差一点喊她一声"小梅"。可是她们俩从外形到气质都是不同的。

还没等沈梦洁开口说话,大孃孃就奔过来说:"哎哟,邱老板,长远不见了,这一腔发财啦……"

邱荣冷冰冰地"嗯"了一声。

大孃孃从来不会因为别人面孔上颜色不好看就闭嘴的:"嗯,邱老板,听人家讲你太太漂亮煞的,为啥不叫她过来白相白相,让我们也见识见识,饱饱眼福?你怕她出来被别人抢去啊,你把她藏在屋里做啥呀……"

邱荣说:"她不在屋里,一日到夜在外面。"

大孃孃"哦哦"叫了几声,还想啰唆,邱荣却回头问沈梦洁:"沈……沈老板,几日生意做下来怎么样?顺手不顺手?"

沈梦洁本来对邱荣有一肚皮的话要讲,要向他请教生意经,要问他像黑皮那样的人做生意的秘诀,可是现在见了邱荣倒一句也讲不出口了。她十分好强,当初对邱荣拍过胸脯讲自己不会给"寒山屋"塌招势的,但现在她好像觉得自己下错了赌注,这样的书画店在这里已经遍地开花,爆满了,她也不可能有比别人更强的货。

大孃孃又见缝插针地说:"哎哟,邱老板不瞒你讲,沈老板蛮苦恼哩,生意不发落,人家讲那天开张放了臭火的,我怎么没有听见臭火呢,全是乒乒乓乓双响嘛。喂,邱老板,你不要保守噢,生意经介绍点给沈老板听听嘛,大家发发嘛,对不对?"

沈梦洁面孔上虽然有点不自在,但内心十分感谢大孃孃,大孃孃这个人,唉,怎么评她呢,真是成也萧何,败也萧何。

邱荣晓得大孃孃没有瞎说,他点点头对沈梦洁说:"你的商品竞争能力不强,太一般化,大家都有的东西,你可以少搞一点……"

沈梦洁看着邱荣,没有说什么,但好像在问他:大家没有的东西,我到哪里去弄呢?

邱荣瞥了一眼大孃孃,就扯开了话题。

大孃孃肚皮里有数,但面孔上装糊涂,赖在旁边不走开,眼睛骨碌碌地从邱荣身上转到沈梦洁身上,又从沈梦洁身上转到邱荣身上。

大家进了一歇,大孃孃熬不牢说:"哎哟,邱老板,你怎么不想抱儿子,你太太怎么回事体嗷,结婚恐怕有三年了吧,你们这种人,现代兮兮的,不想要小人的,我说啥想不通的,千好万好终归自己的贴肉顶好……"

邱荣"哼哼"了两声,说:"贴肉顶好,你的儿子怎么样,你为啥对别人讲郭小二比你的儿子好,郭小二又不是你的贴肉……"

大孃孃的伤心事体被引了出来,神色黯然地走开了。

邱荣看着她的背影,叹了口气,不晓得是为大孃孃还是为啥人。

沈梦洁说:"邱老板,你说别人没有的东西,是指的哪些物事……"

邱荣沉闷了一歇,说:"有些物事,台面上还不好讲,被别人抓住把柄,扣你一顶帽子可以不大不小,叫你呜啦不出……"

"我……"沈梦洁说,"我想试一试,总比现在这样不死不活的……"

邱荣不再说什么,从口袋里摸出钢笔,向沈梦洁要了一张纸,写了一个人的名字和地址,交给沈梦洁,"你去寻这个人,他也许会为你提供一点紧俏货的。"

沈梦洁不明不白地接过纸条,看邱荣不愿意再多讲,也不便再多问,她喜欢自己去闯一闯。

沈梦洁突然想起一桩事体,问邱荣:"我上次听钱老老讲,这间房子底下埋了一块什么石头,说是不应该埋下去的,什么意思,吓唬我,还是什么……"

邱荣叹了口气说:"钱老老说,石头上写的是'槐梦醒时成大觉,梅花梦里证无生'。"

沈梦洁"噢"了一声,笑起来:"你相信?你相信世界上有什么'大觉',有什么'无生'?"

邱荣看着沈梦洁放着光彩的面孔,心想我以前也是不相信的。

一群外国人从对过黑皮店里出来,边走边欣赏购买的物品,沈梦洁见此心里酸溜溜的。

邱荣看看她,说:"慢慢来,你也会精明起来的,也会摸透这里面的名堂……"

沈梦洁点点头。

"各个不同国家来的人,可以用不同的方法对付,但首先要了解他们,比如美国人,自信力很强,却不傲慢,这是一个素质比较高的民族。德国人就比较严肃,用我们的话讲是一本正经的,但并不难弄。法国人的特点是乱杀价,比苏州人杀半价还要厉害,不过不成功也无所谓……"

大孃孃笑着轧①过来说:"香港人顶滑稽,哭穷有一套功夫,

---

① 轧:挤。

三日两天听见这种广东普通话:我们没有钱呀,我们是穷人呀,我们是家庭妇女呀,你就卖给我们吧,便宜一点嘛……"

沈梦洁被她说得笑起来。

邱荣却不笑,继续说:"还有日本人,我们的主顾主要是他们,日本人是比较富裕……"

说起日本人,沈梦洁突然想起一件事,连忙告诉邱荣:"邱老板,有一个日本人,可能住在寒山宾馆的,来寻过你,打听你的事体,还问过,问过……"

"问过什么?"

"问过你的侄女邱小梅。"

邱荣猛然一震:"那个日本人,叫什么?什么样子?"

"叫什么我不晓得,样子嘛,也说不准,反正一双眼睛很凶很阴,也很古怪,不过他恐怕不是真正的日本人,他会讲中国话,会讲苏州话,肯定在苏州住过……"

邱荣马上明白了,激动地说:"是他,是张宏,他住在寒山宾馆?"

沈梦洁点点头:"已经好几天了,日日到这里来转……"

邱荣十拿九稳地说:"他叫张宏,我们从前是同学,后来一起插过队……"

"哦,"沈梦洁想起唐少泽说过的话,问他:"还有唐少泽是吧,你们三个人很要好,是吧?"

邱荣不置可否。

沈梦洁又说:"那个日本人很滑稽,到我店里来过,问这一带有没有一个叫纯子的小姑娘……"

"什么?纯子?"邱荣的神经一下子绷紧了,唐云也曾经提起过纯子,和这个纯子是不是一回事呢?

沈梦洁觉察出邱荣神色异常,但她还没有来得及再说什么,邱荣就匆匆忙忙地告辞,朝寒山宾馆那边走去。

沈梦洁正想把邱荣给她的那张条子拿出来看看,突然发现唐少泽的老婆站在店门口,眼睛里充满了挑衅的神态。

沈梦洁忍不住"扑哧"一笑。

凌丽很恼火,以为沈梦洁在笑她什么,正想该怎么摆点威风出来,沈梦洁却倚在柜台上假痴假呆地问:"你要买什么?"

凌丽白了她一眼,说:"不买什么。"

"那你看吧。"沈梦洁十分客气,并且热情地介绍:"喏,这只,双面绣,十二圆,货色不错吧,不贵,卖八十块……"

凌丽鼻子一哼:"八十块,还不贵?哼,我十块钱就能买一只十六圆的。"

"哎哟!"沈梦洁故作惊讶地叫起来,"哎哟,真的?你们屋里有本事,有脚路,有花头,在哪里买的?能不能介绍我也去弄一点……"

凌丽得意了:"那是不来事的。"

"唉,"沈梦洁似真似假地长叹一口气,"你看看我,进货这么贵,一天也卖不出多少,赚不了几钱,屋里上有老下有小,张着嘴巴要吃饭呢……"

凌丽对"下有小"很感兴趣,"你……有小人了?"

沈梦洁说:"小人四岁了……"

凌丽偷偷地松了一口气,感到沈梦洁对她的威胁小得多了,但仍然没有彻底排除。

沈梦洁早知她在想啥,却只作不知,问她:"你看上去还没有小人吧,看你的身段,像姑娘身段,苗条得嘞……"

凌丽倒有点不好意思了:"我也有小人了,女儿……"

"哎哟,真的看不出,你养了小人身段还这么好……"沈梦洁突然觉得自己的口吻有点像大孃孃。她苦笑笑,继续扮演:"真是眼热煞了,不少女人养过小人就像一只柏油桶了,难过煞了,你看我也是,腰粗得嘞……"

凌丽居然有点开心了,但仍不忘记自己的任务:"我们小唐也说的,他讲我身材好……"

"唉,你说起小唐,我倒想问问你,你怎么嫁给这种……"

凌丽一急:"怎么?"

"我倒不大好意思讲呢,你这个男人,架子太大,不像你随随和和的……"

凌丽终于笑出来。

沈梦洁趁热打铁,又说:"我听人家讲,你是高干子女,水平很高的,脚路粗煞的,哎,你肯不肯帮我弄一点便宜货……"

凌丽警惕起来:"你要做啥?"

"我做生意,你也有好处的,现在钞票不经用,哎,你屋里高档电器大概全齐了吧?"

凌丽叹口气:"哪里哦,总共才撑了一台彩电,还是十四寸的……"

"哎哟,那还有的你扒呢,撑齐了电器,还有钢琴、空调呢,哎,现在啥人不在赚钞票噢,不过你们高干不一样的,有的是钞票,不像平头百姓……"

凌丽叫屈了:"天地良心,我们屋里人,我爷娘只拿几个死工资呀,唐少泽也是,更加穷酸,没有花头的……"

"哎哟,你这个人,真是太老实了,有权不用,过期作废,人家干部子女现在都在靠老头子的权捞好处,只有你……真是……"

凌丽被沈梦洁击中了心病,心神不安地走了。

沈梦洁想想自己充当的角色,心里五味俱全,但是,既然已经走了第一步,不管自己将会变成一个什么样的人,她也只有走下去了。

第 6 章

寒山寺里的大雄宝殿,和苏州玄妙观、西园寺、灵岩山等地方的主体大殿基本是同一格式的,都是青砖黛瓦飞檐翘角的屋顶,屋脊两端有一对砖刻龙头,木结构的落地门窗,古黄色的山墙,宏大的斗拱,殿前一座铁铸的大香炉,青石驳砌的露台,周围均有雕刻精致的石栏杆。彼此所不同的大约只是规模的大小,比如面阔啦,殿高啦,殿内有多少青石柱子啦,甚至于屋脊上砖刻龙头的大小高矮啦。比较起来,寒山寺大雄宝殿的规模恐怕要略逊一筹。

外壳的一致,并不等于内涵的相同。玄妙观三清殿里三尊木雕三清像,每尊高过五丈,金光灿烂,极为庄严,佛像的面孔端庄慈祥,十分正经;西园寺大雄宝殿里三尊大佛,中间是佛祖释迦牟尼,左边是药师佛,据说是专管人间消灾延寿的,右边的阿弥陀佛,掌管西天极乐世界,都是正正经经很有本事并且很有名气的菩萨。这些佛像无一不在大殿正中,表现了菩萨至高无上的威望。寒山寺却不同,大殿右面的偏殿内,供了两个袒胸露乳、蓬头赤足的胖子和尚——寒山和拾得。这两个和尚站在一座巨大的莲花座盘上,一个手捧净瓶,一个手握莲花,看上去眉开眼笑,乐不可支,少一点威严之气。

说来也怪,寒山寺并没因为庙小菩萨少而影响其香火的兴旺,也可能出于那种所谓的逆反心理,大家倒觉得这两个不修边幅、不见经传的菩萨可亲可近可信,就像大家喜欢济公一样。再说,既然到了庙里,总归要寻个菩萨拜一拜,寒山寺里又没有别的菩萨,所以,寒山、拾得像前,磕头揖释的人,一日到夜没有间断。

日本代表团的人都被翻译唐少泽的讲解吸引住了,津津有味地听他讲寒山、拾得的故事,讲寒山、拾得和日本国的关系,讲古往今来吟唱寒山寺的诗人和他们的诗作。

铃木宏不想听这些传说,他自己也能讲出来一套又一套的关于寒山寺的故事,有许多是当年在枫桥农村插队辰光,听当地农民讲的。唐少泽现在讲话谨慎得很,那些内容大多数有资料可寻,当年他们听到的那些野史,比这种经典故事生动有趣得多呢。

铃木宏独自一个人在大殿里转了一圈,发现大殿一侧有一只柜台,一老一少两个和尚坐在那里卖什么物事,他过去一看,卖的物事还不少,有《枫桥夜泊》诗拓片,有寒山寺风景明信片,还有许多从碑刻上拓下来的各种诗文记载,以及市内交通图等。

老和尚看见铃木宏走近,连忙把围在柜台前的几个中国人赶开,铃木宏瞥见老和尚面孔上那种对自己同胞鄙夷、厌烦的神色,心里说不出是什么滋味。

铃木宏对这些物事不感兴趣,对这两个势利的和尚也没有好感,他看了一歇,就走开了。这辰光,代表团的人已经听过唐少泽的介绍,学着中国人的样子,从手提包里摸出几个铅币,投进化缘箱,然后再跪下来拜一拜。铃木宏听见一个老和尚"哼"了一声,说:"日本人顶小气,这几只铅角子,哼哼……"

铃木宏连忙逃了出去,好像做了什么亏心事体。

大殿前面是一片空地,种了不少从日本移来的五针松和樱花,左侧钟楼前,围了不少人,好像在吵相骂。铃木宏走过去,才晓得是什么名堂,几个乡下人要到钟楼上去看那口大钟,可是上一次这座两层高的钟楼内室,要出三块钱,外宾是五块,乡下人想不通,要同卖票看钟楼的和尚辩辩道理,和尚是有理说不清,越是解释,乡下人越火,和尚也没有办法,手一指,说:"喏,我们住持在那边修花台你们去同他讲吧……"

乡下人听不明白:"什么住持,你不要看不起我们,我们乡下人现在不是瘪三了,袋袋里有的是钞票,不相信甩几张出来你看看,我们是吃不落这口气,上一次两层楼就三块钱,欺侮我们乡下人啊。我们刚刚看见几十个外国人上去,一个人也没有出钞票……"

看钟楼的和尚不再理睬他们,闭了眼睛。

乡下人越讲气越粗:"你没有话讲了是不是?你心里亏了是不是?你们大家看看,现今的和尚哪。"

围观的人哄笑起来。

被称为住持的那个老和尚离开花台,慢慢地走过来,慈眉善目地对几个乡下人说:"施主息怒,小僧得罪之处,请多多包涵……"

乡下人噎住了。

老和尚和颜悦色,但话音里却蛮有分量:"施主以为上钟楼价钱不公道,可是这个价钱也不是我们随便定的,出家人不打诳语,施主可以到园林局去打听……"

乡下人气落下去了,嘴巴里还叽里咕噜:"啥人高兴到什么园林局去,吃饱了没有事体做啊……"一边嘟囔,一边倒也走开了。

老和尚回过头来,铃木宏看见了他的面孔,不由脱口叫了一声:"慧明和尚。"

话一出口,晓得不对了,慧明和尚早已圆寂了。当年他和邱荣、唐少泽翻后墙进来的辰光,慧明正在受苦受难,白日到采石场去敲石头,夜里回寺里来歇脚,天天念经念到深更半夜。由于过度疲劳,慧明弄得三分像人七分像鬼,那天铃木宏他们摸进来,看见他凑着一盏洋油灯打坐,面孔精瘦蜡黄,三个人吓了一大跳。慧明和尚看见他们进来,一点也不吃惊、不奇怪,只交谈了几句,就开始向他们布道。

铃木宏他们从来没有听过这么神奇、这么不可思议的道理,他们半懂不懂,一下被吸引住了,有几日天天夜里进来听慧明讲,什么人生五苦说,什么般若菩提,什么阿弥陀。后来有一天,慧明去采石场敲石子,敲着敲着,就坐在那里死了。

可是,眼前这个老和尚怎么回事体呢?

老和尚听见铃木宏叫了一声"慧明",果真抬头朝铃木宏看,慢慢地走过来:"小僧慧远,施主认得师兄吗?"

铃木宏说:"原来慧明大师是您的师兄?"心里却不明白,师兄弟怎么会这样相像呢?

慧远善解人意,笑笑说:"我和慧明既是师兄弟,又是亲兄弟……"

铃木宏这才恍然大悟,"哦"了一声。

慧远问:"施主和师兄是怎么相识的?"

铃木宏说:"我听过慧明大师讲佛。"

慧远说:"师兄讲佛真是呕心沥血,不过……"他看看铃木宏,有点疑惑:"施主是什么年代听师兄讲佛的?"

"一九七二年。"

慧远略有所思:"哦哦,一九七二年,从一九六六年到一九七四年,我没有得到过师兄一点消息,我是在杭州灵隐寺出家的,苏杭之间路途并不很远,那几年却音信全无,直到一九七八年我请求到这里来才听说师兄圆寂了。施主能给小僧讲一讲师兄那几年的情形吗?"

铃木宏叹了口气说:"当时我们就是在那边第一间房间里看见他的……"

慧远说:"小僧现在正是住的师兄的那一间,施主愿意一坐吗?"

铃木宏点点头,跟着慧远来到那间小屋,进门就见一副对联,上联写"即佛即心,愿众生共乐慈悲,永无苦难",下联写"随感随应,倍世界不离因果,便是菩提"。

铃木宏对着那副对联愣了好长辰光,还没等他和慧远大师说什么,就听见唐少泽用日语在外面喊他,他只好站起来,对慧远说:"对不起。"

慧远十分惋惜地送他出来,好像要说什么,却是一句也没有说出来。

唐少泽看见铃木宏从慧远屋里出来,神情古怪地问:"你有没有发现什么名堂?"

铃木宏没有领会他的意思。

"慧远,恐怕就是慧明吧!"

铃木宏惊得一抖,说:"你瞎说什么,你瞎说……"

唐少泽脸孔上没有一点寻开心的样子:"你讲我瞎说,其实你心里也怀疑的,对不对?"

铃木宏木呆呆地点点头。

唐少泽笑起来，说："你当真了，同你寻开心的呀……"

铃木宏看看唐少泽，嘴巴牵了一牵。

唐少泽告诉铃木宏，慧明和尚跟慧远和尚是嫡亲兄弟，从前都是浙江大学外语系的高才生，兄弟俩同一级同一班，后来又同时爱上了同一个女同学，那女子感情十分脆弱，她对这对兄弟的爱偏偏又是同等的，觉得没有办法处理这样复杂的感情，居然一死了之。俩兄弟受了这个打击，双双出家做了和尚，一个到苏州灵岩山，一个到杭州灵隐寺，过了几年，到了灵岩山去的慧明就迁到寒山寺来了。

铃木宏呆定定地看着唐少泽，突然说："你讲得有道理，就是他……"

唐少泽又笑："你当真了，慧明死了，我们亲眼看见的，你忘记了？"

铃木宏没有回答，心里却老是在想，不是说生即是死，死即是生吗，还说什么死不死，生不生呢，他被这个念头缠得头脑发涨。

回到寒山宾馆，他泡上一杯浓茶，喝了几口，乱七八糟的心情总算平静了一点。

音乐门铃响了。

铃木宏说了一声："请进。"

门开了，铃木宏愣住了，呆了好一阵，才跳了起来，正想扑过去——就在那一瞬间，他停下了。

邱荣眼睛里冒着又可怕又古怪又冷酷的神色，看着他，咬着牙，一字一顿地说："你认得那个和小梅打过交道的日本人？他，是你什么人？"

铃木宏已经明白,或者说他早已经猜到了,本来应该他来找邱荣算账的,现在他却好像站到了被告的位置,他差一点忘记了,在中国,法律也同样"重男轻女"。

邱荣一步一步地走近他:"你说,他是你什么人?"

铃木宏觉得用不着再打哑谜,说:"他是我弟弟,他叫铃木诚,他的为人比他的名字更诚!"

邱荣张了张嘴,突然一屁股坐下来,把沙发压下一个大陷坑。

铃木宏也咬着牙一字一顿地说:"听说邱小梅是你的侄女儿,她……"

邱荣一下子跳起来,冲到铃木宏面前,但很快又退了回来,坐下来,嗓音嘶哑地说:"她死了。"

铃木宏无力地垂下双手,声音也沙哑了:"他,也死了。"

邱荣震动了一下。

两个人都不再说话,四目相对,不晓得有多少要讲的话埋在眼睛里。

唐少泽按过门铃走了进来,看见邱荣,吃了一惊:"你……"

邱荣盯着他几秒钟,没有理睬,又狠狠地瞪了铃木宏一眼,转身就走,却被唐少泽一把拉住。唐少泽面孔铁青,两眼冒火,根本不是平时那一副奶油小生嫩答答的模样了,他的声音突然变粗了,命令邱荣:"你坐下!"

邱荣呆了一呆,不由自主地坐下了。

唐少泽又对铃木宏说:"你真不是东西,见了邱荣,连茶也不泡一杯,你忘记了当年邱荣为你……"

邱荣拉过唐少泽:"走,我们走!"

唐少泽把他推回沙发里:"都坐着,一个也不许走!"

铃木宏这才去泡了两杯茶,颤抖着端过来。

邱荣突然冷冷地一笑:"哦,对了,小唐,你和我不一样,你应该待在这里,用日语和铃木先生畅叙友情,我却不能,我决不能……置小梅于死地的那个混账东西,是他的——"

铃木宏尖声说:"你胡说,是你,是你们害了我弟弟,我弟弟,我弟弟……"铃木宏声音渐渐低沉下来。

唐少泽站到两个人中间,说:"你们两个都是浑蛋,你……"他转向铃木宏,"你,明明已经晓得铃木诚确实死于心脏病,你到医院去过,你找过我们局的周翻译,你还做过多方了解,你……"他又转向邱荣,"你也同样,你很清楚,小梅决不是死于什么桃色事件,验尸结果你亲眼看过了,小梅还是个处女,根本没有什么六个月七个月的身孕,你难道可以否认吗?"他喘了一口气,又骂:"你们都是浑蛋,因为最心爱的人死了,居然想找出一个假设的仇人,来报复,来发泄,命运却偏偏又捉弄了你们,让你们发现报复的对象竟然是你和他,一对生死之交的朋友,你们不觉得自己很可笑、很可怜、很可悲吗?"

一向懦弱的小唐说出了这一番话,把两个剑拔弩张的人震得无言以对。

"你们扪心自问过吗,生活欺骗过你们,但同样也报答过你们,为什么要用恨去对待生活呢……"

铃木宏熬不牢看看邱荣,邱荣也在看他,两个人居然都平静多了。铃木宏说:"我承认小唐讲的话,我弟弟是死于心脏病,可是我不明白,他的记事本里为什么写了'寒山屋'三个字,还有一个名字'纯子'……"

不等邱荣反驳,唐少泽从随身背着的背包里拿出一个小本子。

邱荣和铃木宏死死地盯着这个本子。

"这是邱小梅的一本日记,交给唐云的,那天唐云想给你,可又怕……"

"给唐云?"邱荣简直觉得不可思议。

唐少泽点点头:"是的,你想不到的,你一直以为在这爿世界上只有你对她最好,对吧?的确,你喜欢她,你爱她,你尽一切能力对她好,报答她,你想让她幸福,可是你却不理解她,也不相信她……"

邱荣低下头,叹了口气。

铃木宏迫不及待地把那个日记本抢过去。

×月×日

今天来了一个日本人,大概三十多岁,会讲中国话,这个人,真有意思,他在我店里买了好几件货,我晓得他是存心来挑我做生意的,不过一点也看不出他有什么坏心思,他不像个坏人,可是他为什么要这么做呢?

×月×日

那个日本人又来了,站在门口盯着我看。

后来他告诉我他叫铃木诚,诚实的诚。他为什么要告诉我他的名字呢?

×月×日

铃木诚突然对我说:"你很像我过去认识的一个人,她叫纯子。"

我想,纯子大概是一个日本姑娘,也许就是他从前的恋人。

果然,铃木诚叹了一口气:"纯子,再也不会回来了,我再也找不到那种幸福了。"

我奇怪地问他:"先生,你不幸福吗?"我的意思是说,他这么有钱,有钱就会有幸福。

铃木诚摇摇头:"我现在有自己的妻子儿女,我也说不出我的妻子有什么不好,可是我却再也唤不起那种感情……"

他的"感情"两个字说得不准,听起来好像是"干劲",我想笑,可是看他很难过的样子,我心里也很难过,我只是想不明白,他为什么要告诉我这些,就因为我像纯子吗?

×月×日

铃木诚走的时候说,他要回国了,我真想把我的心事告诉他。我也不明白这是怎么回事,我有亲人,爸爸妈妈叔叔,可我却要向一个陌生的外国人讲自己的心里话。

邱小梅究竟有什么心事,她为什么要走绝路,她为什么不写下来?谁也不能回答这些问题。好像是一个被邱小梅带走了的谜,一个也许永远也揭不开谜底的谜。

铃木宏定了一会儿,突然站起来说:"我想到慧远大师那里去看看……"

邱荣和唐少泽都没有说什么,也站起来,三个人默不作声地走了出去。

踏上江村桥桥顶,三个人的目光不约而同地投向一个地方——"寒山屋"。

邱荣幽幽地说:"开这爿店的辰光,怎么能想到会有这样的结果呢,钱老老的话恐怕是有点道理的,我不应该……"他没有再往下说。

铃木宏和唐少泽仍然看着"寒山屋",沈梦洁正斜依在柜台上,和一个年轻人寻开心,说了什么话,很轻佻地笑起来。

唐少泽认识那个人,是旅游局的小车司机,叫郑平。郑平从来不和坐车人一起进寺内,总是在这些书画店门口转转,这一带的老板他全认识,沈梦洁来开店,自然也会同他结识。

铃木宏不明不白地问唐少泽:"这个人,怎么样?"

唐少泽却明白他问的是沈梦洁。他不由看了铃木宏一眼,无意中发现邱荣也在注意他的回答。唐少泽发现,他们三个人,从不同的角度,对沈梦洁都很感兴趣,他相信这不仅仅是由她的外表引起的,邱荣、铃木宏,还有他自己,很难再被外表所迷惑。

他不晓得应该怎样回答铃木宏的问题,他做过沈梦洁的老师,虽然只上了一学期的课,但沈梦洁给他留下的印象却很深,他想了一想,说:"这个人,能做出点名堂来的。"

"凭什么,凭本事还是凭其他什么?"铃木宏追问。

"你说凭什么?"邱荣冷冰冰地反问铃木宏,"你以为她怎么样?你以为中国人都像你想象的那么贱吗?"

铃木宏吃惊地看看邱荣,好像不明白邱荣怎么会为了沈梦洁这样激动。

"她现在需要帮助。"邱荣并不是说给铃木宏听,"我要帮助她,小唐,你也有能力帮助她不是吗,同时也帮助你自己……"

唐少泽忽然红了脸。

铃木宏不晓得他们打的什么哑谜。

三个人走进"寒山屋",唐少泽拉住邱荣:"从一个角度讲是帮助,可是从另一个角度讲,很可能就是坑害,你敢说不是吗?"

邱荣愣了一下,随即一声冷笑:"唐大翻译,收起你那套高尚的理论吧,你没有听说,一位在老山前线断了腿的英雄,一次上台非三千块不开口唱呢,不是照样有许多人理解他,为他寻出那么多的正当理由吗……"

这次轮到唐少泽愣住了。

沈梦洁和他们打招呼,她说:"你们猜,我最喜欢什么?"

三个人都觉得莫名其妙。

沈梦洁笑起来:"我最喜欢看见几个男人站在一起——"

三个人都感觉到了自己内心的震动。

第 7 章

古币市场,听起来名气蛮响,名声蛮好听,其实,拆穿了西洋景要笑煞老百姓的。这算什么市场,总共头二十个人,地上铺一张旧报纸或者一块旧塑料布,摊几排铜钱古币,算是做交易了。这里的常客,不外乎两三种人,一种是老气横秋的老古董,老来蛮有福气,不愁吃不愁穿,手里还捏了几件值铜钿的货,在子孙眼里还有点身价。这种人吃饱了饭,没有场所消闲,就拿几个铜板来白相,因为不是急功近利,所以倒也盘弄得有滋有味,着实是一种享受。第二种人,是肚皮里有点货色,手里却没有几张钞票的中青年,三四十岁模样,受了什么风尚影响,也对古玩有了兴趣。可惜他们经济拮据,囊中羞涩,真价实货的古董白相不起,只能弄弄古币,有辰光,几角洋钱可以换回一大把破铜烂铁,请个行家辨一辨,说不定就有价值连城的。这一类人,一般讲起来,兴趣广泛得很,除了白相古铜钱,总归还有其他癖好,或者说有过其他爱好,可能集过邮票,白相过乐器,可能喜欢写写文章,画几幅抽象画,也可能有过什么小发明。所以,尽管他们生活并不富裕,作兴为了掏几块旧铜板,还要看家主婆的面孔,但日脚还是过得蛮有意思的。辰光一长,家主婆也悟出了门道,晓得现在外面样样物事涨价,人民币跌价,而这种旧货的身价是永远不会跌,只会涨。所以,男人拿了抽屉里的钞票去换古币,她也不再要死要活地反对了。还有一些人,天生一张做交易的面孔,一副做交易的肚肠,到古币市场来混,终归是有点花露水的,淘淘旧铜板,也能淘成个多少多少元户,这种人好像命里注定要发财的,日脚不会不惬意。这地方,除了几等几样的常客之外,每日还有一批客串的临时户头。一个七老八十的白发老太太,手绢包里包十几只小铜板,换几个人民币贴贴家里伙食。几个中学生捉蟋蟀掘着几块生了绿毛的铜钱,认得顺治、光绪几个字,当是弄到了珍贵之物,想来混个大价钱,各等各式的客串角色经常会弄出篡改历史的笑话来。

　　说来说去,古币市场,就是这帮人在那里瞎起劲。所以,仓米巷的居民住户看见这帮人日日早出夜归,就讲:"看看喏,看看喏,惬意人喏,白相人喏……"

　　古币市场为啥会开在仓米巷的转弯角头,大概没有啥人弄得清爽,这个名不正言不顺的市场,从什么辰光开始兴起来的,连仓米巷的人也不记得,不要讲别人了。

　　仓米巷是一条比较冷僻的小弄堂,附近没有什么热闹区,只是在仓米巷的屁股头,有一座小花园,园名稀奇古怪,叫半园。半园是清朝辰光苏州城里一个小官的私家花园,名为"半园"是取知足不求全之意。因为面积很小,总共不到两亩,花园也没有什么特点,所以也不大被重视。解放以后,一直是市书画院所在地。书画院里,性情淡泊的老人多,平时没有什么声响,大部分人不大正常上班,来上班的人,经过仓米巷也是默默无声,不大同仓米巷的住户搭牵的,轻巧巧地来,急匆匆地去,好像日日有一肚皮的心思。

开始仓米巷的居民不晓得书画院算什么名堂,也不晓得书画院里的人有什么花头经,后来听说那里面某某人半个钟头画一幅画,到香港卖二十万港币,不由不对书画院里的人刮目相看了。因为书画院在仓米巷,大家也觉得蛮光荣,总归是仓米巷风水好,才会藏龙卧虎嘛。仓米巷近几年也有小轿车来了,可惜这地方太狭窄,小轿车开得进退不出,有几次弄得十分尴尬,后来索性不进来了,停在外面大街上。老老头画家从弄堂里走出来,一步三哼,眼睛发直,弄堂里的人疑心疑惑——这样的老木货,怎么画得出几十万噢,肯定又是吃名气,名气这样的物事,有辰光空荡荡,一钱不值,有辰光倒又是实碰实,价值连城了。

自从听说一幅画可以卖几十万的价钱,仓米巷的人对进出书画院的人开始关注了,但是,看来看去,看不出这些人有钞票,身上着的同平民百姓差不多,顶多配一副金丝眼镜,而这种金丝眼镜现在又不稀奇的,真真假假也弄不清爽,街上地摊上两三只洋就可以买一副了。所以,仓米巷的老百姓归根结底就看不惯这些人,认为他们是装穷。

其实,天地良心,老百姓不晓得,一幅画在外面卖几万、几十万,画家本人是拿不到多少的,这叫各人有一本难念的经。

吴门画派的著名画家芮质冰,就是天天在念一本难念的经。

芮老二十岁就毕业于浙江美术学院,后来又留学西洋,对国画中的山水和写意花鸟有相当高的造诣。年纪轻的辰光,他跑遍中国的山山水水,长期体察真山真水,并且能在传统技法基础上不断创新,形成了自己独特的风格。

大概是由于过去接触大自然的缘故,芮老性格开朗乐观,"文化大革命"打倒他的人,却没有打倒他的心,到 1978 年前后,大家发现他的艺术生命力不但没有枯萎,反而越来越旺盛,画出了不少佳作。在书画院的老画家当中,他还属于比较年轻的,所以后来又在书画院担任了一点行政工作,有一度真是忙得十分快活。

可是,从八十年代开始,芮质冰的日脚就不那么舒心了。他大半世人生好像还没有真正受到过什么压迫,现在却觉得有一副沉重的枷锁压在头颈里,怎么也摆脱不开。

芮质冰结婚比较晚,三十几岁才得子,一共生了五个小人,三男两女。一九八二年,大儿子文君要结婚了,为了满足大媳妇要一套新公房和阿公阿婆分开住的要求,芮质冰在走投无路的情况下,经朋友开导、点拨,开始用自己的画去做交易了。他先后给有关环节上的人画了八幅画,弄到了一套三十多平方米的公房,打发了大儿子。从此以后,下面的几个小的,一个跟着一个向他伸手,要求一个比一个高。两年前,到老三文秋要出嫁的辰光,芮质冰的存折上已经空空如也了。小人却不相信,以为老头小气,或者是偏心,二十几岁的大姑娘日日在屋里作骨头。其实也难怪小人作闹,现在外面就是这样的行情,随大流是正常的。子女们有他们的算盘,老头子一幅画少说开价一两百块,一天少说也能画三幅五幅,还用愁钞票无处来吗。芮质冰真是有苦说不出。现在对画家的税收相当高,不少人的积极性、创造性受影响,从另一个角度讲,随便什么物事,总归是物以稀为贵,多了不稀奇。有了一定地位一定名气一定身价一定威望的艺术家,对自己的作品一般总是高要求的,宁缺毋滥,没有好的感觉,没有好的构思,没有好的情绪,一般是不能轻易落笔的,不然,画出不上路的作品来会掉身价、塌台,就像有些大作家宁可少写几篇,也要保证质量,出一篇是一篇。这种对待艺术的态度是严肃的,令人尊敬的,可惜却不一定被人接受和理解。芮质冰的子女就不理解老头子的心思，恨不得叫老头子变成一架印钞票的机器。

这是糟蹋、亵渎艺术！芮质冰不止一次气愤地想。

老三文秋的婚嫁准备终于基本完毕，只缺几件金首饰。有一个礼拜日，芮质冰上街去看看金首饰的行情，无意中在去玄妙观三清殿前面的石阶上，看见有两个人在收旧铜板，他停下来看了一眼，发现其中有一块价值五十块的古币很眼熟。仔细一想，书画院他办公桌的抽屉里，还锁着二十块这样的古币呢，是前几年屋里搬场寻出来的。当时他不懂古币，顺便带到书画院，想有机会请个内行鉴赏一下，后来就忘记了，在抽屉里锁了几年。五十块的收价，诱惑了芮质冰，把那一把古币卖了，文秋的黄货不就解决了吗？

他突然产生出一种犯罪的恐怖感和虚弱感。他在三清殿前台的石栏杆旁边倚了半个钟头，抽掉了好几根烟，才朝那两个收古币的人走去。

两个收古币的人一听芮质冰有货，二话不说，收起地摊就盯着他不放了。

芮质冰和他们一起来到仓米巷，他不敢领他们进去，怕碰见同事，虽然是礼拜日，但很难保证院里没有人，他叫他们在仓米巷拐角上等他。

等芮质冰拿了那把古币出来，那两个人见缝插针已经在仓米巷口摆开了摊子，吸引了不少过路人。

芮质冰终于在众目睽睽之下，交出了那把古币，收进了一千多块钱，在众人一片"哟哟"的惊叹声中，他逃走了。

回家的路上，他一会儿想哭，一会儿又想笑，怎么也梳理不清自己的思绪。

几天以后他到书画院去,走到巷口,发现那个人居然守在那里,他一惊,以为他们来倒翻账。那笔钱,早已经到了文秋手里了,他晓得从她那里是再也挖不出来的。

他们看见他,连忙凑上去,说:"老先生屋里还有货吧,拿出来让我们看看,不会让您吃亏的,价钱好商量……"

芮质冰连连摇头:"没有了,没有了。"

"不会的,不相信的,老先生屋里肯定还有货的,你们这种人家,古董是不会少的,拿出来看看,不会给你上当的,你放在屋里也是埋没了,对不对,还不如换几个钞票实惠呢……"

芮质冰又逃走了,后来接连几天他没敢去上班,院里还以为他生病了,专门有人上门来探望。

他终于又去书画院上班了,发现仓米巷口已经有了好几个人,收他古币的那两个人看见他,笑着说:"老先生,谢谢你啦,这地方有铜板的人蛮多的,是你挑了我们寻找这块地方的呢……"

芮质冰连忙走开去。他不晓得他们说的那些卖旧铜钱的人,是不是他的同事,他也不能去问他们。

后来,仓米巷也就那么自然而然地变成了一个古币市场,日报上还登过消息。最早的两个收古币的人,后来倒是没有看见来过。

如果仅仅走到这一步,芮质冰是不会有现在这样的沉重感、压迫感的。

老四文剑患过小儿麻痹症,一条腿不很健全,找对象十分困难,后来好不容易对牢一个。姑娘自己好像倒蛮开通,没有开口要什么,可是姑娘屋里的人,厉害得不得了,跑到芮质冰屋里,直碰直地对他讲:"你们家跷脚儿子讨我们家这样的女儿,你们准备出多少啊?"芮质冰是很有地位很有身份的人,经常受市里领导接见,或者同市里领导一起接见外宾,何曾受过这种唐突,他不由火了,反问:"你们晓不晓得我是谁?"

人家讲:"假使不晓得你是啥人,你儿子碰我们女儿一根汗毛也不要想。"

芮质冰气得手脚冰凉,一句话也讲不出来,他有一种天塌地裂的感觉,好像整个世界都不对头了。

就在那一段辰光,他结识了邱荣,一个开个体书画店的老板。

那是在一次市青年画展上,他作为书画院的代表,为画展祝词,为一群刚刚开始抛头露面的小青年捧场叫好。

邱荣突然走到他面前,一身料子很好的西装,气宇轩昂,拿出一张名片给他。芮质冰想不到一个个体户会有这样的派头。

邱荣不动声色地说:"我和芮文乐熟悉。"

既然是儿子的朋友,芮质冰自然是要应酬一下的。但很明显,邱荣和文乐不是同时代人,年龄差别还是其次,邱荣的气质和阅历,是文乐所不能比的,芮质冰很难想象,腹中空空的文乐怎么会成为这个人的朋友。

邱荣很聪明,笑着说:"芮老,文乐是很有才能的,他一定会成功的。"

"成功,什么成功?"芮质冰莫名其妙,"他根本不在做什么事体,干什么事业,怎么谈得上成功、失败,哼哼……"

邱荣又是沉着一笑:"您大概还不了解他,他和一般的小青年不一样,用他自己的话讲,他正在为体现自己的价值而努力。"

"价值!什么价值?什么叫价值?把自己的小日脚过得洋气一点,现代化一点,就是价值吗?叫我讲,这种价值一钱不值!"

芮质冰早就发现文乐和他的哥哥姐姐不一样,不是伸手向老头子要,而是自己去创造。可是,芮质冰却宁可文乐向他要。

"为什么这不是一种价值呢?"邱荣口气很婉转地反问,接着又说,"创造财富,也是一个人的价值,一个人的财富,决不是一个人独有的,而是全社会的,您说呢?"

芮质冰认真起来,他觉得这个个体户还是相当有水平的。

"人是一种本能的动物,追求美好的生活是人的天性,正常的天性,不是扭曲的天性,不求富裕反而去求穷,才是扭曲了的。您难道不觉得,过去我们的那些宣传,到今朝还统治着绝大部分中国人的灵魂?创造财富有什么可耻呢?这本来是一桩光荣的事嘛……"

芮质冰不由得被他牵着鼻头走了。他开始根本不晓得那是一个圈套,后来他终于进入了那个圈套。当然不是这一次,后来邱荣又找过他几次,文乐也和邱荣唱一个调子。

他开始和邱荣做一笔交易,这种交易尽管不合法,在邱荣看来,却是很干净很正常的。他的心思却比邱荣复杂得多,他一方面认为这件事很肮脏,同时却又觉得合情合理。就像吸毒一样,一旦沾上了,就会越陷越深,直到某一天芮质冰参加了一次对走私犯的审判会,他出了一身冷汗,猛然惊醒了,他发现自己确实已经难以自拔了,但他还是凭着几十年的功力,拔了出来,从此断绝了和邱荣的来往,邱荣也没有再来找过他。

芮质冰成天觉得自己像个没有灵魂的人,行尸走肉,无所寄托,五个子女的婚事全已办完,都很体面,都很美满,和芮质冰的身份名望十分协调。芮质冰的老婆是个与世无争的家庭妇女,除了油盐酱醋,就没有什么好说的了。芮质冰一满六十岁,就退了下来,不再在院里任职,平时很少去书画院,也很少作画,于是,书画界传出一片"江郎才尽"的声音,很少再有人上门请他作画,润笔自然也越来越少。

突然有一天,一个"死"了十几年的人重新出现在他的生活中,他不知不觉重新振奋了。

林为奇二十岁辰光从一所名牌大学的中文系毕业,自己要求到书画院工作,大家都奇怪,书画院本来是美术系毕业生的去处嘛。林为奇也不解释什么,正好,当时书画院缺一个秘书,他就高高兴兴地上班了。

林为奇是很有文才的,他的秘书工作做得非常出色。书画院里会写字会画画的人不少,可是文章写得好的却不多,领导十分赏识林为奇,破格提拔,工作两年,就从行政二十二级提到行政十八级,老同学都很眼热,服帖他有眼光。

其实,林为奇并不比别人精明,他是因为酷爱画画才要求到书画院来的。林为奇画画也是有天赋的,有一次芮质冰无意中看见他的一幅习作,居然兴奋得一夜未眠,马上收他做了学生。林为奇果然是个人才,很快就成为芮质冰的高足,二十三岁就成了全国小有名气的青年画家,他的一幅《天平秋色》参加全国美展,受过全国画坛名人的赞赏。

"文化大革命"中,林为奇的画才被埋没了,可是他的文才不仅没有被扼杀,却是奇迹般地充分发挥出来。

林为奇自以为不是造反派,他不想造反——领导这么赏识他,恩师这样信任他,他倘是再去造他们的反,他比狗都不如了。可是有几个人连续对他读了几天几夜毛主席语录,把他拉进了一个什么组织。他们说干革命少不了枪杆子和笔杆子。林为奇说自己不喜欢写文章而喜欢画画,他们说干革命不可以挑肥拣瘦。于是林为奇就莫名其妙地成了一支革命的笔杆子,并且还糊里糊涂地当上了文攻武卫报纸的总编辑。

大家参加"文化大革命"的热情很高涨,报纸编辑部收到的来稿也很多。林为奇因为办事很认真,所以他对每一篇文章都亲自过问,逐字逐句修改润色,他开始哀叹这些文章的水平太差了,简直上不了台盘。他改一篇稿子,比自己重写一篇还吃力,后来他索性自己动笔写了,当然是用了各种化名发表在他自己领导的报纸上,反正那辰光也没有一分钱稿费的,大家的目标很明确,都是为了捍卫毛主席的革命路线。他那支笔越写越神奇,本来就很高的水平,也越发地高了。他了解到文攻武卫战士们用鲜血和生命保卫什么什么以后,写的"还我战友,还我山河",使每一个读过这篇文章的人,无不声泪俱下。他参加了斗争走资派的大会,亲耳听见走资派坦白自己的令人发指的罪行以后,写了"愤怒声讨走资派",这篇文章激起了众多的人对走资派的深仇大恨。大家说林为奇的批判文章有理有力,又有形象,比小说还好看。后来林为奇自己也被自己的文章感动了,激动得上台去扇了人家一记耳光,扇过了一看,被打的是芮质冰。这一巴掌打破了芮质冰的鼻子,出了血,立在他身旁的另一个斗争对象被那一股鲜红的血一吓,当场发了心脏病,死在台上。

一直到十年以后,林为奇被开除了党籍,以后又被开除了公职,即将成为阶下囚,被判刑三年,犯罪事实是打砸抢以及一桩人命案的从犯。他去找当年的领导,可是老领导却用看一只狗的目光看着他说:"当初我这样提携你,你后来为什么还反咬我一口?"

林为奇想说好像是你自己先狠狠地咬了你自己几十口几百口,我才敢来咬你一口的呀,可是他毕竟没有说出来,以为自己真的变成了一条狗。他本来还想去找芮质冰,后来也打消了这个念头,芮老决不会欢迎一条狗上他的家门。

林为奇无可避免地吃了三年官司。

三年以后他出来了,他相信自己真的是一条狗了,因为所有的人都用看狗的眼光看他。

是狗也好是人也好,都生着一张要吃饭的嘴巴,林为奇于是成了百万个体大军中渺小的一员。为了这个,他和患难多年的老婆分居。他的妻子是个很正派很规矩的女人,并不因为他政治上有了污点而嫌弃他,她是怕他再栽进经济犯罪的深渊。她的观点是很老式的,政治上的错误往往身不由己,但其他犯罪是自作自受。她劝他去寻几个熟人,重新争取个正式工作,她说我可以养活你,不会让你饿肚皮的。

林为奇动气了,他说:"我要吃饱肚皮,我还要出掉肚皮里的气,照你讲的去做,我一世人生无出头之日,无翻身之时。"

他女人说:"我不懂什么叫出头什么叫翻身,你讲话要有分寸要小心一点,你这个人怎么这样子,吃了这么大的苦头,还不汲取教训,说话还是这么随便,什么叫翻身,什么叫出头,你说这种话不是存心叫老婆子女为你担心吗?"

林为奇却钻了牛角尖,非要开一爿店做小老板不可,就和老婆分了手,两个小人自然不会跟他的,他走的时候义无反顾。

林为奇在寒山寺弄租了一家门面,自己动手收作了一番。他吃官司几年,学了不少本事,除了写文章画画,他会做泥木匠,会刻图章,修钢笔,自己做木器家什,还会车钳刨,还会裁剪衣裳,还会掂大勺。

林为奇开的书画店就叫"为奇书画店",名字蛮别致。

别人开书画店,卖工艺品为主,柜台上摆得五花八门,轧得满登登,这种书画店,不卖书不售画,真是挂羊头卖狗肉。林为奇开书画店,用不着像别人那样钻天打洞去批货,什么出厂价、内部价,还要付什么回扣,他卖出去的商品,主要是自己手里做出来的,他画了画,自己做柜子,自己裱,自己标价。这种别出心裁的花样经,外国人倒很欣赏。林为奇吃得准外国人的口味,店堂当中别样不摆,只摆一张台子,摆好文房四宝,只等外国人走近,他就提笔当场作画,还帮外国人画肖像、速写、剪头像,引得外国人眉开眼笑,多挖几张花花绿绿的外国钞票,也不冤枉了。人家店里卖出一件工艺品,自己有一半赚头碰顶了,林为奇卖自己的画,是不要什么工本钱的,起码能赚百分之九十五。这种生意,啥人不想做,可惜不是人人做得成的。有几个人也算捏过几日画笔的,也学了林为奇的样,自己作画,标出价钱也不想想,人家外国人啥等角色,瞄一眼就走开了,有辰光还曾放几句洋屁把作画人挖苦一顿。

林为奇生意蛮发,却不知足,总是认为自己的画上不了台盘,卖不出好价钱。后来他听说"寒山屋"老板邱荣也在卖字画,过去一看,吃了一惊,那几幅画虽然张三李四随便落款,可是他却能看出来,邱荣卖的是啥人的画。

林为奇这一惊,弄得几日几夜睡不着觉,隔了几日,他终于熬不牢去寻芮质冰了。

芮质冰刹生头里看见林为奇,张大嘴巴合不拢了,他已经有十几年没有看见林为奇,当年听说他吃了官司,芮老心里很难过,不管别人怎么说,他自以为是了解林为奇的,他心目中的林为奇,是一个书生气十足的天才。现在林为奇又出现在他面前,一眼不眨地盯牢他看,芮质冰不由鼻头一酸,眼圈红了。

林为奇看芮老动了感情,心里也很不平静,但是对他来讲,该哭的辰光老早哭过了,该怒的事他也老早怒过了,他现在对生活已经毫无抱怨。

林为奇不动声色地告诉芮老,他在寒山寺开了爿书画店,和邱荣干的一回事。

芮老一听邱荣这个名字,突然抖了一下,面孔也变了颜色。

"芮老,看见你的画挂在邱荣店里,我大吃一惊……"

芮质冰只有硬着头皮听他讲。

"我原以为现在我可以和您抗衡了,可是看了您的画,我晓得我错了,我追不上您,也许一世人生也追不上了……"

芮质冰愣了,他绝对想不到林为奇要说的是这些话,而不是对他的指责,对他的鄙夷对他的……

"您不一定会晓得,二十几年前,当我那幅《天平秋色》参加全国画展时,我表面上对您很谦恭,心里却很狂妄,以为自己不出几年就能赶上甚至超过您了,何况这二十年来,不管环境怎样,我一直没有放弃,一直在探索、实践。两年前,我从里面出来,画了第一幅画,就被一个外国人看中了。我开心煞了,于是拼命地画,我晓得自己名声很臭,政治上是永远不得翻身了,我只有把希望寄托在这上面了。我开了书画店,想通过这个窗口,把我的画推出去,在国内我的画是不可能被承认的,我们国家从来都是政治第一的,我只有通过外国人来帮我……"

"为奇,"芮质冰激动地叫起来,"为奇,想不到,想不到这些年,这么多坎坷,你还没有放弃……"

林为奇笑笑,岔开话头:"芮老,我本来已经发过誓,我的画被承认之前,决不来见您,可是那天看到了您的新作,我坐不住了,我想透了,我要想有所提高,不能没有您的指点,所以我破了自己的誓言,我来了,您也许会认为我这个人没有出息……"

"不不,"芮质冰说,神色又灰暗了,"是我,我变得……"

林为奇又一次打断芮质冰的话:"芮老,我想过一日,带几幅画来请您看一看……"

芮质冰半天没有作声,他很想问问林为奇:你真的不在乎我和邱荣的交易吗?可是他怎么也问不出口。

林为奇很兴奋地谈起芮老的新作。

"可是,"芮质冰终于说,"可是,你晓得了我那些东西,已经不是艺术品,变成商品了……"

林为奇洞察一切地笑了,但又笑得不使芮质冰难堪,他完全理解芮老的心思,倘是在从前,他自己也会有这样的苦恼,会如坐针毡,会情绪低落,甚至会痛不欲生……搞艺术的人是最忌铜臭的,但是现在林为奇早已成功地把金钱和事业糅为一体了。他现在并不觉得金钱和事业有什么矛盾,他把两者结合得十分完美,他甚至可以拿出许多理论来证明,为了事业不妨从金钱入手,有了钱才有干事业的基础。

林为奇没有对芮质冰讲这些,他很清爽对芮质冰讲这些毫无用处,芮老是不会接受这些观点的,林为奇重重地叹了一口气。芮老的灵魂将永远痛苦下去,一分钟也得不到缓解,得不到安宁。

芮质冰沉默了很长辰光,才抬起头来说:"你去,把你的画拿来,我看看。"

林为奇从此经常出入芮老的家,他再也不提芮老挂在邱荣店里的画了。有一天,他路过"寒山屋",发现那些画一张也不见了。

第 8 章

沈梦洁没有想到芮质冰的夫人竟是这么个乡下人兮兮的干瘪老太婆,她来开门的辰光,沈梦洁以为是芮家的保姆。她还想,芮老怎么请了这么一个又老又丑的佣人呢。

"芮老在屋里吗?"她越过老太太的头顶,朝屋里看。

老太太不在意地笑笑:"在,在。"

就在这一笑之中,沈梦洁好像发现了什么,连忙问:"你,你是……"

老太太还是随意地笑笑。

沈梦洁很奇怪这个穿着土灰的确良大襟衣裳,脚上一双方口布鞋的老太太会有这么丰富的笑。她突然明白了,叫起来:"你……你是芮师母。"

"沈德俭。"老太太不动声色地报了自己的名字。

"也姓沈?"沈梦洁脱口而出,她实在是谦恭不起来,倒不是因为老太太不像一位名画家的夫人,实在是因为她生性好开玩笑,她"扑哧"一笑:"巧了,我也姓沈。"

老太太一点不因为沈梦洁的唐突而气恼,却开心地笑起来:

"我们五百年前是一家。"

沈梦洁更加活络了:"哟,我来之前,猜想芮老的夫人是什么模样,猜了十几种形象,没有猜对呢……"

老太太说:"你连芮质冰都没有见过,怎么就可以猜测他的太太呢?你们小青年,真是脱空戏。"

沈梦洁更加惊奇:"你怎么晓得我不认得芮老?"

老太太没有回答,却说:"你等一等,我去告诉他,他这辰光正在书房里握空呢……"

沈梦洁觉得老太太真有点不可思议。她打量着这间客厅,面积不算小,但搞得乱七八糟,连一对普通沙发也没有,就是一张很旧的吃饭桌子,几张方凳,一对发了黄的旧藤椅和一个做得又笨又大的电视机柜。

沈梦洁正在想着,芮质冰的书房门开了,一起走出来两个人。

"咦,林老板,你怎么也在这里?"沈梦洁问林为奇。

林为奇笑笑:"我来请教芮老的。"

沈梦洁肚皮里"哼"了一声,嘴上却说:"林老板,你又要大发了。"

林为奇说:"同发同发。"

芮质冰皱着眉头看着沈梦洁。

林为奇走的辰光,没有向芮老告辞,却同沈梦洁打个招呼,沈梦洁马上发现他们的关系是非同一般的,心里有一种说不出的滋味,甚至有点懊恼来寻芮质冰了。芮质冰要是有办法,一定是先帮林为奇了。

林为奇一走,芮质冰就问沈梦洁:"你找我,有什么事体?"

沈梦洁拿出邱荣的条子递给他,芮质冰展开来一看,马上激动起来:"邱荣!邱荣他找我做啥?"

沈梦洁注意地看了芮质冰一眼,说:"不是邱荣找你,是我来找你,不是邱荣有事体,是我有事体。"

芮质冰吐出一口气:"你、你有什么事体?你在哪里工作?你是谁?"

沈梦洁"咯咯"地笑起来:"我是沈老板,和邱老板、林老板一样嘛,开书画店的,在寒山寺那边……"

芮质冰又急了:"你、你开书画店,来找我做啥?"

"你同林老板、邱老板这样热络,为啥就不肯同我也结识一下呢……"

"你到底有啥事体?"

"求你帮助。"

"我怎么能帮助你呢?我凭什么帮助你呢?沈、沈老板,你找错人了。"

"邱老板对我讲的,你会帮助我的,至于怎么帮助嘛,邱荣讲你心中有数,对不对?"

芮质冰突然立起来,手朝门一指:"你,滚!滚出去!"

沈梦洁笑容还没有落,猝不及防,呆愣愣地看着芮质冰。

芮质冰胸脯一起一伏:"你去告诉邱荣,叫他死了这条心吧,我芮质冰宁可死,也不会同他同流合污……"

沈梦洁正在进退两难,芮家套房的另一间卧室的房门开了,一个年轻人探出头来看看,什么也没有讲,又缩了回去。沈梦洁发现这个人很像周川,只是比周川年轻。

芮质冰两眼瞪着她,手仍然指着门。

沈梦洁差一点哭出来,可是她憋住了。她委屈地走出芮家。

走了几步,老太太追了上来,对她说:"你动气了?一个人要是碰到何事体都不动气,那就有福气了。"

沈梦洁说:"你是有福气的。"

老太太咧开嘴笑:"你也是有福气的,我看得出。"

沈梦洁没有心思再去搭理这个莫名其妙的老太太,走了。

沈梦洁又气又恨,弄不明白芮老头子发的什么神经,她以为是邱荣在捉弄她,恨不得立时去寻他问问清爽。

她刚刚回到"寒山屋",开了门,喘了口气,突然有一张面孔在门面一晃,是芮家的那个年轻人,沈梦洁又振奋起来。

"我叫芮文乐。"他自报家门。

"是芮老的儿子?"

"最小的一个。上面有两个阿哥两个阿姐。"芮文乐苦笑笑。

沈梦洁不晓得他来做什么。

"我们家老头子,这一世人生也不容易。"芮文乐盯着沈梦洁的面孔,问她:"邱荣叫你来找我父亲,他有没有说我父亲什么?"

沈梦洁摇摇头,毫不客气地说:"对不起,当时邱荣把芮质冰这个名字介绍给我,我还不晓得他是谁呢……"其实她是晓得芮质冰的,她这么说,无非是想报一箭之仇,气气老头子的儿子。

"这不奇怪,"芮文乐说,"有好多年轻人都不晓得他,他们关心的是另外的东西。"

沈梦洁哭笑不得,却也不好再解释。

"既然邱荣没有告诉你,我可以来告诉你,你听了,也许对老头子会有些新的看法……"

芮文乐以他那富于感情的男中音把他父亲的事娓娓道来,好像在讲一个十分动听的故事,沈梦洁的确被吸引住了。

最后，芮文乐说:"自从我和邱荣诱惑他做了那桩事,他彻底垮掉了,人一下子衰老了。是我错了,我原以为他能适应新的变化,走了第一步,会走第二步,走多了,也就习以为常了,可是确实是我错了,这个理论对一些人也许行得通,但是对另外一些人不行,他们的思维方法不是我们可以代替的,我父亲,就是其中的一个……"

沈梦洁惊讶地看着他,不晓得说什么才好。

"邱荣后来也明白了这一点,他对我说过他再也不会去打扰他了,可是,他小子怎么……"芮文乐探究的眼光盯住沈梦洁,好像要从她面孔上看出什么不同寻常的意思来。

沈梦洁有点不自在了,其实她自己也不明白邱荣为什么这样做。

"你说你父亲垮了,可是我看上去他气色很好嘛,精神很好嘛,一点不像你说的什么衰老……"

"后来有一个人救了他,这个人也是你们的同行——林为奇。"

"林为奇？林老板？他怎么……"

芮文乐却不再细谈林为奇,也许他对他并不很了解吧,他说:"有许多东西,是人人都能理解的,但也有一些东西,却很少有人能够理解。"

沈梦洁无意中叹了一口气,问道:"你追我来,就是为了讲这些,要挽回芮老在我心目中的形象？"

"不,不是为老头子,是为我们,我和你。"芮文乐沉着冷静,和他的年龄极不相称,"既然邱荣把你介绍给芮家,老头子不干,儿子和你合作,怎么样？"

沈梦洁惊异而又紧张地等待他的下文。

"早几年我身边就留了一些老头子的画,你放心,不是我临摹的,我连临摹的天才也没有,是芮质冰的亲笔……"

沈梦洁突然一笑:"我还以为你是个正人君子,至少是个哲学家呢。"

"为啥不是呢?"芮文乐大度地一笑,"你猜得很准,本人是中共正式党员,大学哲学系助教。你不奇怪吧,正人君子也要吃饭,要过好日脚,哲学家嘛,就更应该通过实践来体现他的思想……"

"你的实践就是赚钱?"

"应该说是其中之一。你怎么样,你害怕吧,你是怕触犯法律还是怕触犯良心?"

他的口气有点像邱荣,不过邱荣在他这点年纪,恐怕不会有这样老练。

沈梦洁心如乱麻,她回答不出,也不想回答。她没有想到邱荣会叫她去干这样的事。当初她曾下决心要不择手段地发财,可是事到临头,她却犹豫了。到现在她才发现自己根本不是什么开放的女性,在她身上,传统的意识仍然占着统治地位,现代意识只不过是一张薄薄的画皮,贴附在她身上,根本没有渗入她的灵魂,现在似乎到了跨出关键一步的时候了,她举棋不定,只好自嘲地一笑,掩饰自己的虚弱。

芮文乐用哲学家的眼光意味深长地看着她,说:"我相信,你会想通的,我可以等你。这笔交易,我决不会和第二个人做,只和你。你想问为什么吗?不是因为邱荣的面子,更不是因为你是一个迷人的女性,只因为你已经晓得了这桩事体,所以一定要把你拉下水来。"

"为啥?怕我去告发?"

"不是！是怕你日脚过不安稳。这是一颗诱惑力很大的禁果，连我们家老头子也被引诱了，你是很难抵御的……"

沈梦洁承认了，她终于跨出了那一步，在她同芮文乐讨价还价的辰光，她眼前老是看见周川的面孔，周川要是在这里，他会怎么说呢？三个月前周川有封信来，说调往另一个地区任教了，那个地区海拔比拉萨高，要一段时间才能适应高原气候。她那一腔还无头绪，心烦意乱，也没有回信，现在看见芮文乐，她突然非常非常想周川了。一个女人遇到重大决策的事，多么想找个男人靠一靠欤。

芮文乐终于带着自信的微笑走了。

沈梦洁心里堵得结结实实，透不过气来，她叫大孃孃帮她的店面拐拐眼，自己跑到林为奇店里去了。

林为奇正在想什么心事，动什么脑筋，看见沈梦洁进来，也不问她做什么，笑笑，算是打招呼了。

沈梦洁其实也不晓得跑过来应该做什么，她眼睛朝林为奇店里溜了一圈，想看看有没有芮质冰的画，可惜她不懂画，看看那些山山水水，花花草草，全差不多，辨不出良莠。她想了一想，问林为奇："这些，全是你自己画的？"林为奇点点头，"沈老板指点指点。"

沈梦洁一笑："没有一张是别人画的？全是你自己的？"

林为奇说："我自己开店，我自己会画，为啥卖别人的，不见得我画的没有别人的好，你看我这幅怎么样，还没有裱呢，不过外国人有辰光就是喜欢没有裱过的，不配画框的——"

林为奇非常狡猾，他晓得沈梦洁想问芮质冰的事体，假痴假呆地岔开话头。

"那——"沈梦洁也晓得林为奇滑头，又试探地说："林老板，大家都讲你大发了，你画了这么多，能不能匀一点给我，让我的店面上也抬抬眼,冲冲嗨气。你看我开张这段日脚,生意做得清汤清水,你假使肯帮忙,怎么分成,你定,我不会狗皮倒灶的……"

林为奇又是摇头又是作揖,半真半假地说:"沈老板,这桩事体,请你高抬贵手,别样可以客气,做生意的事体不可以客气的,总共这点货色,你做去了,我就冷落了,对不对?做生意嘛,只好各人显各人的本事了——"

沈梦洁灰溜溜地:"只有我例外,我是一点本事也没有——"

林为奇一边摇头一边笑,不痛不痒、不阴不阳地说:"沈老板你客气了、客气了,沈老板是有花露水的,沈老板的功夫,是众人皆知的,凭沈老板的功夫,笃定泰山——"

沈梦洁气又气不得,笑又笑不出,尴尬地立在林为奇面前。

林为奇看了沈梦洁好一阵,突然换了一种口吻,一本正经地说:"要讲做生意,我是没有什么名堂的,我只靠我自己的天赋,我相信我的画总有一天会得到应有的地位,应有的身价。不过有一点,我可以提供你参考,我这里为啥比较能吸引人,一个是我的货色同别家不大一样,你看,就讲卖工艺品,你们店里全有的什么双面绣啦,什么紫砂壶鼻烟壶啦,什么玉雕木刻啦,我很少经营,我弄一点民间艺术壁饰,销路倒也不错。你看看,草编的,石卵子粘起来的,还有破布头做的,全是我自己的手工。还有,这张台子,摆在店堂中央,很不雅观,是不是,可是却可以做流动广告——"

"流动广告?"沈梦洁第一次听说这个名词。

"是流动广告,我挂的这些画,怎么让人家相信是我自己画的呢,来了顾客,我可以当场作画,流动广告的效果是一等的——"

沈梦洁又叹气了。

"当然,画画是要有天赋和基础的,不可能大家都画,大家画了,也就不稀奇了。其实,你也可以弄点小噱头,比如,弄只棚子,自己绣花,也是流动广告嘛——"

"可惜我不会绣花,我从小讨厌捏针线的……"沈梦洁苦笑笑。

"反正办法多得很,也不一定非要做流动广告,你总归会有办法的……"

沈梦洁居然被他讲得自信起来,是的,她会有办法的。

"我听邱荣讲过,他认为你是很能干的,有出路的,所以才肯把'寒山屋'租给你的——"

"哦,邱老板还讲什么?"沈梦洁不失时机地问。

"邱荣的眼光一向不错的——"林为奇若有所思,"就是不晓得他为啥对邱小梅反倒一无所知了——"

沈梦洁心中一紧,连忙问:"邱小梅,到底怎么回事体?"

林为奇也和这地方所有的人一样避开了这个话题,沈梦洁很失望。

有一群外国人从门口走过,不仅过门不入,而且目不斜视,直奔后面的一家店去了。

沈梦洁发现林为奇也在注目,就问:"你看,这真是,我店里怎么从来没有人直奔过来呢?"

林为奇出了一口长气:"再过几日,你全会明白的……"

又是同邱荣一个口吻,可是她不愿意再等,再过点辰光,到底要到哪年哪月,她是一个性急的人,她开店是为了做生意,赚钱,不是来等什么的。

大孃孃在街上喊了起来:"沈老板,过来吧,有生意啦!"

沈梦洁连忙奔回去,一看,居然是凌丽,她又吃了一惊。

凌丽斜眼看看守在一边不肯走开的大孃孃,说:"你怎么一直盯牢沈老板,想捞点什么好处?"

大孃孃尴尬地笑着,走开了。这个尖嘴老太婆,天不怕地不怕,偏偏见了凌丽有点吃软,真是一物降一物,命里派定的。

大孃孃一走开,凌丽就慌慌张张地指指沈梦洁柜台上一只二十圆的双面绣问:"你进这么一只,多少钞票?"

"三四十块吧。"

凌丽两只眼睛瞪得像铜板:"三四十块,这么便宜,你骗我!"

沈梦洁发现凌丽是有什么重大事体来的,连忙说:"你肯定弄错了,不是我骗你,是这只物事骗了你,这只架子,不是真红木的,是仿红木,假志戏,当然便宜啦,要是真红木的,上等货,一只二十圆的,我们进价起码一百八,我们这样的小老百姓,又开不到后门,连出厂价也混不到的,只好硬碰硬上,店里没有一点正气的货色,全是假的,也不来事,要掉身价的,仿红木的只好骗骗少数外国憨大,可是外国憨大比中国憨大少得多,假的当真的买去的,恐怕极少极少——"

凌丽面孔上的肌肉抽了几抽,声音压得很低,说:"要不要我帮你进一点?"

沈梦洁心里一跳:"你有路子,哦,对了,你们家老头子,是个大好佬,怎么会没有路子——"她已经晓得,她上次那番话,戳到了凌丽的心境,凌丽也想利用一下老头子的权力了。这倒是个好机会,不应该放弃这个机会,凌丽不懂经,不识货,但是有脚路,对沈梦洁来讲,即使出了什么问题,她是没有责任的。何况,她反正是朝这个方向走的,走一步也是走,走十步百步也是走。可是凌丽呢,沈梦洁不由看了她一眼,这个人嘴巴很凶,人却不凶,沈梦洁甚至有点动摇了,凌丽也要走这条路了,弄得不好,会毁了她现在拥有的一切。芮文乐说得不错,一颗诱惑力很大的禁果。

沈梦洁考虑了一会儿,危言耸听地说:"我丑话讲在前面,这种事体,做得好,是蛮有劲头的,不过要想滴水不漏,一点风不透,不容易吧,一旦被别人发现,告你一状,那就豁边了,我这里倒无所谓,你们就触霉头了,特别是你们家老头子,大塌抬势了,肯定要吃牌头,碰到风头上,弄不好还要吃官司呢。"沈梦洁突然发现凌丽面孔发灰,有点不忍心,连忙停住不说了。

凌丽不晓得该怎么办了,进退两难,主动权在沈梦洁手里。

沈梦洁也同样进退两难,她很想要凌丽的货,肯定是大有油水的,就像芮文乐拉她下水一样,她也要拉凌丽下水了。芮文乐拉她,她是心甘情愿的,凌丽呢,不光心甘情愿,而且主动寻上门来了。沈梦洁僵了好一阵,才慢慢地说:"不过嘛,话讲回来,你也用不着怕,只要你嘴巴紧,不讲出去,我这边是没有问题的,你放心……"

凌丽可怜巴巴地点点头。

沈梦洁到底还是跨出了这一步,并且拉上了凌丽。

凌丽突然又紧张地说:"我求你一桩事体,我相信你是不会讲出去的,我求你不要告诉他——"

"他,唐少泽?"沈梦洁点点头,"你放心。"

凌丽出了一口气,说:"他要是晓得了,会杀掉我的!"

沈梦洁觉得凌丽紧张沉重得太可怜了,她同她寻开心,让她轻松一点:"哟,你说啥呀,他杀你呀,我看是你杀他吧,他敢动你一根汗毛?平常日脚,你讲他几句,他屁也不敢放的,大家有目共睹的。"

"他这个人——小处吃亏,大处不吃亏的,平常日脚,我啰唆几句,他是从来不回嘴的,好像真是气(妻)管炎,其实,大事体上,他从来不让的,有一次我同他妹妹相骂,只讲了一声唐家门里没有正经货色,他怎么样,一只手揪我的头发,一只手掐我头颈,差一点掐煞我……"

沈梦洁相信凌丽讲的是真话,她笑起来。

凌丽到底心神不定,没有再像平时那样把根根底底往外面倒,过了一歇,就急急忙忙地走了。

沈梦洁想起芮文乐从她这里走开的辰光,他的神态和凌丽的神情相差多大噢,人与人,为啥会有这样大的差别呢。芮文乐干这些事,好像是问心无愧的,所以他过得很轻松、很惬意,凌丽却从此会背上一个极其可怕的沉重的包袱。这真是不公平的,在这爿世界上,公平是相对的,不公平却是绝对的。她现在就是要为自己争得一份相对的公平。

当她租下"寒山屋"并且很快发现自己下错赌注了,一时间很灰心,但现在她又振作了,她不能就这样不战自败,她要试一试,然后才能论成败。

她放眼看出去,发现那个日本人又从寒山寺里走出来,寺里那个自以为是的老和尚很谦恭地送他。

铃木宏和慧远大师告辞后,远远地看了"寒山屋"一眼,停顿了一歇,终于还是朝这边走了过来。

"你好。"沈梦洁主动同他打招呼,"想买点什么,哦,今朝不会施舍给我了,肯定给了老和尚了,对不对?那个老和尚面孔像朵菊花,不见钞票啥人会这样开颜。"

铃木宏皱皱眉头:"你这样讲慧远大师不怕罪过?"

"慧远大师,哎哟哟,煞有介事的,真是骗骗日本人了。对了,你也是日本人嘛,贵宾嘛。哎,你有没有去寻几个小和尚吹吹牛,讲讲佛,听他们讲讲佛,你就晓得,什么大师,什么高僧,全是凡夫俗子,倒还是那帮小和尚有趣得多。"

铃木宏不想同沈梦洁讨论这个问题,不等她讲完,就说:"我要走了,明天,我们要回去了。"

沈梦洁假痴假呆地一笑:"你是来和我道别的吗?"她本来还想同他寻开心,可发现他仍然心事重重的样子,才改了口,"哦,对了,你要寻的那个人,叫什么,纯子?寻到了吗?"

铃木宏看看她,说:"我不是来寻纯子的,我是来寻我弟弟的,他叫铃木诚。"

"哦,寻到了吗?"

铃木宏摇摇头:"在我来寻他之前,他已经死了,心脏病,就死在这里——"他手一指好像没有什么方向,又好像有一个固定的方向。

"你,来之前就晓得他死了?"

铃木宏没有什么表示。

沈梦洁也不再多说。

有几个和尚穿着袈裟从寒山寺弄里走过,铃木宏盯住他们,一直盯到看不见,后来,他突然笑笑,自语自言地说:"我总觉得我弟弟就在他们当中,就是他们当中的某一个……"

"你弟弟,你不是说他死了吗?"沈梦洁没有明白他的意思。

"不是说,生即是死,死即是生吗……"

沈梦洁心里一动。

铃木宏盯着沈梦洁看了一阵,说:"我听邱荣讲,你现在很需要帮助……"

沈梦洁一愣,邱荣又提到了她,他为什么老是这样关注她?她不由得问:"邱荣,他还说了什么?他说我什么?"

铃木宏好像没有听见她的问话,只是按照自己的思路讲:"不过,我想,你大概不会接受我的帮助……"

沈梦洁呆了好一阵,才慢吞吞地说:"你要是钞票多,送给老和尚吧……"

铃木宏点点头:"我正是这样想的。"

沈梦洁心里难免有点懊恼,这个假日本很有钞票,送上门的好处,被自己推出去了。值得不值得呢,为了面子吗?和芮文乐、凌丽做那种担风险的交易,同接受他的帮助,究竟有多大差别呢?

但是,他又为什么要帮助她呢?这是毫无道理的。

第 9 章

据说两家人家的炮仗是一起响的。

讲得顶活灵活现的自然是大孃孃。

大孃孃亲眼看见,这一日早晨,天还不亮,尖屁股开了门,带了家主婆和儿子出来,立在街路当中,一人手里捧了一堆炮仗。看尖屁股的样子,好像做贼,摸出自来火点炮仗。其实,杨家的人早守在门口,一看见尖屁股出来,来煞不及把杨关推了出去,说,快点快点,抢先抢先。杨关虽然比尖屁股晚了一脚,但不过他用手里的香烟屁股点着了炮仗的引火线,比尖屁股刮自来火又快了半拍,结果,两只炮仗一同炸响,你也抢不成先,我也落不了后,打一个对手,平起平坐。

这种别苗头,街坊邻居看起来是顶有滋味顶煞瘾的,可惜双方打了平手,弄得大家心里呜啦不出。有人不相信大孃孃的话,特意跑去问杨关。

杨关不在乎地一笑,说:"啥人先啥人后,我也弄不清爽,这又不关账的,做生意凭本事,又不是凭放炮仗的……"

这种闲话,讲得煞有介事,可是别人听了心里不服气,既然不关账,你为啥要同尖屁股抢先呢。

其实杨关讲的倒是真心话。人家杨关,大学生,现代青年,怎么会相信什么先放炮仗抢兆头的空头戏呢。

这地方的风俗,对放炮仗是十分重视的,当真的,从正月初一零点开始,大家就要抢放炮仗,啥人家放得早,这一年必定招财进宝,洪福齐天,落在别人后面的,福气自然要小得多,倘使不放炮仗,终日心里不踏实。再往后,小街小弄里,一年四季炮仗是不会断的,造房子,讨新娘子,养儿子,做生日,吃寿面等等,这一类的炮仗,是老法里传下来的。现在新法里,又多了不少放炮仗的因头,中国足球队赢了,放一阵炮仗,中国排球队赢了,放一阵炮仗,所以说起来,碰着好事体才放炮仗的,炮仗终归是样好物事,讨人欢喜的。

杨关却不吃这一套,杨关的爷娘也不吃这一套。再说,杨工程师对儿子辞职开店意见大得不得了,开始是软的劝,后来是硬的骂,还想法请儿子吃生活,可惜却发现已经打不过儿子,手刚刚抬起来,儿子一挡,就把他挡到一丈之外去了。杨工程师想不落,心里懊恼,早几年没有趁儿子小的辰光多刮他几次,现在儿子长大了,老子要刮也刮不动,要敲也敲不过。杨工程师叹了几口气以后想通了,对儿子讲:"你自己去混吧,我是再也不来管你的事体了,你混个人样也是你,你混个鬼样也是你,同我不搭界了。"

杨关听老头子这样讲,心中先是一喜,后是一冷,喜的是今后可能不再被老头子管束,自己要做啥就做啥,称心惬意,自由自在。冷的是老头子既然不再管他,好处也必定不会再给他了。他原先想从老头子那里挖一笔钞票做资金,现在却落实了。小伙子一时头上唉声叹气。做爷的心硬,做娘的心肠却硬不起来,杨师母晓得劝老头子一时是劝不回头的,劝儿子一时也劝不过来,老子儿子一样犟。杨师母想来想去,想到自己娘家兄弟了。杨关的老娘舅从前是做泥水匠的,后来发了,做了建筑承包户,路子四通八达,本事大得不得了。老姐姐老姐夫从前看他不入眼,认为他不正气,很少来往。现在老阿姐突然上门去,三句话没有讲完,老娘舅大腿一拍,夸奖外甥儿子有出息,还告诉老阿姐,现在外头形势同老早不一样了,姐夫这种正正经经吃公家饭水的人,吃不开了。现在是啥人钞票赚得多,就承认啥人是能人,像他这样做做中间人,就赚了几万元的承包户,还选了区里的政协委员呢。姐夫做煞苦煞,屁也没有捞着,所以外甥这条路走得对,外甥不出舅家门,到底是通血脉的。

杨师母想想兄弟这番话着实有道理,心里也踏实了几分。

老娘舅当场拍胸脯保证,杨关开店,内外收作,全部由他包了,不要外甥费一分心思,做生意缺多少资金,尽管开口,有还无还,娘舅不计较,只要有朝一日看外甥也像娘舅一样立起来像个大男人,娘舅就开心了。杨师母越听越感动,想想自家老头子一世人生疙疙瘩瘩,做人做绝了,对儿子也不放松,真懊恼没有早一点来寻这个好兄弟。

杨关把自己屋里在天井里朝南的一间房间,同邱荣面街的那一小间调换了,正好同沈梦洁做近邻。邱荣面街的那一间原本是想给侄女儿邱小菊住的,可是邱贵不要。杨关找邱荣商量,邱荣很爽气地答应了。

老娘舅一手操持的店堂收作,弄得十分显赫,一条寒山寺弄几十家书画店,寻不出这样的水平,惹得大家眼热煞了。

杨关从决定辞职到一切准备就绪,只用了一个月的辰光。这段辰光,唐云到外地去实习了,所以这边屋里闹得天翻地覆,她那边一点风声也没有,还三日两头往北山农场写信呢。

外出实习的那几天,唐云到北山农场去了一趟,结果同杨关吵了一场,哭出呜啦地回来了。那几天杨关情绪恶劣,看见唐云带了不少好吃的物事,笑眯眯地出现在他面前,杨关一头的火正好朝她发:"你,你来作死啊?"

唐云想不到迎接她的会是这句话,委屈地哭起来。

杨关也晓得自己无理,但心里窝火,又要面子,不认输,特别是不能向女人的眼泪低头,他仍然火冒三丈,态度恶劣:"你来做啥,你回去吧,你去考研究生,做女博士吧,出国去吧,寻到劳改农场来做啥?告诉你,我马上要回去了,去做个体户了……"

唐云只当他讲的是气话。

从北山农场回来,她就去实习了。

当她实习回来,走到家门口,才发现一切都变了,杨关已经在同老娘舅商量哪一日开张了。

唐云气极了,真想去同杨关吵一架。可是冷静下来想想,生米已经做成熟饭,杨关是不会再回劳改农场了,重新寻工作也不容易,也只有这条路可以走了。

回到屋里,阿哥就不让她冷静了。

杨关辞职开店,唐少泽始终没有讲什么,倘若杨关是个一般的小青年,一般的邻居,唐少泽可能也会觉得他有勇气、有精神,可是偏偏杨关不是个与他无关的人。唐少泽现在更不能听任唐云了。

所以唐云一进门,就看见阿哥板着面孔,她心里有数,却只当不晓得,自顾自弄夜饭吃。

唐少泽手一挡:"等一等,这桩事体讲讲清爽再吃饭。"

唐云"哼"了一声："哟,什么大事体,比吃饭还重要啊?"

唐少泽也"哼"了一声,索性打开天窗说亮话了："从前你同杨关不清不爽,我不干涉,现在的情况你自己心里明白,你打算怎么办?"

唐云眼眉毛一挑："什么叫不清不爽？你讲什么叫不清不爽？谈恋爱是不清不爽?"

"好,好。"唐少泽退了一步,"你真的不想重新考虑吗,他现在——没有工作了……"

"怎么没有工作？开店不是工作吗?"唐云针锋相对。其实,杨关这样做,她心里比谁都难过。在她心底里,本来有一个秘密,毕业以后要求分到北山农场子弟中学去,和杨关在一起,他当医生,她做老师,逢年过节,双双回来看看。可是,现在一切都破灭了。她感到很伤心,杨关在她心目中的形象,和从前不一样了。她有了一种说不清的失望,并不是看不起个体户,也不是担心个体户没有保障、没有前途,她只是隐隐约约觉得,杨关在什么地方输了,输得很惨。

唐云的这些想法,杨关是不了解的,他这几日一直很兴奋很激动,一直到放过炮仗,正式开张了,才冷静下来。

和杨关的速战速决相比,尖屁股的店磨磨蹭蹭,已经拖了两三个月了。尖屁股原来到这里来推销货物,一直被人欺侮,就下决心自己开店。他的准备工作,做了几个月,请来收作房子的泥水匠也不卖力,尖屁股手头抠,不舍得出大血,人家自然要磨洋工。一直到杨关开始弄房子,尖屁股才急了,加班加点加钞票,终于没有落在杨关后面。

至于炮仗到底是啥人的先响,尖屁股心里也没有底,所以对大孃孃的说法他也没有反驳。尖屁股祖上做了十八代的老农民，到他这一茬儿，碰着了好辰光，好机会，田里做不安逸了，要开店做老板，到城里来轧一脚，抢口城里人的饭吃吃。尖屁股的老头子，从睁开眼睛就开始捏烂泥，到六七十岁还在捏烂泥，一点也捏不厌，反倒是越捏越有劲。更何况前几年，中央规定烂泥属于农民自己了，老头子自然快活了。老头子养了五个捏烂泥的儿子，要论块头模子，五个儿子，一个比一个小，养到阿五，活像只猢狲了。可是要讲捏烂泥种田收粮食，阿五可是个狠天霸地的角色，四个阿哥弄不过他。后来叫老头子大吃一惊的，也是这个阿五，首先提出来不想捏烂泥了。

像城里的老头子一样，乡下的老头子现在也管不住儿子了，想想各人头上一爿天，这爿天爷娘做不了主，要命来做主的。

尖屁股要到寒山寺去开店，顶起劲的是他的女人。尖屁股的女人总觉得自己不是一般的农村妇女，她学问比尖屁股高，尖屁股只读到初二，她却硬碰硬有一张高中文凭。她娘家屋里从她小辰光开始就一直讲她命好，时辰八字是做皇后娘娘的，起了名字叫金玉，即金枝玉叶。金玉这个名字虽然也有点俗气，但比根土要洋气得多，派头得多。根土是尖屁股的名字。比一比名字，金玉就觉得自己比尖屁股高一等。嫁给尖屁股，她是亏的，亏在哪里，倒也讲不出。尖屁股屋里劳动力多，家底厚，新房里的家什比别人显眼。出嫁的辰光，金玉是风光过的，小姐妹全眼热她的。可是后来分了田，尖屁股屋里又分了家，独门独户过日脚，各家比比也差不多了，金玉显不出自己金枝玉叶的派头来，她不太平，不安逸了，想叫男人出去做生意，或者学手艺。可是又不愿意自己独守在田里做，她是顶怕做田里生活的。有一趟回娘家，听说现在外面顶吃刺绣生活,绣一块绢头可以卖几十块洋钱。金玉倒蛮配胃口,坐在屋里,做做针线,日不晒雨不淋,轻轻松松,清清爽爽。金玉回来以后,就叫尖屁股去临市面。尖屁股到城里转了一圈,大开了眼界。从此,夫妻俩一搭一档,小人甩到阿婆手里,两个人脱空身体做生活,村里人还没有弄清怎么回事体,他们倒已经捞了一大笔了。可惜世界上没有不透风的墙,村里一家传一家,一户连一户,大家都做起这种生活来。尖屁股夫妻又不可以去阻挡他们。不过他们已经懂了做生意要讲究"你有我转",尖屁股就到寒山寺弄盘了一间门面,开店了。他用最低的价格,向村里人收购。尖屁股心里有数脉,要轧到城里来同城里人抢饭吃不是容易的,收作店堂他已经吃足了苦头,紧俏一点的建筑材料,全是议价买来的,本来想请自己村里的泥水匠,又怕风声传出来,村里人全轧过来,只好请陌生人,结果被人家捏头颈,敲竹杠。眼看杨关那边前前后后总共一个月就解决了问题,尖屁股心里又是气又是急,所以暗自笃定,炮仗一定要先放的。

炮仗可以同时放响,开张的场面却不是同一规格了,真是人比人,气煞人。开张之日,尖屁股这边冷冷清清,杨关那边却是十分闹猛,来祝贺道喜的张扬得不得了。金玉倒比男人想得开,戳戳他的脑门,说:"你这个人,小肚鸡肠,现在闹猛有啥稀奇,啥人生意做得好,才是真本事。"

尖屁股想想也是,看杨关那小子,嫩兮兮、洋哈哈的,生意必定做不过他,也就又有了信心。

开张以后,有一日早上,大孃孃过来寻闲话。

尖屁股看见大孃孃,连忙从屋里拎出一盒鸡蛋糕。

大孃孃看见鸡蛋糕,笑起来,说:"喂,告诉你一桩事体。"

"啥事体?"尖屁股和金玉都很紧张。

"啥事体,你们晓不晓得,炮仗到底是啥人家先放的?"

这是尖屁股顶关心的。

"我告诉你,当然是你们先放啦,你这个人,自己也弄不清爽了?真是乡下人,不见大世面的,别样事体可以糊里糊涂,假痴假呆,这桩事体不可以的,明明是你先放的,你为啥不讲?"

尖屁股莫名其妙:"你自己讲是两家一同响的,讲得活灵活现,弄得我也昏头了,既然是我先放,你为啥讲……"

大孃孃一面孔的秘密:"哎哟哟,你这个人,乡下人兮兮,拎不清①的,我怎么可以当着杨家人的面讲他们放得慢呢,你看看,他们那个老娘舅,几等样的角色,我吃不消的。再说嘛,几十年邻居轧下来,我是不好意思去戳穿他们呀……"

尖屁股"哼哼"两声,说:"那你现在为啥又来讲我先放呢?"

"哎哟哟,你先放是事实嘛,我怎么可以瞎说呢,是不是,我这把年纪了,怎么可以瞎说呢……"

尖屁股哭笑不得,他总以为乡下女人是顶蛮顶泥土气的,想不到这个大孃孃,比乡下女人还要不上路。不过,他心里是踏实了一点,炮仗到底是他先放的,好兆头是他的。

大孃孃又压低声音说:"你不相信你过去看看,杨家那个小鬼三,新开张三五日已经萎脱了,像只煨灶猫了……"

尖屁股心中一跳。

大孃孃一走,尖屁股就跑过去探杨关的风声,果然,杨关正在店里打瞌睡,门口一个人也没有。尖屁股心情好起来,得意扬扬地

---

① 拎不清:不明白,糊涂。

回去了。

走近店堂,他突然眼睛一亮,店堂里有七八个外国人围在金玉身边,看金玉绣花。

这个棚子是他们从乡下带出来的,金玉讲守在店里没有事体的辰光,她可以做做生意。尖屁股原先不同意,店堂本来就狭窄,再摆个摊子,屁股也掉不转了,可是别不过女人,只好摆在那里。想不到,金玉坐在店里绣花,被几个外国人看见了,好像发现了新大陆,一窝蜂拥进来,看她绣花。外国人跑了不少地方,转了不少店家,看见不少苏绣工艺品,可惜不晓得是怎么做出来的,现在亲眼看见一个妇女在绣花,稀奇煞了,不等翻译过来,就闯了进去,一边看一边同金玉讲话,金玉听不懂,急得要哭了,正好尖屁股回来。金玉一看见尖屁股,就像看见了救星,可是嘴巴里却大骂起来:"你个瘟牲,死到哪里去啦,外国人来了,你不死回来。"

外国人看见尖屁股进来,不感兴趣,还是围住金玉,问长问短,有的伸手摸摸绣花布,有的给金玉拍照,金玉面孔血血红,停下来不做了。外国人连忙示意叫她做,弄得金玉又是开心又是怕,手也发抖了。有一个外国老头子突然伸手去摸摸金玉的围兜,金玉吓了一跳,尖屁股也以为外国老不死要揩便宜,正在为难,外国老头指指金玉的绣着荷花的围兜,翘翘大拇指,又讲了几句话。尖屁股听不懂,急煞人,他突然想起一个什么人讲过的一句话:中国人越是过时的宿货,外国人越是稀奇。他小脑筋一转,奔进里屋,翻箱倒柜,寻出一堆农村土做的围兜、包头巾,还有小人的绣花老虎头布鞋。这些物事,金玉进了城就不肯用了,她要学城里洋小姐,白相洋物事了。外国人一看这堆物事,蛮开心,有几个性急的,已经去摸袋袋了。尖屁股心想,听不懂话怎么做生意呢,一急,对外国人做了个蓝球比赛中的暂停手势,自己一阵风奔出去。

尖屁股先奔到"寒山屋",对沈梦洁说:"沈老板,帮帮忙,来了几个外国人,叽里咕噜,听不懂。"

沈梦洁问:"是日本人?"

尖屁股摇摇头,"不是,是高鼻子,蓝眼乌珠的,身上有股臊气的,大概是讲英语的。"

沈梦洁"哎哟"一声:"对不起,英语我不懂。"

尖屁股不相信,以为沈梦洁不肯,快要落跪了:"帮帮忙,帮帮忙,沈老板,我新开张,帮帮忙。"

沈老板朝对过黑皮那边一指:"喏,对过骚妹妹,懂几句英语的……"

不等尖屁股过去求黑皮,黑皮闲话已经甩过来:"哎哟,沈老板,我们骚妹妹这几句洋泾浜英语,骗骗别人可以,骗你是骗不过的,你心里还没有数呀,不要塌骚妹妹的台了。"

尖屁股两边看看,跺一跺脚,刚要奔开,沈梦洁说:"你不要急,我跟你去看看。"

黑皮冷笑一声:"沈老板到底讲义气,女中豪杰。"

沈梦洁不理睬他,跟了尖屁股走过来,到店里一看,她就明白了。尖屁股也搞了个流动广告,比林为奇还要吃香,外国人比较喜欢中国民间传统工艺,当初林为奇也提醒过她,可惜她不会做,现在让尖屁股沾了光。

等最后算账,沈梦洁凭中学里学过的一些英语单词,比比画画,同他们讲了价钱,成全了尖屁股一桩好生意。

外国人称心满意地走了,尖屁股也笑开了颜。

沈梦洁正要告辞回去,尖屁股斜眼看看她,突然讲:"沈老板,你从中扣了多少,也不告诉我们一声啊?"

沈梦洁愣了一愣,气得恨不得刮他两个耳光,不过不等她开口,金玉已经上来朝男人面孔上啐了一口唾沫,一边骂:"你这只畜生!"

沈梦洁憋了一股气走开了,她弄不清爽,尖屁股女人是做给她看的,还是真的以为男人不上路。

回到店里,对过黑皮的风凉话又飘了过来:"沈老板,你真是个好人。老古话讲,好心有好报……"

沈梦洁想狠狠地回击他,哪里想到,一开口,却"哇"的一声哭起来。这一哭,她自己也呆了,她已经有好长辰光没有哭过了,她不想在任何人面前表现自己的软弱,现在却软在一个小赖皮面前,她恨自己不争气,想忍住不哭,但一旦开了口,却再也收不住了。

黑皮看见沈梦洁居然哭了,大吃一惊,半天没有声响,眼睛发定,好像也撞上什么大头鬼了。

沈梦洁终于哭畅了,再也流不出眼泪了,黑皮慢慢地走过来,声音嘶哑地说:"沈老板,你这种人,是不适宜做生意的,你看起来很凶,招式很吓人,实际上你心很软,还不如我们的骚妹妹心硬。作为一个女人,这是好的;作为一个生意人,这是不来事的。"

沈梦洁瞪大了红肿的眼睛看黑皮,她想不到她眼睛里的这个小赖皮,会讲这样的话。

黑皮又说:"你同我们不一样,你肯定没有吃过什么苦头。你也许不承认,你读了职大,单位不要你了,对不对,可是这算什么苦头呀……"

沈梦洁听出来黑皮沙哑的声音中蕴含了许多许多的内容,也许是他自己的遭遇,也许是别的什么人的经历,她没有问他,却点了点头。

黑皮不再讲什么了,两个人好像都有点尴尬,突然听见隔壁杨关店里有人在吵相骂。

是杨关和几个顾客在争吵。

开张的热闹过去之后,杨关成天一个人守在店里,想寻个人吹吹牛也寻不着,心里发闷。隔壁邻居要上班,开店的同行各自想拳经,他觉得自己被冷落了。这种冷落感尖屁股是没有的,因为他根本没有热闹过,也就不会有热闹过后的冷落。

杨关的货虽然不错,但是货硬人不硬,他不会嬉皮笑脸去拉生意,人家看见他一张呆木兮兮的面孔,先要打三分回票。老娘舅已经完成了任务,回去了,以为交给外甥一个现成的摊子,总不会有问题了。可惜他还不晓得外甥是不是这块料子。

杨关的确不是这块料子。

他也晓得顾客不要看冷面孔,但就是笑不出来。

刚才,来了两个外地旅游者,看中了他的一尊红木雕寿星像,由于压价太黑心,压得比进价还低,杨关说:"你这个价,我进货还不及呢。"

人家不相信他,说:"你们个体户都这样,装出这种腔调,进价多少,你自己心中有数,不要骗我们外地人……"

好像杨关真的在骗他们,并且被当场戳穿了。杨关不由火了:"谁骗你们,不相信你们可以看我的进货单……"

人家更加不相信:"进货单,谁知你是真的假的呢,现在个体户里骗子还不少呢,报纸上天天登……"

杨关再也忍不住了,恶狠狠地说:"走,出去。"

人家本来也许是无意说说的,哪想触犯了杨关,听见杨关大喝一声,开始一愣,随即不服气地辩论起来,指责杨关服务态度恶劣,经营作风不正,蛮不讲理,其中有一个还抄了他的营业执照上的号码和姓名。

看热闹的人越围越多,街坊邻居都说这件事不怪杨关,外地顾客却又团结一致指责个体户。

吵了半日,也吵不出什么名堂,辰光不早了,外地人走了不少,剩下的几个也没有气势了,只好偃旗息鼓。

人散了以后,尖屁股走上前去,笑眯眯地对无精打采的杨关说:"炮仗到底是我先放的吧!"

第 10 章

有一阵不见郭小二来卖五香茶叶蛋了。

听不见他那一口油腔滑调、令人发笑的江北苏州话,大家倒蛮牵记他的。

没有啥人晓得郭小二到哪里去了,大孃孃也不晓得。郭小二不来卖蛋,大孃孃立在那里也少了点精神。

平常日脚大家同大孃孃寻开心,讲郭小二比她的儿子好。大孃孃嘴巴上承认,笑呵呵的好像揩了便宜,心里却不是滋味。承认郭小二好,就等于骂自己儿子,儿子不孝归不孝,总归是自己儿子呀。

可是,几日不见郭小二,她又觉得心里空荡荡的。她和儿子不住一起,一年到头难得见几次面,心里倒从来没有这种空荡荡的感觉。

后来,还是旅游局的小车司机郑平到这边来吹牛,讲出郭小二的去处。郑平的姐夫在这个区的工商局,专门管个体户的,所以,郑平倘想要了解这地方个体户的底细,是很容易很便当的。

原来,有一个旅客吃了郭小二的五香茶叶蛋,回去泻了三天三夜，恨不得把肚肠根子也泻出来。他躺在医院里一边挂盐水一边想，想来想去想不出吃过什么龌龊的物事，只有郭小二的那个茶叶蛋顶值得怀疑，于是，不管三七二十一，先写一封信到卫生检查部门。卫生检查部门十分重视，派人下来拿了郭小二几个蛋去化验，结果化验出来三十七种细菌，郭小二一砂锅蛋充公，还罚款一百块。郭小二拿不出一百块，歇了生意出去借钞票了，大概怕街坊邻居晓得了难为情，没有在这里声张。

"哎哟，我当是什么大事体呢，"大孃孃首先表示出她的愤慨，"细菌，细菌有啥了不起，啥地方没有细菌，老古话讲，吃得邋遢，成得菩萨嘛，没有细菌还不来事呢。"

大孃孃的话倒也蛮有道理，细菌是无处不有的，没有细菌人还真的活不下去呢，要是没有大肠杆菌，人会拉不出屎来的。不过一个茶叶蛋吃得人家泻了三日三夜，这终归是不道德的。

大孃孃不服气："啥人弄得清那个断命人是不是吃了茶叶蛋泻的，我吃小二的茶叶蛋吃得顶多，怎么从来不泻呢？"

大家笑了，讲大孃孃是铁肚肠呀，同一般人不好比的，她吃了郭小二的蛋，自然要帮他的脸啦。郭小二这个人，做生意颠来倒去终归做吃食生意，偏生又不懂卫生，换了行当作兴好一点。

早几年，他弄了一只炉子，在风口头烘山芋，郭小二一向是穷大方的，熟人来买烘山芋，杀半价就杀半价，叫他翘高点秤就翘高点秤，从来不斤斤计较，看见小人馋涝涝地盯牢他，他还白送只山芋给小人吃。后来样样物事涨价，生山芋也涨价，郭小二的烘山芋却不涨价，生意越做越兴，钞票却越赚越少，只好卖脱烘山芋的炉子，另起炉灶，弄了一只油锅氽萝卜丝饼，氽了几日又改行，不晓得改到卖茶叶蛋是第几回了。

过了几日,郭小二回来了,里里外外换了个人,往街上一立,大家一个呆头,差点不认得他了。

从前的郭小二黑不溜秋,煨灶猫兮兮,现在神气了,好像冲了一个透浴,那几十层的老垢全搓清爽了,一双手伸出来也清白了不少。

大孃孃开心煞了:"哎哟,你这个人真是,为一百块洋钱,还要跑出去呀,这里全是老板,怕啥人不肯借呀……"

郭小二眨眨眼睛:"你当真啊,你当真以为我穷得赤屁股赤卵啊,我再穷一百块老洋终归拿得出的嘛。"

"那你到外头去做啥?"

郭小二又眨眨眼睛:"我呀,跟一个师傅去学生意了,现在满师回来了。"

没有人相信他,包括大孃孃。郭小二是个懒虫,从来不肯动脑筋学点真本事的。

可是第二日一早,郭小二却挑了一副担子来了,身上还围了一块白饭单,拣了一块清爽地方,三弄两并,把摊头放好了,端了一盆清水放在边上。

"这是什么水?"大家问。

"消毒水,我现在要讲究卫生了,我师傅教我的。"一边说一边把手伸进面盆洗一洗,揩揩干。打开一只罐头,大家一看,是一罐头饴糖。只见郭小二抓起一团饴糖,捏了几捏,用一根麦柴管吹了几吹,一眨眼工夫,一个活灵活现的孙悟空吹出来了。

郭小二果真去学了一套功夫,吹糖人。

不少人围着看西洋景,郭小二眼乌珠一转,突然说:"哎,哎,让开,你们让开,大鱼来了。"

大家让开了,几个老外走过来,大家看见这几个"大鱼",哄笑起来,外国人也跟着一起笑,看郭小二吹糖人。

沈梦洁坐在"寒山屋"里,没有过去轧闹猛,钱老老就立在她面前,眼睛直勾勾地看牢她。

沈梦洁早已经习惯了钱老老的注目。

"我女儿,比你年纪轻……"钱老老又开始了千篇一律的谈话,"我女儿,是在东洋人投降前一年生的……"

钱老老有点老糊涂了,他记忆中的女儿,恐怕还是几十年前的女儿。钱老老从前是一个小镇上的小学教员,后来娶了女人。一家人刚要开始过日脚,东洋人打来了,钱老老逃出去,屋里女人却被糟蹋,寻了死路。钱老老屋里一个人也没有了,万念俱灰,无处投身,去做了和尚。

过了几年,家乡小镇上有个亲戚千辛万苦寻着了他,带来一张纸条,他还认得出纸条上自己女人的字迹,是她临死前写的,告诉他,她早产了一个女小人,寄养在亲戚屋里。钱老老为了女儿,又还了俗,回到屋里和女儿一淘过日脚了。

女儿生得出奇的漂亮,出奇的聪明,十岁就考上了市里的戏曲学堂。戏曲学堂的学生按规定是要住宿的,钱老老不放心女儿,就搬到城里来住了,反正那辰光进城也便当。

女儿后来进了市文工团。有一年,钱老老已经记不清是哪一年了,反正到处是乱哄哄的,女儿被送到北京去了,去做什么,没有人晓得。女儿同他告别的辰光,什么也没有告诉他,但他看得出女儿很开心,他也很开心。想不到,女儿这一走却再也没有回来过,甚至连一封信也没有回过,钱老老急疯了,到处寻人讨还女儿。市文工团的头头说:"当时是上面来选人的,选到什么地方去,去做什么,我们一点也不晓得,当时是不许我们过问的。"

钱老老就这样等了一年又一年,对女儿的思念慢慢地淡漠了。他是个风趣滑稽的老人,经常讲一些发朽的老古话,引人发笑,大家蛮欢迎他。

沈梦洁的到来,又触动了钱老老那根神经,他日日站在店门口看她,怎么也看不够。

"沈小姐,"钱老老说,"前几日,他们说看见我女儿在电视上唱歌……"

沈梦洁晓得大家在骗他,却又不忍心去戳穿这个谎言,她含含糊糊地"噢"了一声。

"真的,真的,你的话我是相信的,你同我女儿是一样的好人,我女儿叫钱美娟,你帮我留心点,她在电视里唱歌,你告诉我一声,你当心认错人啊,我女儿面孔上有两个酒窝,同你一样。"

沈梦洁点点头。

"噢,对了,你讲,在电视里唱歌,肯定是在北京吧?"

沈梦洁只好又点点头。

钱老老松了一口气:"对了,我讲不会错的,是在北京嘛。噢,再问你一声,我听人家讲,现在苏州有火车直到北京,是不是?"

沈梦洁看了钱老老一眼,她弄不明白钱老老是装痴卖乖,还是头脑拎不清了。

钱老老心满意足了,不再说话,又定定地盯牢沈梦洁看。

沈梦洁远远地看见唐少泽正领着一群日本人走过来,手朝她这边指指点点,她心里突然涌起一股异样的感觉。

唐少泽已经连续几次把日本客人介绍到"寒山屋"来,同西方外宾比较起来,日本人的购买欲和购买力都要大得多。有辰光,一旅游车的日本人下来,几乎会人手一"抢",人手一"圆"地围去,这种生意,两三个月碰上一次,也就足够店老板快活半年了。

唐少泽做日语翻译,沈梦洁又偏巧学了日语,真是沾光得很。

沈梦洁正在想着,唐少泽带领的那批日本人已经过来了。

日本客人叽里咕噜讨论了一会儿,最后七八个人各人买了一件东西。

店里唯一的一件真丝手绣和服,几个人同时看中了。唐少泽连忙暗示沈梦洁再拿几件出来,可惜,她拿不出来。这种东西价格太高,不敢多进,她只弄了一件想试一试行情。来过好多日本人,看了都很中意,可是都嫌太贵。沈梦洁也失去了信心。想不到现在却成了抢手货,她又懊恼没有多进一点。

唐少泽连忙对那几个日本人说,货还有,在老板家里,过一会儿可以给客人送到宾馆去,或者由他代办,保客人满意。

日本客人终于开心地走了。

沈梦洁喊住唐少泽,说:"我马上去弄和服,你过两个钟头来拿,怎么样?"

唐少泽点点头,好像有什么含义似的说:"你可以大胆多进几件嘛。"

沈梦洁看了他一眼,心中一动。

两个小时以后,沈梦洁弄到了绣衣和服,急急忙忙赶回"寒山屋",唐少泽已经在门口等她了。

"还要两件,这是钱,他们外汇不够了,付了一部分日元。"

沈梦洁接过钱。

唐少泽又说:"他们很会算账,一分不差的。"

"你——"沈梦洁欲言又止。

唐少泽的面孔突然红了,好像也想说什么又说不出口。

沈梦洁明白了,对唐少泽说:"你等一等,我马上来。"

她进了里屋,飞快地用计算机算了一下,唐少泽几次带来的客人,总共挑她赚了多少,她晓得一般这类回扣是吃净收入的百分之三十至百分之三十五。她想了一想,照百分之四十结了账,然后用纸包了钱,又出来了。

唐少泽的面孔由红变青了,沈梦洁把那个纸包塞给他时,他的手抖了一抖,眼睛盯着脚尖……

唐少泽拿了纸包,却没有转身溜走。

沈梦洁也有点尴尬了,她心里突然冒出一种痛恨自己的感觉,她不光自己走出了这一步,又拉上了别人。她不由脱口而出:"我,拉了你。"

尽管话说得含糊不清,唐少泽却马上反应过来了,他声音嘶哑地说:"不,不是你拉了我,是我自己……"

沈梦洁看着他。

"我,我非常需要钱。"唐少泽又低下了眼睛。

沈梦洁原以为他会讲出一个比较动听的故事,能够让人谅解、同情的,想不到唐少泽居然直碰直地说"要钱"。她愣了一歇,终于有所醒悟了,又一次发现自己太天真了。钱,是的,这爿世界上有啥人不要钱呢,她倒还想帮别人找出一点理由呢。

于是她不动声色地指指唐少泽手里的纸包:"上几次的也算在里面了。"

唐少泽面孔上的肌肉抽搐不停。

沈梦洁只当没看见,又说:"我这里是百之四十,比别人的高一点。"

唐少泽突然低声地说："这桩事体，你，不要告诉她，不要告诉凌丽……"他停顿了一下，又说："我发现凌丽和你蛮谈得来的。"

沈梦洁心里不由又牵动了一下，这对夫妻在互相隐瞒着，这大概算是一种善良的欺骗吧。

唐少泽走了以后，沈梦洁心里乱了很长辰光。

对过黑皮搭腔了："喂，沈老板，现在你用不着再为外国人为什么直奔哪爿店而苦恼了吧。"

沈梦洁看了黑皮一眼，看不出他有什么恶意，她勉强地笑笑，又想起心事来。

郑平走过来，在她耳朵边"喂"了一声，把沈梦洁吓了一跳。

郑平靠在她的柜台上，点了一支烟，慢慢悠悠稳笃笃地抽起来。

前些日脚，在郑平的引荐下，沈梦洁和他的姐夫认识了，个体户结识管个体户的干部，确实不是桩坏事。定个人收入调节税的辰光，郑平的姐夫带了几个人到"寒山屋"一转，估了一个低于实际收入至少一半的月收入，就这样定了调节税。

大家心照不宣。沈梦洁几次想向郑平表示谢意，却找不到机会开口。现在郑平来了，旁边又没有别人，她连忙说："小郑，上趟定调节税，多谢了！"

郑平并不清爽什么调节税的事体，但是猜也能猜到八九成账，嘴巴一咧，吐一口烟，说："老公的便宜，不揩白不揩。"

沈梦洁也咧嘴一笑。

郑平看看她，一点也不犹豫地说："不过嘛，我也有桩事体想请你相帮。"

沈梦洁晓得不能白受别人好处的，可是想不到来得这么快，真叫现世极了。

郑平仍然不慌不忙,吐一口烟:"我观察有一阵了,你同唐家那个唐云的关系不错的。"

沈梦洁开始以为他要讲唐少泽的事体,心里一阵紧张,后来听他提起唐云,才稍微定了一点心。

"你不晓得吧,我同唐云中学里是同学。你一定奇怪,我这么老颜,看上去比唐云大得多,怎么会是同学呢?我是个留级胚,留过几次呢,所以唐云是不会理睬我的,她也不晓得我的心思,原先听说她同杨关那小子在谈,我也就死了心,我是比不过那小子的。"

沈梦洁倒有点感动了,郑平虽然谈吐粗鲁,但心倒不坏,他一直到看出来唐云和杨关的关系冷落了,才重新动了唐云的心思。看起来他是想请沈梦洁牵线搭桥了,他自己为啥不直接去寻唐云呢。这个人,看起来天不怕地不怕,是个老油子,老屁眼。她看看郑平,心里叹了口气,每个人都有强硬的地方,也都有软弱的地方,这爿世界就这样保持着平衡,周川说过的这句话一点也不错,她不由又有点思念周川了。

郑平看沈梦洁不响,就说:"你放心,这桩事体不会叫你为难的,我也不会勉强她的,你帮我去探探她的心思,有希望,我就下功夫,倘是没有希望,我也不会痴心妄想的。"

沈梦洁想不到郑平这样通情达理,连忙点点头。

郑平还想讲什么,大孃孃走过来,笑眯眯地问:"讲得这么热络,讲啥呀?"

郑平说:"吹吹牛。"

大孃孃朝隔壁杨关店里瞄了一眼,压低声音说:"人家全在讲,杨家那小子有神经毛病的,老娘舅帮他扒了这么好一爿店,他倒也不想好好做生意了。"

"什么神经病,"郑平吐出一口烟,"这叫做一行怨一行。"

这边几个人在议论杨关的辰光,杨关并没有守在自己店里,却跑到李江店里去了。

杨关的生意做得一点起势也没有,有一日,几个外宾到他店里看物事,其中一个突然捂住胸口倒在柜台上,其他几个吓了一跳,眼看着他从柜台边慢慢地掼倒在地上,束手无策。杨关连忙把病人扶起来,奔回屋里拿出了听诊器,这辰光对过店里的李江也赶过来,两个人一起诊断,一起抢救,过了一歇,病人醒转过来,外宾对杨关服帖得不得了,千谢万谢,还给了不少钞票。杨关一分也不要,却是很开心,好像失业了长远的人又寻到了称心如意的工作,他看看李江,问他:"你也懂医?"

李江不满意地说:"什么叫你也懂医,我做医学硕士的辰光,你还在吃奶呢!"

杨关兴奋起来,连忙问:"那么你看刚才这个病例……"

李江骄傲地一昂头:"这个嘛,还看不出来,闭拢眼睛也晓得是晕眩症。"

杨关心中一喜,和自己的判断一致,因为病人手捂胸口倒下去,又有心律失常等症状,很容易和冠心病混淆。现在自己的诊断同李江不谋而合,他很得意,也说不清是因为自己水平高,还是因为李江水平不推扳。

李江见杨关不作声,以为他不服自己的诊断,急了,连忙说:"怎么,你说什么,你怀疑我的看法?哼哼,我断的毛病,不会错的,你想想刚刚这个人……"

杨关特别有耐心,听他分析,讲得头头是道,不由佩服地点点头。

李江开心地咧开嘴巴笑了:"怎么样,服帖我了吧,告诉你,在这方面,不服帖我的人,全是草包。"

杨关熬不牢笑出来,这个老头子,真有意思。他问:"你原来是哪所医大毕业的?"

李江眼睛一亮:"医大嘛,就是苏州医学院嘛,我的硕士学位证书还在箱子里呢,不相信我去寻出来给你看看。"

杨关连忙摇摇手:"我相信,我相信。"

李江又说:"你是不了解我的,何止你一个人,这地方的人全不了解我。哼哼,当我是什么,没有本事的。不过么,也难怪,你们不晓得我的真本事,当我是江湖骗子呢。我告诉你,五十年代初,我的论文就在全国医学界引起轰动了,你不相信……"

"我相信,不过,你后来到哪里去了呢?"杨关越来越想同这个怪老头子攀谈。

"我毕业出来分到一家医院,上班一个月就触了霉头,变成'右派'了,我自己也不知不觉就变成了阶级敌人,他们说因为我的一句话讲得不对,我其实自己也忘记了,到底是一句什么话。后来,就不许我做医生了,讲我做医生要把病人看死的,真是笑话。我是不服气的,同他们争,结果,还是自己触霉头,后来,后来吗,就把我送到那边去了……"

"那边,什么那边?"

"北山农场。"李江的口吻好像还很留恋那里。

杨关听见"北山农场"几个字,心里一跳,面孔上有点不自在。

李江凑近过来看看杨关的面孔,说:"你从前天天从这里走过，我心里想，这个小伙子，这么神气，肯定是学医的，有一次凑过去看一看你的校徽，果真是。前一阵，你来开店，我恨不得过去刮你两个耳光，学了医，有一手本事，为啥来开店？"

杨关被触了心境，不服气地反问："那你有看病的本事，为啥不去做医生？"

李江说："你这个小青年，问得奇怪，这个问题怎么问我呢，你去问当官的人呀，他们不让我做医生嘛，他们说我几十年不操此业了，不来事了，好像我已经害了别人的性命了……"

杨关点点头。

李江又说："喂，你看我这个人，蛮滑稽，是不是？"

杨关倒有点尴尬了，不好回答。其实，倘是街坊邻居晓得李江会在他这里讲出这么一大串闲话，那才是滑稽呢。李江平常日脚给大家的印象是三拳打不出一个闷屁的，但一旦碰上学医的人，他那张嘴巴就收不拢了。

从这一天起，杨关日日跑到李江店里去，两个人一对宝货，对生意不闻不问，有人来喊，就应付一下，顾客一走，又凑在一淘，神聊瞎吹，吹够了，开始讲医道，你不服帖我，我不服帖你。

隔壁的沈梦洁早就发现这两个人的花头了，她也曾经听唐云说过，她欢喜的是从前的那个杨关，现在既然郑平将唐云的事托了她，她倒不好应付了。

这一日吃过夜饭，沈梦洁抽个空，跑到天井里面，想寻唐云。这辰光杨工程师又在对老太婆抱怨儿子，说杨关又丢了魂。

杨师母看见唐云立在走廊上，连忙对老头子说："你少讲两句，你少讲两句……"

唐云笑着对杨师母说："杨师母，杨工程师的话是有道理的，我听人家讲,杨关现在被李江勾了魂,日日往李江那边跑,生意也不做,我也弄不明白,不做生意开店做啥?"

杨师母对唐云是一千个顺眼,一万个顺心,唐云讲一句话,她点一点头。

沈梦洁听了唐云这番话,辨不出滋味,过去拉了唐云回到"寒山屋"。

唐云笑眯眯地说:"你讲呀,你要问我同杨关的关系,对不对?你还要提郑平的名字,对不对?"

沈梦洁惊得张大了嘴巴。

唐云笑弯了腰。

沈梦洁不明白唐云是怎么晓得这一切的,她想不落,好像自己被这帮小鬼头捉弄了、出卖了。

唐云还在笑:"你不可以动气的,郑平托你的事体,还没有讲呢。"

沈梦洁听她讲到郑平时口气既自然又亲热,不由问:"你对郑平……"

唐云不急不忙地说:"我蛮欢喜他的。"

沈梦洁一急:"那么杨关……"

唐云仍然不急不忙:"不是一回事体嘛!"

沈梦洁松了一口气,奇怪得很,她虽然欠了郑平的情,要帮郑平的忙,但心底里却不希望郑平成功。看起来唐云对杨关并没有变化,但愿那个不争气的小子明白这一点。

"我听说你阿哥一门心思要你考研究生,攻外语,要你出国,为啥?"

唐云叹了口气:"我也不晓得他,真是见鬼了。"

"你不想考?"

"我考上的希望是极小的,我特别对外语头……"

"大概杨关也不支持你考,是吧?"

唐云眼圈一红:"他从来不关心我的事体的,只考虑自己,我倒一直在帮他着想,我不考研究生,主要也是为……"唐云突然停下来不说了。

沈梦洁点点头,又问:"你希望他做医生,还是开店?"

唐云不假思索:"我不管他从医还是经商,我希望他意志坚强一点,要像个男人,不论对什么事体,总应该先试一试,不管成还是败,可是他……"

沈梦洁不由自主地点点头。

第 11 章

老百姓里不少人晓得"八月十五云遮月,来岁元宵雨打灯"这一类的说法,可是真正"云遮月""不见月"的八月半倒是很少碰着的,常常在离八月半还有一段日脚的辰光,大家就开始推测八月半的天气了。

年年中秋见月亮,今年不晓得怎么样呢。

这一阵天气一直蛮好,到八月半恐怕保不牢了。

不管大家怎样担心,不管八月半之前天气怎样,到八月半的夜里,云自然会散开,滴溜滚圆的月亮自然会钻出来,地上一片银光,真是老天有眼。

苏州人对八月半过中秋一向是相当重视的。这一日,虽然厂家不放假,机关不休息,但是大家这一日是没有什么心思上班做生活的,到了下昼两三点钟,拍拍屁股就回家了,领导也开一只眼,闭一只眼。要按照制度罚款扣奖金,要精神文明吃批评,也不会拣中这一日,啥人不想早点回去过八月半,领导嘛,也要做得有些人情味嘛。

大家急急忙忙赶回去,其实也没有什么重大事体等着去做月饼老早就准备好了,自家吃的月饼,一般都不是自家买来的,或者单位里发的,或者亲眷朋友送的。自家也要上街买月饼,买了月饼再去送人,看起来好像是自找麻烦,多此一举,但老百姓的日脚就是这么过的,你送来我送去,日脚才有滋味,要不然大家关起门来过八月半,有什么意思呢。

　　早先,苏州地方有八月半游石湖的风俗。石湖在苏州城西南角上方山边上,湖面上有一座杏春桥,十分出名,杏春桥有九个桥洞,到八月半夜半以后,满月偏西,往桥北水面上看,每个桥洞里都有一个月亮,煞是有趣,名气响到千里万里之外的"石湖串月"就是这个名堂。

　　据说从前每到这一日夜里,苏州城里老百姓结伴而出,赶到石湖看月亮,大小船只倾巢出动,穿梭湖上,载送游客。立在远处一眼望去,湖面上游船如织,灯火闪烁,有的船上还有各种表演,武术啦,杂技啦,唱歌跳舞啦,要闹一夜,直到天亮才收场。各处的小商小贩自然也蜂拥而来,沿山临湖结亭搭棚,聚为临时集市,一夜天的赚头,常常要超过平常数十日。

　　这种风俗,不晓得从什么辰光开始冷落了,失传了,后来的小青年对这种事体恐怕是听所未听,闻所未闻的了。那些记载什么"中秋,倾城士女,出游虎丘,笙歌彻夜",什么"妇女盛装走月亮",什么"五路财神出巡仪仗"的老古书,他们恐怕也不会去问津的。

　　可是,六十年风水轮流转,近几年,看月亮的风俗又转回来了,八月半夜里,又有人成群结队去看月亮了。现在去看月亮的,大多数是小青年,还没有成家立业,或者轧了女朋友,或者连朋友还没有轧上。他们闲得没有事体做,一年到头上班下班吃饭睡觉,日脚过的没有趣道,没有滋味。到八月半的夜里,月亮这样大,这样亮,这样好，不出去混混身上实在不适意，心里闷得实在难过，所以，小青年们串好几个挡，脚踏车一骑，就冲出来了。不多几年，游石湖的人居然也多起来，兴起来了。想想也是，现在的中国人，也要讲究享受享受了。人家外国人，每个礼拜度周末，自己小轿车一开，什么海滩，什么树林，什么别墅，什么荒郊野地，尽可以去的，浪漫浪漫；中国人现在袋袋里刚刚有几张钞票，也不肯死坐在屋里了。

当然，现在的游石湖同从前是不能比了，现在那地方八月半夜里，除了人，其他什么也没有，一眼望过去，只有黑压压一片人头。弄到后来，根本看不见湖里的九个月亮了，只是人看人罢了，要么只有看看天上的一个月亮。这也难怪，这许多年来，中国增加得顶快的就是人，所以石湖赏月变成石湖赏人也不稀奇了。

石湖这边太拥挤，就有人走开去其他地方。首先想到的自然是宝带桥。石湖杏春桥，九个桥洞里有九个月亮，是了不起，可是宝带桥五十三个桥洞里有五十三个月亮，再加上天上一个真的，湖面上一只假的。真真假假总共五十五个月亮，比石湖有趣得多，而且宝带桥路又近，一程全是柏油马路，不像去上方山，一路坑坑洼洼。

到石湖赏月也好，去宝带桥赏月也好，大家总是要吃过团圆饭才出去的，八月半的团圆饭，苏州人是顶要紧的。毛脚女婿这一夜跨丈母娘的门是顶讨好的，未过门的新媳妇这一日去见公婆也是皆大欢喜。

八月半的夜饭自然是很丰盛的。现在生活条件好了，想得开的人也多了，赚几个钞票，弄点营养品补补，弄点可口的吃食，过过小日脚，蛮实惠，蛮适意。所以，到八月半，杀只把鸭，杀只把鹅，是不稀奇的，何况现在蔬菜也贵煞人，吃鸡吃鸭也蛮合算。

今年的八月半,又是明月当头。寒山寺弄的书画店照例是十分兴旺。

沈梦洁的"寒山屋"已经雇了一个人立柜台,所以,八月半这顿夜饭,她可以烧几个好菜,和阿婆儿子定定心心地吃了。

沈梦洁把一张方台放在天井里,让儿子一边吃饭一边看月亮。

周川还在西藏。西藏的月亮想起来也同苏州一样的圆,一样的亮,不然,歌星怎么可以唱"十五的月亮,照在家乡照在边关"呢。

沈梦洁的团圆饭自家人没有团得拢,却团了几个外头人。她把大孃孃、郭小二、钱老老几个单身人一同拉了进来。

去年的中秋节,沈梦洁也请了一帮客人,那是她从前的朋友;现在仅仅过了一年,那帮朋友已经很少来寻她白相了,她又有了新的朋友。

她过去的朋友是一些志向远大、多才多艺的小知识分子,碰在一起总是海阔天空地瞎吹。他们每个人都有相当明确的生活目的。咪咪想当歌星,每日不屈不挠地对着录音机模仿邓丽君。阿松的目标是做个一流的服装设计师,虽然目前还在中学里教生物,但小圈子里每一个朋友身上都有他设计的衣裳。眼镜对现代企业管理入了迷,竞选厂长辰光,人家对他讲,你这副八百度的眼镜变成四百度我们就选你,眼镜胃口特别好,任你再挖苦再讽刺打击,坚决不后退,后来到底被他抢到了厂长做;眼镜倒是重新配了一副,不过不是从八百度变到四百度,而是从八百度升到九百度了。

沈梦洁自己做梦都想成为一名女外交家,为了这个,她才去学了外语。她心目中的偶像不是居里夫人,不是英格丽·褒曼,也不是南希,而是撒切尔和科拉松·阿基诺。她曾经相信自己有不逊于她们的风度和气质,至于才能,那是可以培养锻炼的,她十分敏感地注意到科拉松·阿基诺越来越潇洒,越来越大度。

她后来才发现那是她做过的一个梦。

对咪咪、阿松和眼镜他们来说,歌星、设计师、企业家也许不是一个梦,可是对她来讲,女外交家确实是一个梦。

她终于慢慢地离开了她的朋友们,或者说是他们慢慢地离开了她。有一次她在"寒山屋"请他们来喝啤酒和可乐,她告诉他们,她是做了几件违法的事才使自己在这里站住了脚跟,打下了基础,才使"寒山屋"一日一日兴旺起来,他们当中没有一个人把她的话认真地听完,也没有一个人相信她的话。

从那一刻起,她突然明白了,她的朋友应该是属于另一个世界的人了。

大孃孃有一次笑眯眯地指着她挂在店堂里的一幅画说,这种画国家是不允许弄出去的。

沈梦洁吃了一惊,不过她没有问大孃孃,她从那张既狡猾又真实的笑脸中看出来大孃孃什么都晓得,一切都瞒不过那双洞察一切的眼睛。她似乎更应该同这样的人轧朋友,打交道。

一片云飘过来,遮住了月亮,儿子急得叫起来:"哎呀,哎呀,好婆,好婆,月亮没有了。"

大家朝天上看。

阿婆"呸"了一声:"瞎说,月亮怎么会没有,喏,出来了。"

郭小二好像心情不定,眼睛老是朝"寒山屋"前面看。

别人不晓得他的心思,大孃孃晓得,大孃孃推了他一把:"去吧去吧,不要坐在这里作孽了。"

郭小二谢过沈梦洁,奔出去了。

沈梦洁还懵里懵懂,大孃孃开心地告诉她,郭小二开窍了,同沈梦洁店里的女学徒眉来眼去有一阵了。

沈梦洁恍然大悟,也开心地笑了。

女学徒小陈是个安徽姑娘,从家乡跑出来开始是帮人家做小保姆的,可是不晓得为啥,做了几家都做不长。有人听说沈梦洁要雇一个小姑娘立柜台,就把小陈介绍过来了。

开始大家对沈梦洁说,这种无根无底的人还是小心点好,沈梦洁却觉得这个小姑娘蛮有灵气,虽然打扮得又土又俗,但一双眼睛十分活络,就收了她。

几个月下来,小陈进步果然很快,门面生意应付得不比对过"吴中宝"的骚妹妹推扳,两个小姑娘开始较劲、别苗头①。两个人年纪差不多,骚妹妹自恃资格老,有辰光想要显示显示,给小陈点颜色看,小陈心气也不低,骨头也不软,不吃骚妹妹那一套,但她嘴巴上从来不讨便宜,把功夫用在柜台上,生意做得煞是活络,何况现在小陈在沈梦洁的指点开导下,穿着打扮比骚妹妹脱俗得多,从前走过这里的人眼睛总是朝骚妹妹看,现在倒要多看小陈几眼了,弄得骚妹妹又是眼热又是嫉妒。

小陈立柜台,贴对郭小二,两个人天长日久倒有了点名堂了。

郭小二有二十五六岁了,倘是真的同小陈配成一对,倒也不错。

沈梦洁看郭小二奔出去,同大孃孃寻开心:"讨了媳妇忘了娘,老古话嘛,你现在这么起劲,歇几日郭小二要甩脱你了……"

大孃孃笑起来:"小二这小子,有良心的,我吃准这小子的心

---

① 别苗兴:竞争。

肠的……老古话讲浪子回头金不换,小二倒回头了……"

沈梦洁说:"小二幸亏得拜了个吹糖人师傅,学了这一手功夫,这种名堂外国人倒也蛮稀奇的……"

大孃孃笑了:"你听他呀,什么拜个师傅不师傅,全是他瞎说的,吹糖人是他屋里的祖传手艺,他小辰光就会了,这个人就是懒,不肯动,不晓得哪一日困醒了……"

沈梦洁一边听大孃孃讲,一边叫钱老老吃菜。钱老老坐在那里像个呆木头,一动不动,一声不响。钱老老这一阵同沈梦洁刚刚来"寒山屋"那一腔不好比了,闲话越来越少,发噱的老古话,汗毛凛凛的鬼故事,再也不讲了。偶尔开开口,顶多只是讲了钱笃笤,沈梦洁看着钱老老呆愣的样子,心里突然难过起来。

沈梦洁他们在天井里讲白相,吃月饼,另外几家人家,在屋里吃团圆饭,各人家有各人家的快活,各人家有各人家的苦恼。

杨家屋里请了客人。客人就是李江,这一老一少神经兮兮,讲得头头是道。

唐家有点冷落。唐少泽自然是在老丈人那里过中秋,娘女两个吃一顿团圆饭。不过,比起邱家来,唐家总算还蛮安逸、蛮太平。

八月半,是邱小梅的忌日,一年前的今朝,邱小梅去了。这一年当中,邱家几乎没有过过一日太平日脚。

这一日一大清早,邱荣就赶过来,告诉邱贵,他夜里要回来吃团圆饭,要帮小梅做一周年的忌日。

邱贵一言不发,看也不看兄弟一眼,推了三轮车就出去做生意了。

邱荣到下昼快黑的辰光,又来了。

邱荣却没有敲开阿哥的门。

邱荣从门缝里望进去,三个人围坐在台子上,有四双筷子,那一双肯定是邱小梅的,没有他邱荣的分。

邱荣什么话也没有讲,也没有同天井里的任何人打招呼,转身走了出去。

沈梦洁看着他的背影,想喊住他,邀他在她这里吃,可是她终于还是没有喊他,她晓得他不会留下来的。

邱荣没有回自己屋里,高红不在,她一整天没有露面,是存心逃开八月半的团圆饭的。邱荣孤零零地转了一圈,走进了一家私人开的饭馆。

小店里总共四张方台,轧得实实足足,吃酒的人,年纪都不大,二三十岁,有的看上去像农民。

饭店老板认得邱荣,连忙招呼:"邱老板,难得光临,坐,这边坐。"

老板把邱荣安排到一张台子上,那里已经轧了五六个人。

邱荣随便地点了几样菜,要了一瓶白酒,慢慢地吃起来。

同桌的几个人是一伙的,看得出是乡下出来混的,所以又沾了点城里的气味,半土半洋。见邱荣轧进来,他们不哼不哈,自顾自吃酒吹牛,也不在乎邱荣听他们讲什么。

邱荣其实并不想听他们讲什么,可离得太近,他们的话一句不落地钻进他的耳朵。

他们在谈女人。

"喂,杀胚,上次帮你介绍的那个怎么样,比你家主婆味道足吧?"

"呸!呸呸!你不讲我倒也算了,你现在提起来,我倒要同你讲讲清爽啦,那个骚货,是个女骗子,后来还带来一个,比她还要生得漂亮,年纪还要轻……"

"哈哈哈哈……杀胚,两个,你吃得消啊,啊哈……"

"呸,两个,全是脱空戏,两个人一搭一档,一吹一唱,来骗我乡下人。先是讲上海没有去过,要我领她们到上海去……"

"啊哈哈哈……"

"到上海,尽往大百货公司里钻,结果,一人讨了一件羊毛衫,一人一条牛仔裤、一双皮鞋,还加一段绸料子,做什么断命连衣裙的……结果,裤带子也没有解开,两个骚货,逃脱了……"

"啊哈哈哈……"

"你怎么不去追,有名有姓有地头脚跟的,你笃定寻着的……"

"我不高兴!这点钞票算啥,有啥了不起,我不是肉麻十几张大团结,哼,我是气不落,欺负我们乡下人啊,吃吃我们乡下人啊,我也不要去追她们,我要寻比她们好的,多的是。喂,你倘是碰着那个骚货,告诉她一声,不是我上当了,是她失算了,吃亏了,她假如跟了我,有她的好处呢……"

"就是嘛,我们乡下人嘛,要求也不高,从前一直被城里人活吃,上街上挑大粪,那种女人什么腔调啦,现在我们有钞票了,身上不臭了,香了,也要尝尝城里女人的滋味了,尝尝味道也就够了,又不讨她们做家主婆,家主婆还是乡下女人好,没有家主婆屋里一大堆世界怎么办?全是家主婆弄的,乡下女人,好弄头的,一块中长纤维就可以打发了,不像城里小姑娘……"

"你这两句闲话讲得有道理,比比还是乡下家主婆好……"

"你少来这种假老戏吧,你肚皮转的啥念头,别人不晓得,我们还不清爽,在这里你少装腔,你讲乡下家主婆,还跑到城里来混城里小姑娘做啥?"

"啊哈哈哈……"

邱荣听不下去了,他突然非常想高红。尽管高红和他是同床异梦,但毕竟做了几年夫妻了。

他一口菜一口酒也吃不落了,付了钞票,就急急忙忙往屋里去。

老远看过去,屋里灯亮了,高红回来了。

邱荣兴冲冲地推开门,不由惊呆了。

高红躺在床上,灯光下,面孔煞煞白,像死人面孔,两只眼睛落了眶,凹得很深。

高红看见邱荣进来,一动也不动,只是眨了眨眼睛。

邱荣刚要发问,才发现屋里还有一个人,一个女人,穿着医院里的白大褂。

"我是地段医院的护士,"她面孔铁板,凶神恶煞一样地瞪着眼睛对邱荣说,"你是她的男人吧?你算什么名堂,自己女人,这样危险的事体,你居然不出面,死人不管,啊?我告诉你,今朝正巧碰上我,要不然,你女人,作兴已经翘辫子①了……"

邱荣不晓得她讲的什么。

女护士看看高红,又看看邱荣,说:"她下昼来做人工流产……"

"什么?你讲……"邱荣大声问,震得女护士一跳。

女护士白了他一眼:"你叫什么,你轻一点好不好,不要吓人好不好……你女人,人工流产,大出血,输了500毫升血,要不是碰着我,哼哼……世界上怎么有你这样的男人。好了,你回来了,我也可以走了,本来我们是不上病人的门的,没有这份规矩,我是看

---

① 翘辫子:危险,死。

她一个人作孽,医院里没有床位,她自己又硬劲要转来,我才送她回来的。喂,你当心点,倘是再出血,马上送医院,不能耽搁啊。喂,这是药,你弄吧。哼,要不是今朝我值夜班,哎哟,也算触霉头,八月半值夜班……"

女护士叽里咕噜地走了。

邱荣扑向高红:"你、你、你做人工流产,你……"

高红平静地点点头。

邱荣眼睛里冒出火来:"你,为什么?"

高红平静地摇摇头。

邱荣猛地把她拖下床,一脚踢过去,高红本能地一挡,踢着了她的手臂。邱荣停住了,一丝鲜红的血从高红手臂上流下来,滴在地上,高红也没有揩一揩。

高红慢慢地爬起来,爬回床上去。

邱荣一屁股坐下来。

"你晓得我想要一个小人……"邱荣说。

高红一声不响,好像死了一样。

"你晓得我想要一个小人……"

邱荣又说了一遍。

高红仍然无动于衷。

邱荣眼睛里的火慢慢地化成了水,但是他没有让它流出来,他突然觉得,他是这爿世界上顶孤独顶可怜顶可悲的人。

过了不晓得多久,高红突然动了一下,呻吟起来。

邱荣抬眼看看她。

高红声音低弱地说:"我,又出血了……"

邱荣好像没有听见。

高红挣扎了一下,却爬不起来,求生的欲望,死的威胁折磨得她哭了起来。

邱荣还是不动。

高红哭着说:"求求你,求求你,送我到医院去……"

邱荣看着她满面孔的眼泪,终于立起来,上前抱起了她。

地段医院那个女护士,看见邱荣抱着高红进来,哇啦啦地叫起来:"哎哟,哎哟,今朝我真是触霉头,八月半,这么忙,这个连班做得真是不合算……"

医生进来帮高红检查了一下,说:"不碍紧,不要瞎紧张,全像你这样,我们脚掮起来也来不及的,困在这里,休息一下,观察一下……"

观察室里,并没有因为八月半而清闲一点,躺满了病人,生毛病的人一个个愁眉苦脸,陪伴病人的家属也一个个哭丧着面孔。这些人,都是无福之人,吃不了团圆饭,都在医院里吃苦头。

邱荣扶高红躺下去,自己在旁边的长凳上坐下。

有个乡下女人躺在病床上哭,一边哭一边向其他人诉说,讲自己男人怎么怎么同隔壁的女人轧姘头,讲她自己拖了几个小人怎么怎么苦。

多管闲事的女护士搭腔了:"苦了你就吃药水,吃敌敌畏?"

乡下女人辩解:"我是想吓吓他的呀,你们晓得,那个瘟牲,看见我吃了药水,不光不来救我,还对我讲:'你死吧,死得正好,你死了,我去弄杀隔壁阿二,我同她正好做人家。'你们想想,这只瘟牲,气煞人,我只好自己跑出来喊救命……"

女护士哈哈大笑,其他人也破涕为笑。

邱荣却觉得心里像刀割一样地痛,他没有看高红,不晓得她是不是笑得出来。

女护士一边笑一边说:"大家全像你这样,一碰吃药水,两碰吃药水,我们医生护士忙煞了,也要吃药水,吃老鼠药了……"

有个病人家属对那个乡下女人讲:"你可以去告的,告你那个混账男人嘛……"

乡下女人叹口气:"告不赢的,就算告赢了,还是我们娘儿几个吃苦头,触霉头。他要是吃官司,我们成了什么,劳改犯家属,有的苦呢。他要是不吃官司,回转来就要叫我吃家什,叫小人吃家什……"

世界上就是有这种不讲理不公平的事体。

女护士又出去忙了。

邱荣刚刚点着一支烟,女护士却及时地冲进来:"出去出去,这里不许抽烟,到走廊里去。"

邱荣站到走廊里去。

女护士又跟出来,压低嗓门说:"喂,你老婆做人工流产的事体,你不晓得啊?"

邱荣瞪了她一眼,走了出去,立到外头抽烟。

月亮很亮,邱荣心里却很暗,他晓得,高红不肯讲的事体,他是绝对问不出来的。高红为什么不要小人,高红心里到底有什么秘密,这一连串的疑问,塞得他心里又闷又胀,他却不能问,问,也是徒劳,他不会得到答案的。

高红是一个谜。

邱荣曾经被她的气质、风度、学识、才能等迷住过,现在他才发现,正是这些优点,把高红变成了一个冷血动物。

高红和原来的丈夫离婚,同他结婚的辰光,邱荣没有一点亏心的感觉,他不相信上帝,更不相信佛家的胡说八道,不相信什么因果报应,他也晓得,是他的钞票赢得了高红的爱情,他需要这样的爱情,他认为只有这样的爱情才是真实的长久的,那种所谓的纯爱情,不为任何目的仅仅为了爱情的爱情,才是虚假的短暂的,是中学生的游戏。他以为只要他一日不成为穷光蛋,高红就不会不爱他。这是生活教给他的道理。在他走出监狱之门的时候,他就发了誓,要用金钱去获取一切。他用钱报答了小梅,他用钱获取了爱情。

可是他发现他好像错了。

他让邱小梅摆脱了贫困,她却死了。

他娶了高红,却没有得到她的心,他动摇了。

"喂,医生喊你!"女护士跑出来喊他。

邱荣忽然有了一种预感,或者是一种希望。

可是,什么也没有发生。

医生告诉他,高红没有什么问题,回去休息几天就会恢复的。

邱荣盯着医生看了一歇,他好像有点失望,好像是医生使他失去了一个复仇的机会。

女护士追出来说:"喂,路上当心点,脚踏车推慢一点……哟,没有脚踏车,抱来的,这个男人,莫名其妙,力气倒蛮大的……"

回家后,邱荣一句话也不说,只是冲了一碗红糖茶,高红吃了,他自己往沙发上一倒。

过了一阵,高红低声说:"药,还没有吃呢……"

邱荣爬起来,服侍她吃了药。

高红居然一笑,说:"你肯定在想,这个女人,真怕死。"

邱荣以牙还牙,用高红对付他的一套来还击她,仍然保持沉默。

高红却熬不牢了,不管邱荣睬不睬她,继续讲:"是的,我是怕死,我不想死,我还没有活够……"

邱荣这辰光只觉得心里一片空白,脑子里也是一片空白,好像根本没有听见高红在讲什么。

高红终于熄了灯,无声无息地躺在床上。

屋里黑了,月亮就更亮了。

去年,也是在这辰光,也是这么好的月亮,他踢开了"寒山屋"的门,看见小梅吊死了,月亮光照在她面孔上。小梅死的面孔一点也不可怕,只是很白,是他亲手把小梅抱下来,他还以为小梅困着了呢。

现在,一年后的这辰光,高红躺在那里,面孔也是那样白,这张面孔是活的,却比死的还可怕。

邱荣心里一抖,莫名其妙地怕起来。

他立即起来,想出去。

高红在黑暗中说:"你不要走,我怕……"

邱荣冷笑一声,却没有出去。

高红又过了好一阵,才说:"以后,我一定告诉你。"

邱荣咬牙切齿。

月亮下去了,屋里一片漆黑。

一阵清脆响亮的自行车铃声由远而近,又由近而远,终于,一切又沉默了。

八月十五已经过去了。

第 12 章

　　枫桥镇，因为有了寒山寺而出名，这是大家一致公认的。其实，苏州城里苏州城外地方大得很，风水宝地多的是，只因为寒山寺名气太响，倒把它们冷落了。

　　贴对寒山寺的江村桥，就是很有来头的一顶古桥。从前，这里的娘娘浜水面阔，水流急，风大不好行船，河阔不好拉纤，周围的老百姓一直希望官家能在这里造一顶桥。后来，有一个做官人捐了不少铜钿银子，造桥的费用有了，眼看着造桥有希望了，可是，娘娘浜河深水急，打桩打不下去，真是急煞人的事体。有一天八仙来到娘娘浜，在岸边一个孤身老老的茅草棚里烧了一锅红枣子粥吃，吃剩一把枣子核，八仙捡起来往娘娘浜里一甩，一霎时间里，一根根木桩竖起来了，在八仙的帮助下，桥很快就造好了。造好桥，取个什么桥名，大家争了很长辰光定不下来，后来娘娘浜岸上那个孤身老老说："我看八仙是乘了鲤鱼过娘娘浜的，就叫乘鱼桥吧。"大家一听觉得蛮有道理，就叫乘鱼桥。过了不晓得多少年，寒山寺造起来了，寒山、拾得和尚经常在桥塄对老百姓讲佛传道，帮老百姓诊脉看病，碰到灾荒年头还在桥塄烧粥给饥民吃。老百姓感激寒山、拾得,就把乘鱼桥改叫和尚桥。后来又过了不晓得多少年多少代,矮东洋欺负中国人,打进来,枫桥的老百姓和中国兵不服输,造了铁岭关,抵抗矮东洋,顶紧张的辰光,这一带的男人都不回屋里吃饭困觉,就集中在和尚桥桥堍,在这里吃,在这里困,一有情况,可以马上集中起来。有个读书人看见这种场面,十分感动,连连讲,有这样的官兵百姓,江山村落不会失了,江山村落能保住了,江山村落有希望了,他连讲几个"江山村落",大家听得也很激动,后来,就把和尚桥叫作江村桥了。

江村桥北堍,有一片空地,空地上有四棵千年以上的老树,老百姓说起来,还是当年寒山、拾得和尚种的呢。寒山、拾得是唐朝人,唐朝人种的树,活到今朝,真是长寿命了,人家讲千年不死老乌龟,现在有了千年不死老柏树,倘是有千年不死的人,不晓得会是什么样子,想起来肯定可怕得不得了,吓煞人了。江村桥堍这四棵柏树,也是一棵比一棵古怪,一棵比一棵奇特,一棵比一棵不可思议。据说,这四棵柏树都遭过雷打,但雷击过后还是好好地活着,老百姓惊奇得不得了。平常日脚大人教育小人,顶凶的闲话就讲:不可以做坏事体的,不可以作孽的,作了孽天雷要打的,打天雷大概是老天对人类最厉害的惩罚了。可是这几棵稀奇古怪的树,被天雷打过了,居然还活得下来,居然还越活越有生气,越活越有名气,看起来真是神树。后来,有人家小人得急惊风毛病,百医不愈,大人急得走投无路,夜里做梦碰见吕洞宾,吕洞宾指点用桥堍柏树木煎服,大人早上起来按吕洞宾说的,去刮了树上的木屑煎了药,小人吃了,当日见效,从此之后,这几棵树更加神奇了,近几年,这四棵树被国家列为"重点保护",四周围了栅栏,一般老百姓是不可以靠近的,不然的话,有人生了毛病看不好,作兴还会去刮木煎服呢。

　　柏树中间，还有一样奇怪物事，那是一架紫藤，据说还是明朝辰光苏州风流才子唐伯虎亲手所植。因为紫藤一边有一块小石碑，碑上有晚清两江总督端高题的"唐六如先生手植藤"，另外还有一行小字——"蒙茸一架缠古柏"，写出了这架紫藤的特点。紫藤苍老遒劲，既如虬龙腾跃，扶摇而上，又化作无数枝条，缠绕卷曲，紧紧抱住几棵古柏。春天开花时节，璎珞四垂，紫英缤纷；到夏天梗繁叶密，绿荫满目。远望过去，恰如四个昂首挺胸的男子汉，被一个妖娆多情的少女所缠绵，真是趣味无穷。现今的游客，不管中国人外国人，十有八九是自带照相机的，看见这几棵古柏和这架紫藤，个个要在这里拍几张照片的。

　　枫桥寒山寺，以及其他更多的苏州园林，名气虽然蛮响，但不过也不是人人服帖的，特别是现在的小青年，走马观花，兜一圈，五角钱门票是出得冤枉，难免要讲几句不好听的闲话，贬低贬低苏州园林。所以说，苏州园林好白相倒也不是人人会白相的，不少人讲苏州园林里每一坛花，每一棵树的布局都是大有讲究的，苏州园林里每一块砖，每一寸土，都有一个典故，一段活灵活现的传说，苏州园林里每一座亭台楼阁，每一处榭轩厅堂，都有一联绝妙的古诗句。倘是不晓得这些传说，不懂一点古诗词，不懂一点造园艺术，苏州园林确实是没有什么好白相的，门槛精的人，白相苏州园林，总是跟在导游屁股后面。导游的噱头虽然比不得说书先生，但经过长期锻炼，讲出来的传说故事也有几分趣味，引人发松。听一听，再看一看，苏州园林的滋味佳趣就来了。可惜，美中不足的是，不是所有的游人都能盯住导游的，现在园林里讲中国话的导游极少极少。外国人来白相倒是有翻译讲解的，不过翻译讲的外国话，中国人听不懂,外国人听来也不称心,因为中国人从来是吃哪碗饭做哪桩事体,不肯多管闲事的,知识面往往比较狭窄,做翻译的人只要会讲外国话就可以了,不必要去研究什么园艺,对那些民间传说更是陌生了。

寒山寺弄书画店的老板们,经常听见游客抱怨,寒山寺没有什么看头,枫桥镇没有什么名堂,大家听了,心里自然不大适意,但不过也没有啥想得到这里边有什么文章好做,有什么主意好弄。

后来,这个空子给沈梦洁沈老板钻了。

沈梦洁自写自编自印了一本小册子,书名是"枫桥寒山奇闻怪事"。

这本小册子的本钱很低,销路却出乎意料的好,沈梦洁又把它弄成中、日、英三国文字,外国人也蛮稀奇。

这一手,沈梦洁赚了多少,大家议论纷纷,是越讲越多,惹了不少人眼热嫉妒。有人实在气不平,乱咬一口,居然到市委宣传部去告沈梦洁出版黄色书刊。

这一告正好告在风头上,这一阵,到处在查处、打击非法出版活动,宣传部十分重视,和市工商局通了气,联合调查。

结果,宣传部门抓不住沈梦洁什么小辫子,这本小册子没有什么黄色的内容,因为是自己油印的,也不能算什么出版物,倒是工商部门认为沈梦洁做这笔生意,超出了她所允许的营业范围,罚了她一百块钱。

沈梦洁爽爽气气挖出一百块洋认了罚,她赚进的和罚出的是不能比的。

但是,想不到这桩事体引起了连锁反应,市工商局在调查中,隐隐约约地发现个体户中有许多上不了台面的事体,下决心弄弄清爽,刹一刹歪风邪气。

沈梦洁早上一开店门,大孃孃就来探听风声了。

吃个体户饭的人,大多数神经敏感,嗅觉灵敏,平常日脚,什么辰光中央开什么会议,发什么文件,吃公家饭水的人,没有啥人肯用点心思摆点工夫去学习的,可是个体户当中却有不少人十分认真,对中央文件倒的的刮刮是逐字逐句地研究,领会精神实质,还会从字面上读出不少文字背后的意思来。所以,从中央的大方向到地方的土政策,稍有变化,他们市面临得顶准,头脑拎得顶清,屁股也转变得顶快。

在寒山寺弄这样个体户集中的地方,不管什么事体,只要有一点因头,一传十十传百,一歇歇工夫,蚂蚁会变成大象。沈梦洁罚了一百块洋钱,吃着点轻巧巧的牌头,她自己倒无所谓,蛮活得落,可是别人却都激动得不得了,有人一大清早已经来看过了,亲眼证实一下沈老板有没有搭进去。

沈梦洁肚皮里在发笑,看见大孃孃过来,就同她打招呼:"大孃孃,又听到什么闲话啦,贩两句来听听嘛……"

大孃孃十分顶真:"闲话多呢,不是三句两句、十句八句呢,你这一趟要摆点魂灵头在身上呢……"

沈梦洁"咯咯"一笑:"我魂灵头一直在身上嘛……"

大孃孃说:"我不同你寻开心哟,郑平前一日也在对人讲,说你这一趟不牢靠了,要挖老根子呢,他小子那个姐夫怕牵连,作兴已经把你卖了呢……"

沈梦洁看小陈的面孔有点紧张,对她说:"你听她呀,这个老太婆一张嘴,你不晓得呢,尽是胡说一气的……"

小陈勉强笑了。

大孃孃有点动气了:"沈老板,你不要拿我的好心当恶意噉,我是看你做人办事蛮地道,蛮上路,蛮有人味道,才来同你讲讲的,要是换作别人……"她朝黑皮店里看了一眼,又说,"我是不高兴多管闲事的,哼,关我屁事呢……"

沈梦洁也认真起来:"谢谢你,大孃孃,不过我没有小辫子,也没有大尾巴……"

大孃孃自然不相信她的话。

郭小二挑了糖担出来,往路口一摆,先对小陈甩一个眼风。

小陈面孔血血红,马上开心了。

郭小二换了行当,好像换了一个人,衣着打扮也神气起来了,难怪小陈一看见他就眼睛发亮。

沈梦洁说:"哎哟,小二啊,以前大孃孃讲你不开窍,想不到几日不见,你倒变成这样一个神气活现的小伙子了,小陈,你看呢?"

小陈难为情地笑笑。

大孃孃讲起来就更加放肆:"小二啦,做事体要做得体面,小陈是个老实小囡,你嘛,滑头,不作兴骗人家小姑娘的,两个人商量商量,定个日脚,我已经馋煞了。不过,我关照你,不要弄出什么不好听的事体来……"

小陈逃到里屋去了。

郭小二一本正经地说:"大孃孃你这是老法思想了,我们现在新法不关的……"他突然停住了。

小陈探出头来瞪了他一眼。

沈梦洁晓得郭小二和小陈这桩事体见着落了,不是寻寻开心的,她对郭小二说:"小陈爷娘不在身边,一个人在这里,你不可以亏待她的,不可以看不起她的……"

郭小二说:"我们两个像盘子里的两只癞头,称称分量,半斤八两,讲饭碗头,全不牢靠,做一日算一日,讲长相,她比我强一点,讲头子活络,我比她强一点,有什么看得起看不起呢,全是靠自己劳动吃饭……"

说者无意,听者有心,靠劳动吃饭几个字,打动了沈梦洁的心。郭小二、小陈,他们确实靠劳动吃饭,日脚过得心安理得,可是她自己呢,也是靠劳动吃饭,她可以说已经初步达到了自己的目的,发财,受到不少人的尊敬。可是有一次在路上碰见她原来厂里的厂长,厂长对她说:"你是个人才,当初是我太死板,只考虑制度的严肃性,没有灵活应用,把你弄走了,现在看来,当初不应该让你走的。"沈梦洁心里非常得意,面孔上却不动声色,说:"你让我走是上策,是你挑了我,我现在成功了。"厂长却摇摇头说:"那是你自己这样认为,别人可不是这样看你的,你从你的角度讲你成功了,我从我的角度看你是失败了。"

她得到了许多,金钱、光彩,却也失去了许多。她经常会想起黑皮对她说过的那句话:"你这个人是不适宜做生意的……"

沈梦洁呆了一会儿,突然看见凌丽面孔苍白气吼吼地奔过来。

"什么事体?"沈梦洁一惊,连忙问。

她同凌丽的那个交易,早就结束了,或者说根本没有开始过,是凌丽自己提出来的,她不想干了,是因为承受不了内心的压力,还是因为其他原因,沈梦洁不晓得,但她理解她,又有点为她惋惜,这么好的机会,她放弃了。人家都说,有些事体,就像吃鸦片,越吃越戒不掉。她不明白凌丽哪里来的这样大的勇气,一下子就戒掉了,她真有点佩服这个满身俗味的干部女儿。

凌丽又急又伤心:"他、他、唐少泽出车祸了,腿轧坏了,在医院里……"

"要紧吗?"

"骨折,要困几个月不能动。"凌丽喘了口气说,"他、他一定要同你讲什么事体,而且,马上就要我来喊你……"

沈梦洁疑惑不解。

凌丽的面孔变了色,压低声音说:"我想会不会是他对我们上趟那桩事体有数脉了,要问问你?"

沈梦洁估计不会是这桩事体,但还是走了出来,安慰凌丽:"你放心,我自会应付过去的。"

凌丽怎么能放心呢,但也没有办法,连忙进了天井,到唐师母那里去报信了。

沈梦洁犹豫了一下,直奔医院去了。她好像预感到什么,却不愿意往下想。

唐少泽腿上上了石膏,不能动,看见沈梦洁走进来,他眼睛晃了一晃,从沈梦洁面孔上移开了。

沈梦洁问他的伤势时看得出他心不在焉。

"什么事体,你说吧。"沈梦洁见护士出去了,连忙说。

"我……"唐少泽犹豫了一会儿,终于说,"我想把那桩事体讲了……"

沈梦洁吃了一惊,他这是要自找倒霉,她一时不明白他是怎么回事,愣了半天,才冷静下来。

"你……听说要查我们的事体,你怕了,是不是?"

唐少泽摇摇头,但并不坚决。

沈梦洁看看他那张沮丧的面孔,又说:"良心发现了?你出了车祸,你怕老天惩罚你是不是?你,是个胆小鬼!"

"不!"唐少泽慢慢地一字一顿地说:"不是在出车祸之后,是在出车祸之前,我已经向我们领导讲了……"

沈梦洁更加吃惊:"你已经讲了?你发了神经吧?你没有考虑过吗,撤职,开除,判刑,你以为日脚会好过吗?你以为这样就会减轻精神上的负担吗?你错了,你没有想一想,你出了事体,会给屋里人造成多大的负担,这种事体人家赖还来不及,你还要主动送上门去,真是自投罗网……"

唐少泽低下了头。

沈梦洁一开口就收不住了,继续说:"我不相信,你肯定在骗我,你肯定还没有下决心,你是想试一试自己的决心,对不对?我告诉你,你不要洋盘,不要做猪头三,不要发酸劲了,现在的社会早已经不是什么道德自我完善的时代了。我不相信,你真的会去承认,那种空头戏,假老戏……"

"可是,"唐少泽一点也不激动,平静地说,"你难道没有一点心理负担,没有一点自我怀疑吗,我也同样不相信……"

沈梦洁点了头:"是的,我也是时时刻刻在怀疑我自己,但是我一想到更多的人,可以说所有的人,都在这样做,我就觉得没有什么可以怀疑的了,我就是一个合乎潮流的真实的人。你又不是不晓得,去年除夕之夜,听敲钟的日本人买工艺品,外事处那个吴翻译,一夜天,怎么样,你又不是不晓得,两千!这种人倒蛮活得落,你有什么活不落呢……"

唐少泽不响。

"这桩事体,对我们有利,可是并没有损害任何人,外国人要买物事,我要卖物事,你做个介绍人,不是蛮正常的吗,难道翻译不可以向外国人推荐和介绍商品吗……"

唐少泽仍旧不响。

"你可能会说我在自欺欺人,我们不损害任何人,却损害了自己,对不对,可是……"

护士进来,发现两个人神色不对,警惕地听了他们一歇,才走出去。

沈梦洁还是坚持要问唐少泽:"你告诉我,你是不是还没有下决心?"

"不!"唐少泽口气更加坚定,他好像已经战胜了自己:"我已经讲了,我的负担已经减轻了,真是一吐为快。正因为轻松了,没有了负担,回家的路上,车子踏得太快了,出事体了……"

沈梦洁"哦"一声,盯住他看。

唐少泽却不看她,声音沉闷了一点:"对不起你了,这桩事体要牵连你了……"

沈梦洁突然尖声笑起来。

"你到底为什么?你到底为什么?你到底为什么?"她发出一连串的问号,与其说是在问唐少泽,还不如说是在问自己。

唐少泽幽幽地一笑:"我也不晓得为什么,自从那天我第一次领了日本人进你的'寒山屋',我就有了这种意图,以后,我每次走进'寒山屋'或者靠近'寒山屋',总觉得有人在看着我、盯着我……"

沈梦洁抖了一抖,她想起了邱小梅。

"你,一定晓得邱小梅……"

唐少泽点了点头:"邱小梅其实是死于遗传性精神病,她外婆有这种毛病,她姆妈也有这种毛病,可是,她的死,却在许多人心里引起了极大的震动。为啥?你是不会晓得的。她虽然不如你漂亮,也没有你这样的风度、派头,但是,认得邱小梅的人,都觉得她是那样的纯朴,那样的洁净。邱荣为啥到现在都不晓得小梅的死因,大家全瞒着他,因为小梅突然死于精神病,但诱发这个惨事的原因却在邱荣身上,所以我讲自己走进'寒山屋',就觉得邱小梅还立在那里……"

沈梦洁想了一想,又问:"那你当初为啥要来同我搭档……"

唐少泽动了一下,腿伤痛得他龇牙咧嘴。"我,我需要钞票!你晓得吧,我要钱!"

"不会是因为受不了凌丽的啰唆吧,她是个有嘴无心的人,连我都看出来了,你一定更了解她。为了你妹妹吗,你想让她出国,是不是,可是她不想读书……"

唐少泽深深地叹了一口气。

是的,他是要让唐云出去,不过不是什么争气争光,那只是一个借口,托词罢了。妹妹十七岁那一年,动过一次妇科手术,医生告诉唐少泽,他妹妹也许永远失去生育能力,他急了,追问为什么不尽全力医治,医生苦笑笑说,目前国内的医疗水平还解决不了这样的难题,但世界上已经有了治愈这种病症的先例。

唐少泽如雷击顶,他不能眼看着妹妹一世人生得不到幸福。所以从此以后,他逼着妹妹用功读书,想让她考上出国研究生。可是,妹妹偏偏不争气,不听他的话,不想读书。公费出国是不可能了,只有走自费出国这条路了。他要把妹妹送出国,然后再告诉她真相,让她在外面发奋,为的是挣得医疗费,去治病。

沈梦洁听了唐少泽的话,什么也不说,只是定定地看着他。

凌丽带着唐师母奔了进来,一看这情景,她实在煞不牢,酸溜溜地说:"哎哟,两个人说了半天了,什么事体,这么伤心啊……"

唐师母扑到儿子身上,把唐少泽的伤腿碰痛了。凌丽白了阿婆一眼,说:"你怎么不懂,上了石膏不好动的,怎么可以瞎碰呢。"

沈梦洁坐不下去,退了出来。

凌丽追出来,盯牢沈梦洁看。

沈梦洁对她摇摇头。

凌丽松了一口气,回进病房。

沈梦洁在拥挤的大街上慢慢地往前走,心里闷得不得了,真想放声大哭一场,不是为唐少泽,不是为唐云,也不是为邱小梅,不为任何人,就是为她自己。

她一路胡思乱想回到"寒山屋"。

阿婆坐在店里等她,却没有带小人来,等沈梦洁回来,老太婆从店里奔出来,递给她一封信:"喏,刚刚送来的,我看不像川川的字嘛,不晓得有什么事体,眼皮跳得嘞,你快点看!"

沈梦洁手有些发抖了,连忙拆开信来。

信是西藏的一所中学写来的,很短:

沈梦洁同志:

　　周川同志因患高原性心脏病,不适合继续在西藏工作,不日将离开学校,返回苏州。

　　　　此致

　　敬礼

　　　　　　　　　　　××中学×月×日

阿婆见沈梦洁不响,急得抓住她的手:"什么事体?什么事体?"

沈梦洁这才把信读了一遍。

阿婆"呜呜"地哭起来："心脏病,什么性心脏病？啊？啊啊？你讲呀……"

沈梦洁讲不出话来。

"呜呜,川川的身体一直蛮好的,什么心脏病……"

沈梦洁却不明白,周川自己为啥不写信,会不会出了什么事体,信也不能写了？但是,如果出了大事体,单位里是不可能就这么轻轻巧巧地写一封信来吧。

高原性心脏病,是什么毛病,沈梦洁一点也弄不清,她急急忙忙跑到杨关店里,杨关正同李江在争论什么。

"小杨！小杨！"沈梦洁急不择言,"高原性心脏病,什么？"

杨关拎不清头脑："什么？什么什么,啥人高原性心脏病？"

"你告诉我,高原性心脏病,要不要紧,会不会……死？"沈梦洁急得心里直抖。

李江笑眯眯地说："人终归要死的,不生病也会死的……"

沈梦洁不睬他,追着杨关问："你讲呀,你讲呀……"

杨关告诉她,高原性心脏病是一种以心肌损害为主的疾病,一般发生在高原地带寒冷季节,心脏方面的主要表现如心律失常、心音减弱,以及心力衰竭等。

李江不看情形,突然莫名其妙地插了一句："哎,倘是有肿瘤的生意,你相帮介绍到我这里来啊……"

沈梦洁一跺脚,走了。

阿婆还在店里哭,小陈在劝她。

沈梦洁一时又急又火,说："哭,哭有什么用,叫他不要去,他自己要去,活该,活该,去寻死啊……"

"你？呸！"阿婆火了,一副要拼命的样子,"啥人寻死？啥人寻死？你嘴里清爽点！你这个女人恶到底了,黑心黑到底了,自己男人生了重毛病,还要咒他,你,你巴他死啊？你这个……"

沈梦洁自知理亏,只好劝阿婆:"你先回去吧,小人放在哪里？"

阿婆斜了她一眼:"你只晓得关心自己儿子,我也要关心关心我的儿子……"

沈梦洁叹了一口气:"隔得这样远,喊也喊不应,问又问不着,一封信要走半个月,电话又打不通,你当我不急呀,可是怎么办呢,又不能生了翅膀飞过去的……"

阿婆终于平静下来了,临走辰光,对沈梦洁讲:"你的宝贝儿子,你放心好了,我出来托在隔壁人家的,不会有事体的……"

沈梦洁送阿婆走,看着阿婆衰老的背影,她心里又酸又苦。

她不晓得这是不是对她的惩罚。

第 13 章

门对门的两家书画店一同关了门。

一老一少两个神经兮兮的店老板连人影子也不见,不晓得到什么地方去,去搞些什么花样经。

李江反正孤身一人,没有人管他的账。杨关屋里大人气煞了,唐云也想不落。她拿杨关真是一点办法也没有,杨关根本不吃她那一套。这一阵她有意冷淡他,他好像根本没有在意。

杨关和李江,这几日歇了店里的生意,天天往肿瘤医院跑,像叫花子一样守在门诊室外面,专门等那些被医生判了死刑的人。

这两个人结识辰光不长,就发现双方在医学上的偏重点是一致的,都想在消除肿瘤上弄点名堂出来,一个信中医,一个吃西医,正好中西结合。

他们本来就没有心思做小生意,现在碰上志趣相投的人,正好一淘集中精力朝一个方向努力,结果会怎么样,他们不晓得。

他们没有条件在动物身上做试验,只有硬着头皮,老老面孔去守那些必死无疑、横竖横的倒霉鬼。

李江手里捏着他五十年代的那张蜡黄的硕士学位证书,杨关的大学毕业证书也随身带着,这是唯一可能使人家相信他们的证物。

可是,守了一个礼拜,守到了不止十个无可救药的病人,却没有一个人相信他们,也没有一个人正眼看一看他们的什么证书,认真听一听他们讲的什么。

终于有一天,他们被护士小姐当狗一样赶了出来。

杨关先泄了气,再也不去医院了。李江还坚持了几天,结果医院去报告派出所,李江跟在一个小警察后面灰溜溜地回来了。

他们自然只好重新开门做生意,但两个人都没有死心。

杨工程师虽然嘴巴上很硬,坚持不管儿子的事体,但心里一直在为儿子着急、担忧。儿子不肯好好做生意,他开始很生气,骂儿子吊儿郎当,后来发现儿子和那个李江又在切磋医学,他倒蛮开心,晓得儿子不是因为眼热别人的钞票才去开店的,他对儿子的态度也软下来了,不声不响地在外面找关系,托熟人,帮儿子在市内几家医院联系工作。

杨师母不晓得老头子在外面忙什么,眼看儿子这样有一日无一日地混日脚,她也很难过。

她也发现唐云对儿子冷淡了,这是她顶顶戳心境的事体,总想寻个机会同小姑娘摊开来讲一讲。

唐云师范毕业后就分配在市内一所中学里教书,新来的老师做班主任,是学堂里的老规矩。班主任这桩差事,吃力不讨好,老师是人人见了人人头大的。但是每年一个班正副两个班主任却是少不得的。老教师资格老,摆得出的困难多,理由充足,每个人都可以说出几样毛病来,领导也不可以硬吃人家做班主任,只好把眼睛盯在新老师身上了。新老师初来乍到,领导面前总想留个好印象,不会犟头甩耳朵。再说,新老师做班主任,虽然经验不足,但却有其他不少长处,年纪轻,身体好,家庭负担少,精力集中,禁得起学生的缠、烦。还有,新老师刚刚分派来,还不晓得中学里是怎么一回事体,不能让他们产生一种错觉,以为做中学老师只要上课讲一堂,下课铃一响,就可以拍拍屁股开路了,不要以为中学老师是容易做好的,先压一副班主任的担子,叫他们尝一尝滋味,来个下马威,打掉一点浪漫色彩,增加一点长期吃苦的思想准备。

所以,唐云当然也逃不脱,一上班,就做了初二一个班的正班主任。

初二的学生,对人生事体半懂不懂,正是顶难弄的辰光。开始,唐云被他们搅得七荤八素,疲惫不堪,但过了一段辰光,她慢慢地适应了,把自己交给了这批既可爱又讨厌的中学生,她觉得工作还是蛮有滋味的。

每天下班回来,路过杨关店门口,她总是故作无所谓地同他点点头,心里却希望杨关能够同她讲几句话,问问她学校里的情况,可是杨关顶多只讲一声"回来啦",就再也没有其他话讲了。

唐云真没有办法对付他,不晓得他是个冷血动物,还是不开窍,心里一直好烦的。

杨师母终于熬不牢,跑到唐云屋里去了,她想早一点把事体拍板,一日不拍板,她是一日不会定心的。

唐师母是个没有什么主见的家庭妇女,样样事体听任儿子女儿自己做主,杨师母问她唐云和杨关的事体,她只好讲了句老实话:"我也不晓得她。"

杨师母蛮尴尬,正巧唐云回来了。

"阿云,"杨师母鼓足勇气,"你……你和我们杨关,到底怎么……"

唐云不响。

"你讲呀,急煞人……"

唐云"咯咯"地笑起来,"阿姨,你急啥呀,人家讲皇帝不急,急煞太监,咯咯咯……"

"我是急熬了呀,我,我老早一直把你当我们自己人的。你、你是不是看不起我们杨关了? 从前、从前,你们一直蛮要好的,我总以为不成问题的,是不是因为杨关辞了职……"

唐云仍旧笑着说:"哎呀,阿姨,你顶好去问问他为啥事体,他肚皮里顶清爽,你叫我怎么讲呢……"

杨师母听见唐云并没有什么反悔的口气,定心了不少,唐云的话说得不错,儿子那不死不活,不阴不阳的样子,实在是让人惹气。她不再同唐云讲什么,直奔儿子店里去,一改平常日脚低声细语的慈母形象,劈头就骂:"你个小鬼三,一日到夜混什么名堂,你脑子拎拎清,唐云是打了灯笼也难寻的好小囡……"她突然想吓一吓儿子,试一试他的心思,随即面孔一板:"现在好了,全怪你自己,她要跟别人谈了!"

杨关开始根本没有注意姆妈在啰唆什么,后来听见提到"唐云"的名字,才认真了。姆妈刚说完唐云跟别人谈了,他便脱口而出:"不会的,她绝对不会的。"

"不会的? 热你的大头昏呢!"杨师母又气又急,一时恨煞了这个不三不四的儿子。"热你的大头昏呢,你还做梦呢,有一个开小汽车的……"

杨关倒一点也不糊涂了,不假痴假呆了:"郑平,是那个郑平,旅游局开轿车的,郑平,别不过我的……"

唐云突然从里边奔出来，又像哭又像笑地冲杨关："你做梦！你做梦！"

杨师母一呆，杨关也有点意外。

唐云的声音里夹了点哭腔："你有什么了不起，你有什么了不起……"

李江在对过店里笑起来："小姑娘，你眼光不错，应该跟那个司机的，跟了这个憨人，你没有好日脚的，他日日要作骨头的……"

杨师母跳起来："喂，你这个人，这把年纪，怎么不积积德噢，你讲这种话，不作兴的……"

李江笑了笑："我这个人，就是这张臭嘴巴不好，吃苦也吃在这张臭嘴巴上，主要是大蒜吃得太多了……"

唐云先"扑哧"笑了，杨师母松了一口气。

杨师母和唐云这样一闹，倒确实使杨关震动了一下。他没有心思再同李江寻开心。在他心里，他和唐云的关系是确定无疑的，好像没必要再多讲什么的，可是却出来了一个郑平，所料不及，他这才感觉到了唐云的冷淡。

沈梦洁曾经告诉过他，唐云说过，不论他做医生还是经商她都不会与他分手，他也完全相信，相信唐云会理解他的。现在才明白了，唐云好像是不满意他的现状。

他想了一歇，突然发火似的对李江说："这样下去不行，不行！"

李江说："小伙子急起来啦，急起来是好事体，只怕你温吞水兮兮……"

杨关不理睬他，继续说："我应该想办法，申请一份私营医生的执照……"

李江不动声色地说:"你去试一试吧。"

杨关看了他一眼:"你试过?"

李江不再说话。他是试过,何止试过一次两次,他试了半世人生。当然,杨关和他有所不同,杨关背上没有政治包袱,但一个"除名"的名声,就足以使这个年轻人碰无数次壁,不管你是什么原因,既然你是被除名的,你就很难再重新取得社会对你的信任,小学毕业也好,大学毕业也好。更何况你是学医的,谁敢保证你不是因为医术低劣,出了医疗事故,甚至坑害了人命才被除名的呢,谁敢把自家的性命交给你呢。

杨关完全明白李江的心思,他灰心丧气地说:"那么照你的意见,我们只有这样混下去,做一个自己根本不想做也做不好的滑稽的可怜的小老板?"

李江没有回答他。其实,他心里有一块地方,这地方对他来讲,既是一片诱惑力极大的绿洲,又是一片可怕的沙漠。他晓得,他和杨关要是一起到那里去,也许真的会做出点事体来,弄出点名堂来。十多年来,他一直在想那个地方,可是每次想起又总是不寒而栗。那个地方给他的印象太深了,给他的耻辱也太大了,他将背负着这些耻辱一直走进坟墓。哦,是走进火化场去。他实在不愿意再想那个地方,却又控制不住自己一定要想那个地方。倘是他这后半世人生中没有碰见杨关,倘是杨关在同他闲聊时没有提到一个人的名字,他也许再也不会想到要回那个地方去了。

可是,杨关偏偏告诉他,现在北山农场的场长是郭子东。

李江听到郭子东这个名字,突然激动起来,他好像为自己寻到了一个最理想的归宿。

郭子东的命运是很滑稽的,他由劳改农场场长变成劳改犯,又从劳改犯变成劳改农场场长。

李江认识他的辰光,他是劳改农场场长,后来他却和李江一样了,是一个的的刮刮的劳改犯。李江一九五七年吃了官司,后来一直关在北山农场。劳改犯的日脚过得虽然不像人,但他一直在坚持偷偷地用中草药做配方。那辰光只有一个人肯尝他的苦药,尽管他的苦药里没人敢保证没有毒。

李江终于对杨关说:"我们有一个去处,一个最理想的去处。"

杨关迫不及待地问:"啥地方?"

李江盯住他看了一歇,一字一顿地说:"北山农场。"

杨关一愣,随即低下了头。

李江晓得杨关也动心了,不过要想叫杨关重新回农场,是十分困难的,好马不吃回头草嘛。

可是,第二天一早,杨关没有开店门,直接到北山农场去了。

郭场长接待了杨关,听了他的话,考虑了半天,说:"照理,像你这种没有出息的逃兵我们是不会再收的。不过,如果你真的存心要回来,前前后后考虑成熟了,不再打回票了,我们可以考虑重新接收你。当然,话放在台面上讲,进劳改单位,你是晓得的,还是那句老话,进来容易出去难。"

杨关心里一刺,他根本没有考虑成熟。

郭子东洞察一切地一笑:"小伙子,再想想吧,还有你女朋友和屋里大人的想法呢,用你们现代青年的时髦话来讲,你回来,可是一出时代的悲剧呢,哈哈哈……"

杨关心里不适意,说:"不是我一个人来,其实,也不是我要回来,是另外一个人,他要回来……"

"谁?"

"李江。"

郭子东哈哈大笑:"这个老家伙,我倒是很欢迎他的。你回去告诉他,他倘是回来,到我们医院里来,我给他个官做做……"

杨关借了机会回击一下这个不可一世的场长:"李江来,不是为了做什么官的,他没有官瘾,同一般的人不一样……"

郭子东拍拍杨关的肩胛:"好,好,小伙子,还击得好。不过话讲回来,幸亏有我这样的官瘾大的人在这里做场长呢,不然,你上门有话还无处讲呢,对不对?"

杨关把他和李江的意图告诉了郭场长,郭场长胸脯一拍:"这个,你放心,你叫李江来吧,一切条件我来帮你们创造,这个农场我当家,我说了算的……小伙子你想想,没有官瘾,也不一定就是件好事,做官,也不一定是坏事嘛……"

杨关以前虽然在农场医院工作,但从未直接接触过郭场长,这次一谈话,发现这个老头子非常厉害,同李江可不是一种人。

杨关带着一种对郭场长说不清的感觉回来了。在李江面前,他先把郭子东大骂一通,出了气,然后把情况介绍给李江。

李江却说:"你先去看看唐家姑娘吧,生毛病了,在屋里呢……"

杨关一急:"什么毛病?"

李江说:"你去看看嘛。"

杨关转身奔进唐家。

唐云床前围了不少学生,叽叽喳喳地讲什么,一见杨关进来,学生们识相地告辞了。

杨关连忙问:"怎么回事体,什么毛病,看了没有?"

唐云盯着杨关看了一歇,面孔越来越白,终于"哇"的一声哭出来了。

杨关莫名其妙地看着她，手足无措。

唐云已经晓得了自己的不幸。

阿哥瞒了她好几年，但终于没有瞒到底，这一次发了毛病，她全明白了。

杨师母进来了，把不知所措的杨关拉了出去，把事体讲出来了。

杨关愣了一歇，就往里面走。

杨师母拉住他："你，到啥地方去？"

杨关马上明白姆妈的意思了，他气呼呼地问："你讲我应该到啥地方去，哼！"

杨师母苦苦哀求："你慢一点，再想一想。她……不会养小人的，可是，我们杨家，只有你……"

杨关一甩手，奔了出去。

唐云见杨关这么快就返回来，心里一热，眼泪又流下来了。

杨关的第一句话对唐云是极为重要的，她紧张地等待着。

杨关坐到唐云床沿上，一把拉住唐云的手，说："你这个人，大惊小怪的，这有什么了不起，小人嘛，我们可以领一个嘛……"

唐云面孔上起了红晕。

"再说，我是学医的，我知道有些医生谈虎色变，更何况……"

"……更何况，"李江进来了，抢过杨关的话，"更何况，有我这样的水平，什么样的毛病我看不好……"

唐云破涕为笑。

李江说国内对这些病症的研究已经到了什么程度，近期内完全有望攻克这一难关。

连唐云都觉得奇怪，李江两眼放光，精神十足，根本不是平常日脚大家印象中的那木痴痴、呆顿顿的李江。

唐云被他感染了,有了信心。

过了一歇,唐云问杨关:"你去农场了?结果怎么样?"

杨关不晓得该怎么回答。

唐云固执地问:"结果,到底怎么样?"

杨关摇摇头:"我自己也不晓得……"

他说的是心里话,现在他心里很乱。

李江看上去是肯定要回去的,李江能够把握住自己,他却把握不住自己。

"你……想回去了?"唐云小心翼翼地问。

杨关不置可否。

"你……要是回去,我,跟,跟你去,农场也有中学的,对吧?"唐云轻轻地说,很平静很淡泊。

杨关心里却猛地一震,他不会忘记郭场长的话,他自己尚且不愿意做出牺牲,唐云为什么还要陪着他一起去牺牲呢?这种五十年代的悲剧,为什么要在八十年代重演呢?他不能让唐云到那个地方去,可他自己……

唐师母驼背弯腰地走进来,老眼有点昏花,心里也糊涂了。屋里一连串不顺当的事体,儿子出车祸,女儿生毛病,弄得她心惊肉跳,她专门买了几炷香,到寒山寺去许了愿,心里这才稍微落实了一点。

唐师母看见杨关在屋里,对他说:"你阿爸在外面叫你,你去吧……"

杨关看了唐云一眼,出去了。

杨工程师立在天井里,满面春风,对儿子招招手:"你过来,我有话同你讲。"

杨关走过去,看见老头子手里捏了一张"招工录取通知书",是市第一人民医院的。

杨关明白了。

他面前有两条路,虽然不是势不两立,却也是泾渭分明。

他当然不会再回北山农场去了。

第 14 章

对唐少泽的处分终于下来了:开除党籍,调出外事部门,回教育局待分配。

犯了错误的人往中学小学里赶,这是一个拿手好戏,一种惩罚。中小学变成惩罚人的地方,说来也令人费解。大学生读书不用功,教授先生就说,你们不用功,分配到中学里去。高中生考大学不上心,爷娘就讲,考不出好分数,你只好去读师范,看你怎么办。更令人啼笑皆非的是,一个乡政府干部对一个小学教师讲:"你好好干,我提拔你做营业员。"营业员高于小学教师?这道理谁说得清?难怪稍微有点头脑的人要大声疾呼,要苦苦忧思。

唐少泽原来是从学校里出来的,现在吃了牌头,自然是要回学校教书了。

凌丽三天没有去上班,躲在屋里哭。

凌仁之从省里开党代会回来,进门就看见女儿两只肿得像桃子一样的眼睛。

他叹了一口气。

唐少泽的事体他早已晓得,他是市政府领导中分管外事的,下面局里要处分他的女婿,当然要向他汇报。

　　凌仁之听说了这桩事件,没有吃惊,他是经过风雨见过世面的人。他好像早有预料,但毕竟沮丧了一阵。处理决定是下面讨论后报上来的,他没有意见,但心里明白,下面并没有看他的面子。外事部门这种事现在很多很多,平时也没有人去抓,唐少泽送上门来自然要抓住不放了。

　　凌仁之的心情是很复杂的,他觉得他有这种过硬的下级机关是值得欣慰的,可是又有点为女婿叫屈、抱不平。他权衡了一下,终于没有去干涉这件事。

　　现在一切已经发生了。

　　做父亲的看见女儿难过,反倒好像欠了女儿什么,好像不能向女儿交代了,而不是女儿不好向他交代。

　　凌丽眼睛哭肿了,心里却平静多了。她庆幸这桩事体没有给父亲带来更大的麻烦。经过几天几夜的苦想,她好像变了一个人。从前,她总是处处觉得别人亏待了她,欠了她,父母也好,男人也好,同事也好;而现在,她却觉得对不起所有的人。

　　她和沈梦洁的那个交易刚刚开始,有一日,父亲突然对她说:"小丽,你是不是缺钞票用?"

　　凌丽马上晓得,父亲已经发现了这件事,她又惊慌又难过,抬不起头来。

　　父亲没有一点生气的样子,和颜悦色地说:"小丽,你要用钱,就对我说,父亲手头再紧,也不会委屈了你的……"

　　凌丽哭了。

　　第二天她就跑到"寒山屋"告诉沈梦洁她不再做这种事体了。

　　父亲以后一直没有提起过。

凌仁之坐在沙发上休息,有一点他怎么也想不通,女儿女婿要这么多钱做什么?小家庭的现代化布置也差不多了,至少不比一般人家差,还有什么大的开支呢?这恐怕是他这一辈的人永远也想不通的。他也想到过出国这个字眼,可是,女婿倘是想出国,他或许可以帮他一下,为什么要自己弄钱呢……他有点头疼了。

吃中饭的辰光,他问女儿:"小唐呢,伤好了没有?"

凌丽看看父亲:"好了,出院了,回自己屋里去了。"

"怎么,不做我的女婿了嘛?"凌仁之笑笑,"怎么不回来住?"

"他——"凌丽说不出来。唐少泽出院,她根本不晓得,等她赶到医院,他已经走了。这叫她很难过,她很想多给他一点安慰,一点力量,他却不要,还是自己屋里好,他回去了。

"明天……是星期天,你去把他叫回来,我们到东山去玩,把小毛头也带去。"

凌仁之悠悠地抽着烟,不看女儿的面孔,也不看女儿的眼睛。

凌丽不晓得父亲怎么会有这样的心情,她现在是进退两难。

"去吧去吧,"凌仁之催促女儿,"把他叫回来,今天夜里我们喝点酒……"

凌丽几乎是被父亲逼着出门的,她实在不想去叫唐少泽,倒不是她已经不爱他了,她爱他,她不忍心看他那沮丧的样子,更不想让他在老丈人面前抬不起头来。

凌丽神情恍惚地上了公共汽车,糊里糊涂地乘过了站,一直坐到了终点——火车站。

凌丽被售票员赶下车来,在挤轧不堪、一片混乱的人群中不知所措。突然,她眼前一晃,发现一个熟悉的身影,她叫了一声:"钱老老。"

钱老老回过头来，木知木觉地看着她，瘪了瘪嘴。

钱老老老得这么快，叫凌丽大吃一惊。她记得前几次她到那边去，钱老老讲起老古话来一双眼睛滴溜溜地转，现在看看，钱老老的眼睛又灰又暗，一点光亮也没有了。

凌丽发现钱老老手里捡了几张龌龊的糖纸头，连忙问他："钱老老，你捡这个糖纸头做啥？"

钱老老咧开嘴巴笑了："帮我家娟娟捡的，我们乖囡顶喜欢糖纸头。"

钱老老真的老糊涂了。凌丽说："钱老老，我陪你回转吧。"

钱老老摇摇头，身体往后面缩退，好像凌丽要来拉他，嘴巴里不清不爽地叽咕："我不回转，娟娟又不在屋里，我回转做啥，我要帮娟娟捡糖纸呢……"

凌丽心里一阵难过，她以前从来没有这种感觉，对一个与她无关的人，她是不会产生这样的感觉的。

"走吧，我们回转。"凌丽骗钱老老，"糖纸头呀，我屋里多的是，你要多少我送你多少，我小辰光也顶喜欢白相糖纸头的。"

"真的？"钱老老开心了，"你回去就拿给我？"

凌丽点点头："走吧，回转吧。"

"哎呀，不来事，我不能回去，我要去乘火车，到北京去寻娟娟，娟娟在北京……"

凌丽花了半个钟头，才连哄带骗把钱老老寻了回来。

到了寒山寺门口，钱老老怎么也不肯走了，凌丽心想反正已经回来了，就不再去管他。

凌丽走过"寒山屋"，沈梦洁问她："钱老老到啥地方去的，同你一淘回来的？"

凌丽现在恨透了沈梦洁,她敢肯定自己男人就是被这个女人拉下水的。罚几个钞票,不碍几根汗毛,现在她倒自得其乐。

凌丽冷冷地说:"钱老老老昏了,你们做好事,帮帮他吧。"

沈梦洁晓得凌丽对她一肚皮的气和恨,也不同她计较,走到寒山寺门口把钱老老搀了过来。

凌丽"哼哼"两声,进天井去了。

唐家母子三人闷闷地围坐在桌旁,唐云一见凌丽,"哼"了一声,跑进自己屋里去。

唐师母不声不响地抹抹眼睛。

唐少泽平静地看了一眼凌丽,既不问她来做什么,也没有叫她坐。

凌丽两眼一热,眼泪又流下来,她这时只觉得一千个一万个对不起唐少泽。她以为,唐少泽做这种事体,主要是她的罪过,假使她平时日脚对他好一点,对他屋里人好一点,不是那样凶巴巴,经济上不是卡得那样紧,不把唐少泽压得透不过气来,他是不会做这种事体的。现在懊恼也来不及了,唐少泽不会原谅她的。得到唐少泽被处分的消息的那一刻,她骂他,诅咒他,但现在她觉得应该诅咒的是她自己。

唐师母也退了出去,屋里只剩他们夫妻俩了,唐少泽一言不发,凌丽也开不了口。

僵持了好一阵,还是凌丽先说:"爸爸让我来喊你回去,明天……"

唐少泽说:"我要陪陪我姆妈。"

凌丽停顿了一下,又说:"可是,我爸爸,爸爸,他想和你谈谈。"

唐少泽不响。

"不过,他一点也没有责怪你的意思,真的,他说,明天一淘到东山去白相。"

"谢谢他的宽容。可是,我自己却不想宽容自己……"

"不!不不!"凌丽终于抓住机会说一说心里话,"这桩事体不能怪你,全怪我不好,我……"

唐少泽也说了心里话:"你什么也不懂,你根本不晓得,我要钱,要很多钱……"

"做啥?"凌丽紧张地看着他。

"出国。"

凌丽心里一跳,她和他居然想的是同一件事。她十分理解男人的心情,他是个心气很高的人,不愿意被别人指着脊梁骨说是靠了丈人牌头爬上去的。虽然当了翻译,但在那样的单位里,没有文凭的人极少极少,他自然想出去深造,所以……凌丽不由脱口而出:"出国,我也是为了让你出国……"

谁知唐少泽却打断她说:"不是我出国,是我妹妹,我要让她出国。"

"啊!"凌丽万万没有想到,唐少泽抛开一切做这样的蠢事,居然是为了唐云。她几年来为他所做的努力,都是徒劳的。

她伤心到极点,反而哭不出来,只是冷笑。她恨他,恨他们唐家的人,她永远也不能原谅他。

凌丽走了,看上去没有一丝依恋之意。

唐云从屋里奔出来,问阿哥:"你,为啥不告诉她?"

唐少泽摇摇头。

唐云想追出去,却被他拉住了。

唐云急得一甩手:"她走了。"

唐少泽还是闷坐着。

唐云追了出去,在天井的小过道里,她喊住了凌丽。

凌丽看了她一眼,扭头就走。

唐云上前一步:"阿嫂,你听我说……"

凌丽冷笑一声:"阿嫂,你现在喊我阿嫂了,太迟了,我不要听你讲,我不要看你们一家门。"

凌丽飞快地像逃一样逃出了天井。

沈梦洁正在店里同钱老老讲话,她看着钱老老这副老木的样子,心里很难过。她来开店这一年当中,钱老老真是判若两人。刚刚来的辰光,老人完全是一个智慧的化身,现在坐在她面前的竟然是这么一个痴呆的老人。沈梦洁觉得有一种说不清的可怕的东西在背后,她实在不明白,是什么原因使钱老老变得这么快。如果因为想女儿,那么几十年来,他不是一直在想吗,为啥偏偏这一年当中变得这么快呢?

沈梦洁当然不会想到,她的出现,对这个老人带来的影响有多大。

当沈梦洁第一天神采飞扬地出现在"寒山屋"门口,招呼大家的辰光,钱老老就开始钻牛角尖了。近二十年没有消息,他也明白,女儿恐怕早已不在人世了。可是,既然有一天"寒山屋"门口前出现了这么一个和他女儿很像的人,那么为什么他的女儿不可能有一天也突然出现在他的面前呢?老人怎么也摆脱不了这个念头,开始还能控制自己,后来慢慢就糊涂了。

钱老老在沈梦洁店里无声无息地坐着,再也听不见他讲什么"钱笃笤"了,沈梦洁正在引他开心,突然看见凌丽气急败坏地奔了出来。

沈梦洁犹豫了一下,没有喊她。

凌丽却在"寒山屋"门前停下来,狠狠地瞪了沈梦洁一眼:"现在你称心了吧?"

沈梦洁说:"一个人活在世界上,终归不会有真正称心的日脚的。"

凌丽尖刻地说:"可是有种人就是要为了自己称心弄得别人不称心。"

沈梦洁无所谓地笑了。

凌丽咬牙切齿地说:"我现在总算弄明白了,人同人,全是假老戏。你凭良心讲,唐少泽做出这种事体,同你有没有关系,人家讲你做生意特别懂经,你……"

沈梦洁含义不明地笑笑。

唐少泽听唐云讲凌丽在外面寻沈梦洁的吼世①也跟了出来,听凌丽这样讲,他插上去说:"我的事体,同别人不关账的。"

凌丽面孔气得煞白:"你、你、你还帮她,你……你还不晓得呢,她也叫我做过……"

"什么?"唐少泽听出了什么名堂。

凌丽声音低下来:"她叫我去弄了便宜的双面绣给她。"

唐少泽回头盯住沈梦洁。

沈梦洁坦然一笑,点点头。

唐少泽突然捏紧了拳头,但慢慢地又放开了,终于狠狠地却又很平静地看了沈梦洁一眼,走了。

凌丽对沈梦洁说:"你,你害了我男人,你个骚货。"

钱老老突然用手指头敲敲柜台,咕咕哝哝地说:"你还我糖纸

---

① 吼世:烦闷,不舒适。

头,你还我……"

凌丽一转身也走了。

闻讯赶来的大孃孃对沈梦洁讲:"沈老板,去喊牢她问问清爽,叫这个女人嘴巴里清爽点,沈老板,你吃软啦?"

沈梦洁苦笑笑。

大孃孃对着凌丽的背影大声讲:"这只骚货,世界上好像只有她一个人有男人。"

沈梦洁被大孃孃这句话戳痛了心境。凌丽一切为了自己的男人,那也是一种追求,一种幸福,可是她呢,她有多少工夫去想一想男人呢,周川现在到底怎么样了,她根本不晓得。

接到那封信以后,她接连拍了两份加急电报给周川,叫他亲自回电回信。可是回信仍然是学校来的,说周川住院治疗后情况好转,这几天正在准备,决定回家休养,叫沈梦洁放心,单位会派人护送周川回来的。

这封信更加惹得沈梦洁心急如焚,如果情况不是十分严重,为什么要派人护送呢。她真想马上赶到那里。可是,在这以前,她对周川工作的那个地方,几乎是一无所知的,直到现在,她才发现自己有多么自私,多么混账,多么不上路。

她到处打听西藏阿里地区是个什么地方,许多人根本不晓得这个地方。有些上了年纪的人只是记得五十年代初中国人和印度人在那个地方打过仗,其他什么也讲不出。后来沈梦洁结识了一个到阿里去工作过的建筑公司的工程师,听他讲了一些阿里的情况,沈梦洁更加为周川担心了。

阿里是西藏西部的一个地区,全区平均海拔达四千二百多米,这个高度,比起世界屋脊的珠穆朗玛峰,是算不了什么的,可是,珠峰顶上是没有生命的,而阿里,有生命,有人烟,有许许多多藏、汉等民族的中国人在生活、工作,周川便是其中之一。

如果说西藏是世界上有人烟的屋脊,那么阿里无疑是屋脊的屋脊。曾经有人做过许多试验,由于高原严重缺氧,阿里地区的牛羊等动物的心肺比其他地方的动物心肺要大出几倍甚至几十倍。在阿里,人类被大自然征服、吞噬,是经常发生的,这里的人,高原性心脏病、肺气肿等疾病,就像其他地方的伤风感冒一样普遍。不同的是,伤风感冒不大会置人于死地,可是这些病,却常常轻而易举地夺走人的生命。

这一切,周川从来没有告诉过沈梦洁。

建筑公司的那位工程师告诉沈梦洁,从阿里回来,先要转到乌鲁木齐市,这一段路程,顺利的话,要走十多天,然后再在乌市坐火车回来。

半个月前,西藏方面电报来了,说周川已经上路了。

电报已经到了十五天,周川却连影子也不见。

阿婆天天给沈梦洁打电话,她一个人在屋里等得急煞了,难过煞了,走又走不开,等又等不到,老太婆上了火,喉咙都哑了。

沈梦洁的担心不能告诉阿婆,从阿里到乌鲁木齐,这十天的路程中,谁也不敢保证一路平安。

她只有一个人承担种种可怕的想象。

那个叫悟原的小和尚走过来,对沈梦洁施了个礼,上前一步,从袈裟衣袖里拿出一封信,说:"慧远大师吩咐交给女施主的。"

沈梦洁不解地接过那封信。她不明白铃木宏的信怎么会叫老和尚转。

信是铃木宏写来的,实际上应该写给邱荣,因为内容只和邱荣有关，可铃木宏却把信写给沈梦洁，请她把事情转告邱荣。

铃木宏在信上说，他原想直接写信给邱荣，但临执笔前突然丧失了勇气。

铃木宏始终以为邱荣对沈梦洁的看法不错，在邱荣眼睛里，是很少有几个人不被蔑视的，所以他写信给沈梦洁，相信她会把他的意思转告邱荣的。

铃木宏回日本以后，弟媳妇铃木和子就连忙来找他了，和子从刘琴芬那里得知了铃木宏回国的原因，十分担心。

铃木和子告诉铃木宏，他弟弟三番五次去中国，去苏州，都是为了一个叫邱小梅的姑娘，这件事铃木诚当时就告诉过和子。

铃木宏大吃一惊，简直不明白到底是怎么一回事。

铃木和子说，开始，铃木诚确实是因为那个叫邱小梅的姑娘，因为这个姑娘很像他初恋时的情人纯子。他住在寒山宾馆的那几天，有空闲就到"寒山屋"去，他很快被邱小梅的纯真与善良吸引了、感动了，他还没有遇见过这样的生意人。他在邱小梅那里买了几次东西，最后一次故意没有要她找钱，邱小梅涨红着脸，退了钱。

铃木诚也弄不明白自己是不是爱上了这个姑娘。

临走前一天，他去和邱小梅告别。

邱小梅突然哭起来，问他日本有没有治精神病的好药。

铃木诚目瞪口呆。

邱小梅一边哭一边告诉他，她有一种毛病，自己也弄不清楚怎么搞的，经常产生幻觉，想去上吊，去寻死，有时很难控制住。她不敢告诉任何人，怕被人看不起。

铃木诚想不到自己这么被信任，他万分感动，答应一定帮她想办法。

回国以后,铃木诚到处请教医生,配方,开药,所以,他以后又几次争取机会去苏州,可是,他还是没有能救邱小梅,邱小梅在"寒山屋"上吊死了。

铃木宏听了铃木和子的话,才明白了这一切。他在信中说:邱小梅的死似乎是一种无形的力量的安排,却使他无端地猜疑、仇恨别人,邱荣也正是这样。

铃木宏请求沈梦洁把这件事告诉邱荣,解开他心里的疙瘩。

最后,铃木宏带上了一笔,他以为沈梦洁的日语口语很不错,不晓得笔下功夫怎样,如果她有心来日本进修,他可以助她一臂之力。他并且请她相信,他没有任何别的意思,只是觉得她有这样的基础,不应该浪费。

沈梦洁捏着这封信,呆了很长辰光。

出国,这是多少人困梦头里也去想的事体噢,然而却没有辰光给她想一想了。大孃孃急匆匆气吼吼地从前面奔过来。

"沈老板,电话!快点,电话!"

沈梦洁连忙往烟酒店的公用电话那边奔过去。

大孃孃在背后啰唆:"是你家老太婆打来的,我问她啥事体,她不肯讲,只要你听,这个老太婆……"

沈老板抓起话筒。

"喂……"

话筒里阿婆嘶哑的声音:"回来了,回来了……"

沈梦洁心里一抖:"怎,怎么样?"

阿婆哭起来:"瘫,瘫了……"

周川瘫痪了。

沈梦洁这辰光发现另一只手还捏着铃木宏的那封信。

第 15 章

富仁巷从前是什么样子,现在巷子里的人全不晓得,只是听说从前这地方全是住的有铜钿人家。这倒是蛮有道理的,看看富仁巷的房子,也猜得出富仁巷是块富地方。这巷子里的房子,多是深宅大院,墙头要比一般人家的高几尺,墙门要比一般人家的多几扇,青砖黑瓦,飞檐翘角,雕梁画栋,朱门花窗,就连天井里的花坛、井圈,弄堂里铺地的石卵子,也比别地方考究得多。倘是啥人有胃口在苏州的小弄堂里兜兜圈子,从那种夹在低矮平房的小弄堂转到富仁巷来,那自然是大相径庭的。富仁巷会给人一种森严威风的感觉,立在巷口望进去,富仁巷的派头就一目了然了。

据说,老法里,富仁巷中有铜钿的人家,一家比一家富,一家比一家善,家家讲究仁义道德,每日总有几户人家,专门另开伙食,烧大锅饭,招待上门叫花。这地方看起来不光富,而且仁,所以叫富仁巷,倒是名副其实的。

不过,这种说法,既没有根据,又没有传统,现在叫花子讨饭讨到富仁巷,也不见得能比别地方多讨点什么。

在这几十年当中,富仁巷倒是热闹过几次的。不过,这种热闹兴旺,讲出去是塌抬势,难为情兮兮的。起先是困难年辰光,一群黄牛贩子看中了富仁巷,认为富仁巷地势好,一条两三百米长的弄堂,两边有横巷七八条,倘是警察来捉人,逃起来便当,横巷里一钻,眼睛一眨,人影子也不见了。黄牛贩子在这里倒卖粮票、布票以及其他各种票证,他们创造了一斤粮票卖五元钱的纪录,那辰光的中国人,已经被饥饿弄得七荤八素了。对这种黄牛贩子,警察也来捉过几个,可是捉不光,捉了又来。警察也头痛,有辰光过来吓吓人,回去好交账。后来困难年过去了,黄牛贩子也自生自灭了。第二次的闹猛是在全国都闹猛的辰光,大家把毛主席的像章当成邮票,当成铜板,当成白相家什一样掉来换去,大家又聚到富仁巷来了,那一段日脚,富仁巷的住家,一日到夜,耳朵里全是"灯黄""小红""夜光"之类的词语,老年纪的人,想起了从前股票市场、拍卖市场的情形,觉得有什么地方蛮相像,心想把毛主席的像章卖来买去,真是顶大的不恭呢。可是,却没有人敢讲,讲出来就是罪该万死。

最近一个阶段,富仁巷又兴起来,吊儿郎当的人,三个一群,五个一堆,一日到夜鬼鬼祟祟,一看就不是正经的样子。

寒山寺弄"吴中宝"店老板黑皮的爷娘阿哥就住在富仁巷。黑皮从小也在这里长大,不过自从到寒山寺那边开店以后,他回来的次数就不多了。

这一日,黑皮回屋里看看爷娘阿哥,顺便把托人弄的一张彩电票带回去。

走进富仁巷,就有一个人朝他走过来,做了一个手势,问他:"要票?"

黑皮不临市面,反问:"什么票?"

那个人朝他看看,露出一面孔看不起的样子:"什么票,你要什么票?你有什么票?"

黑皮还想问个清爽,那个人白了他一眼,不再同他啰唆,走开了。

黑皮莫名其妙,也朝他看看。

回到屋里,只有阿嫂在,黑皮问她:"外面弄堂里,啥名堂?"

阿嫂天生一根长舌头,一句话就可以讲清爽的事体,她总要绕几个圈子再讲出来:"哎哟,老二啊,你连这个也不晓得啊,亏你还是吃生意饭的。人家讲出来,你们这种人,都是眼观六路,耳听八方的户头,外面什么事体全不晓得,你怎么变得乡下人兮兮,不临市面,拎不清了。你不晓得,现在外头人叫我们富仁巷啥,叫富不仁巷了……"

黑皮笑起来:"为啥富不仁?"

"全怪弄堂里这帮户头,黄牛贩子嘛,倒卖各式各样的票证。"

"怪不得我走过,有几个人问我要不要票,也不晓得他是什么票……"

"什么票呀,前两年,热门的是凤凰、永久。这一腔,顶吃价的是电冰箱、彩电票。东芝呀香雪海呀,早两年人家还不稀奇呢,现在不得了啦,你猜猜,一只单门冰箱,一百二十五立升,一张票多少价?六百,吓煞老百姓的。双门香雪海,八百。想想真是气人,那帮户头手里怎么捏了这么多票噢,真叫有的有煞,无的无煞。我们平头老百姓,一点脚路没有的,要弄张票难煞了。他们那种人,全是脚路粗的,手里捏了一把票,一张七八百,十张七八千,眼睛一眨,就成了万元户。越是这种户头,越是辣手。上趟我看见一对老夫妻,来买票,儿子逼得来的,新媳妇不见彩电不过门,新娘子不过门儿子就不让爷娘过门,老头子老太婆只好来兜黑市票。总共带了三百块洋,人家开价三百二,缺二十块,那个赤佬硬劲不肯。手里一沓彩电票,你看看,这种样子,是要叫富不仁了,我们这里的住户触霉头,好处倒一点捞不着,臭名声我们背,警察有辰光还要来寻吼世,好像我们富仁巷里的人家全是窝主,真是气煞人……"

阿嫂没完没了地讲下去,黑皮已经听厌了,他摸出那张彩电票,交给阿嫂:"喏,票喏。"

阿嫂惊喜地叫起来。

趁阿嫂细细地看那张票,黑皮走了出来,他蛮想看看这些人是怎么做这样交易的。

他走近两个刚刚开始洽谈的人,听他们讲。

"什么价?"一个问。

"俩18调175。"一个答。

黑皮想了想,笑起来,好像接头暗号,其实大概是两张18寸彩电票,换一张175立升冰箱票。

"160怎么样?"

"160只有俩14。朋友,你怎么来我怎么来,对不起……"

突然,黑皮眼门前一闪,他看见一个面孔很熟的人也在里面混,就走过去拍拍那个人的肩膀:"尖屁股!"

尖屁股一看是黑皮,龇着牙齿一笑:"哟,你?"

原来,尖屁股早就在这里混这笔交易了。开始,也是出于偶然,尖屁股开工艺品店赚了几票,要买只彩电没有路,有人介绍他到这地方来。一来,尖屁股就不肯走了,看见那些手里捏了一把票的人,眼热煞了,也大开了眼界。本来他开了书画店以后生意做得蛮兴,比他开店早、实力厚的人也做不过他,他就以为自己是天底下顶聪明的人了。算算账，开店几个月，进账近千元，这种日脚着实不错，比缩在乡下捏烂泥真是天顶上和地底下的差别。可是跑到这富仁巷来一看，才晓得自己真是个乡下人，土老鳖，到今朝才晓得原来还有这么多人比他更会发财。

尖屁股不晓得那些人手里的票是从哪里来的，但是他相信，别人弄得着，他也一定能够弄着。

当天回店里，尖屁股就心神不定了。他把店里的事体交代给老婆，自己第三日全空出身体出来闯天下了。

两个月的工夫，尖屁股已经在富仁巷立住了脚跟，已经算得上小小的一霸了。因为其他人临时客串得多，长期驻扎得少，怕警察。尖屁股胆子大，还准备好了一肚皮骗警察的话，他反正自己有执照，在寒山寺有店，说出来不外是有了钞票买不到电视机，才到这里来混混的。两个月下来，警察从来没有寻过他，别人也不晓得他的名字，只是看他一身破衣裳，一张乡下人的面孔，就叫他"乡下人"，谈起来，总是说，乡下人个杀坯有路。

尖屁股天天早出晚归，有辰光夜里也不归，寒山寺弄的人也不晓得他到哪里去了。

有一日夜里回来，碰上大孃孃，大孃孃拦住他问："喂，你这一腔混到啥地方去了？"

尖屁股假痴假呆地笑笑，他自然不会告诉她。

其实，大孃孃拦住他，并不是要问他的事体，而是要讲另一桩事体。

"喂，人家讲，你把女人租出去了，有介事无介事？一个月赚多少？"

尖屁股这回不能再假痴假呆了，面孔血血红："你、你讲啥？

啥人租啥人,你讲讲清爽……"

大孃孃说:"咦,又不是我讲的,这地方大家全在讲,我不过是做个好人来问问你,你不在屋里,为啥有人一直钻到你屋里去,只看见进去,不看见出来嘛,人家自然要讲闲话了。"

尖屁股肚皮里有数脉了,自己不在屋里,金玉出事体了,啥人,尖屁股心里也吃得准,肯定是隔壁店里的老板老朱。平常日脚,尖屁股在店里,老朱三对六面就要上门来撩金玉的,金玉对老朱的态度总是不冷不热,心里嘛当然是快活的,女人嘛,有男人来拍马屁,终归开心的。不过尖屁股不相信金玉真的会同老朱有那个了,老朱活像一只肥猪,一面孔骚疙瘩,夜里困觉打呼噜,隔壁人家全听得见,金玉怎么会看中这个人呢,金玉虽然蛮漂亮,在男人面前嗲兮兮,骚嗒嗒,但也不至于拿个棒槌就当针呀……

现在大孃孃这样一讲,尖屁股晓得是真的了,丢开大孃孃,直奔回去。

金玉看见男人一面孔杀气回来,晓得事体败露了,一点也不怕,只当无介事,笑眯眯地说:"哟,今朝回转得早嘛……"

"早?哼哼!"尖屁股一肚皮的火气,"嫌我回来早了,你不好甩令子了,是不是?你顶好我不回来了,是不是?顶好我……顶好我……死脱,是不是?"

金玉娇滴滴地说:"哎哟,你讲啥呀,吓人兮兮的,你死脱是不来事的,人家还当我谋杀你的呢,作兴还要牵到老朱身上呢。"

尖屁股想不到金玉的面皮这样厚,气得讲不出话来。

金玉却蛮有兴致,寻他的开心:"喂,我听人家讲,你在街上困城里小姑娘,一夜困两个,有介事吧?"

尖屁股想不到她倒打一耙。

金玉又说:"现在不是全讲开放嘛,改革嘛,乡下人的一套也可以改改了,男人女人的事体,也用不着一本正经了,你讲呢?"

尖屁股心想肯定是老朱教她的。

僵了一阵,尖屁股突然问金玉:"你自己生得蛮标致,蛮有样子的,怎么会看中那只猪呢,那只猪……"

金玉笑笑:"当初我怎么会看中你这只活狲呢?猪猡活狲,全是畜生嘛,看中哪个还不是一样嘛。"

"你,你为他的钞票?"尖屁股好像明白了什么。

金玉半真半假地说:"你自己弄了钞票,去送给那种小女人,我们不是亏了吗,我再到老朱那里翻点回来,收支平衡嘛。"

尖屁股气得咬牙切齿,又不晓得金玉讲的到底是真是假,还是捉弄他的,只是说:"你气煞我了,你气煞我了,我在外面吃辛吃苦,担惊受怕,一门心思弄钞票,还不是为了屋里,为了你,为了小人……"

"哟,"金玉翘翘薄薄的嘴唇,"你不要讲这种肉麻闲话了,这种假老戏,别人不晓得我顶清爽了。"

尖屁股再也讲不出什么话来了。

偏巧这辰光,老朱进来了,他看见尖屁股,大大方方地拍拍尖屁股的肩膀说:"喂,你这小子,真有福气欤,讨着这样一个女人……"

尖屁股面孔由红变青,说:"这个女人,我要杀她!"

老朱哈哈一笑:"你没有这份胆量的,你小子只有发财的命,没有杀人的气……"

尖屁股低下了头。

老朱还不罢休:"你小子……"

老朱只讲了三个字,就听见金玉尖叫一声:"姆妈呀!"

一看,尖屁股已经揪住了金玉的头发。

老朱不急不忙,还笑了一笑,慢慢地走近去,一双又肥又大的手轻易地掰开了尖屁股的手,然后捏住尖屁股的手,捏得尖屁股龇牙咧嘴。

老朱笑笑说:"你小子再敢碰她一根汗毛,老子……"

金玉摸摸发痛的头发,对老朱说:"你放开他吧,他的骨头要给你捏碎了。"

老朱放开尖屁股,把他往金玉身边一推:"你看看,女人还是肉痛你的,女人终归是你的女人嘛,我又不要讨她做我的女人,你小子急什么,真是乡下人……"

老朱笑着走了,尖屁股哭丧着面孔,金玉过来帮他揉揉手腕,他没有敢再动她。

尖屁股一夜没有困着,想了一夜天的心事。到天亮辰光他终于想通了,千好万好,终归没有铜钿银子好;千亲万亲,终归不及铜钿银子亲。金玉讲得不错,男人女人的事体,是要开放改革了。

第二日,他一早就往富仁巷去了。

现在尖屁股看见黑皮也来了,不由吃了一惊,但还是笑眯眯地说:"你也来了,这一腔生意好吧?"

黑皮说:"怪不得,一直不见你的影子,那边的人全讲你把自己卖出去了,想不到你在这地方混……"

尖屁股笑笑:"你怎么样?"

黑皮指指自己的家门:"我不怎么样,我屋里在这地方,我爷娘阿哥全住在这里。"

尖屁股"哦"了一声。

黑皮叹了口气,他心里真有点服帖尖屁股了:"乡下人门槛精,比城里人来事,城里人是弄不过乡下人的,倘是乡下人全都进城来,城里人是要吃亏的。"

尖屁股谦虚地笑笑:"你寻开心了,你寻开心了,乡下人嘛,只配给城里人活吃。"

尖屁股肚皮里是有一包气,工商部门处理逃税个体户,寒山寺弄几十家,就是罚了他一家。那一日,尖屁股立在街上大叫大喊,讲寒山寺弄所有的店家全是私皮夹账,弄得不少人出来同他对骂,有人还趁混乱戳了他腰眼里几拳头。本来嘛,乡下人来抢城里人的饭碗是讨人恨讨人厌的。

黑皮邀尖屁股进屋里坐一歇,尖屁股不肯,黑皮就自己回去了。

吃饭辰光,爷娘阿哥回来了,一家门盯牢黑皮,没有别样事体,只有一个心思,关心黑皮的婚事。

黑皮屋里的人全不称心骚妹妹,其实黑皮自己也有点看不起骚妹妹,但不过这么多日脚下来,大家全晓得骚妹妹是他的女朋友,骚妹妹自己也一门心思等做老板娘了。黑皮倒有点尴尬了,不回头吧,一家门不称心,回头吧,对不起骚妹妹。

黑皮被屋里人缠得吃不消,只好嘴巴上先答应回头骚妹妹。

想不到吃过中饭,阿嫂奉了全家的意思,抢在黑皮前回跑到店里去,先同骚妹妹摊了牌,等到黑皮回来,看见骚妹妹一边哭,一边在告诉唐云什么话。

黑皮不晓得阿嫂来过,连忙问:"啥事体,哭啥?"

骚妹妹白了他一眼,不响了。

唐云尖嘴利舌地刺黑皮:"世界上的男人一个比一个坏……"

一边说，一边下意识地朝对面的店门看，那边本来是杨关的店，现在已经盘给别人了，杨关到市第一人民医院去上班了，李江也走了，到北山农场医院去了。

黑皮很轻易地从骚妹妹嘴里问出了事体经过，哭笑不得。他想来想去，不能回头骚妹妹，到底是做生意的需要，还是因为他喜欢骚妹妹，他自己也弄不明白了。

唐云正在劝骚妹妹，发现杨关从远处走过来，大概是下班了。

杨关到市医院工作以后，没有让他进门诊，叫他到 X 光室去，他又是一肚皮的不称心。杨工程师花了吃奶的力气帮儿子开了这个后门，儿子还挑肥拣瘦，老头子气得发了一次心脏病。杨关倒有点害怕了，有牢骚也不敢在屋里发了，只有唐云倒霉，专门听他的怨言。她越来越发现男人的自私，一门心思只想自己的事体。

杨关看见唐云，就从背包里拿出一封信给她，唐云一看，是李江写给杨关的，里面还夹了一张报纸，是一张省劳改系统自己办的劳改报。报上有一则消息，北山劳改农场医院医生李江用自制中草药，消除肿瘤，已有三名犯人服用此药后，病体痊愈。文章是从劳改干部怎样关心劳改犯的角度写的。

杨关愤愤不平地说："这么大的贡献，就登这样一块小豆腐干，还是作为政治宣传来写的，李江真是……"

唐云截断他，口气很重地说："李江真是了不起，他到底成功了。"

杨关说："你现在开始看不起我了吧？"

唐云不作声。

杨关无可奈何地一笑，问她："要是我现在回北山农场，你，跟我去吗？"

"不去！"唐云毫不犹豫地说，"我不去！"

"那当初你不是说……"

"是的，当时我是愿意去的，现在我不想去了，我现在在中学里习惯了，工作做得蛮有意思，日脚过得也蛮有劲。"

杨关看看她。

唐云又说："而且，更主要的，我想，你也不会回北山农场去的，决不会！"

"为什么？"杨关激动起来，"为什么你把我看得这么死？"

唐云犹豫了一下，还是说："反正我晓得，你是不会回去的。"

"我偏要回去，到那里我才能干自己的事业，现在他们叫我弄X光，你想想……李江是有眼光，他走对了路，我又被耽误了……"

唐云心想，恐怕不是别人把你耽误了，是你自己把自己耽误了。

杨关重重地叹了一口气，说："我晓得，你现在已经看不起我了，不相信我了，女人全是这样，喜欢成功的男人，不喜欢失败的男人……"

"不对，"唐云反驳他，"不是不喜欢失败的男人，是不喜欢一日到夜背着沉重包袱的男人。"

杨关说："不管你怎么样看我，我也不会放弃你的。"

唐云心里一动，其实她也一样，不会放弃杨关的，她永远不会忘记杨关在得知她的隐疾时是怎样安慰她的，不管杨关怎么样，哪怕他一世牢骚不断，一世人生毫无建树，她终究是要同他一起生活的，何况，她参加工作以后，好像想通了许多道理。什么叫建树呢，平平常常的工作，也是建树嘛，不晓得杨关为什么总是不肯承认这一点。

有几个中学生骑着自行车过来了,见了唐云,开心地说:"唐老师,班长派我们来接你,晚会马上开始了,你不会骑车子,我们驮你去。"

唐云笑起来,往其中一辆车的后座上一跳说:"走吧。"一边对杨关挥挥手。

自行车队很快远走了。

杨关目送他们,心有所动。

"小杨,你来一下。"半身瘫痪,一直坐在轮椅里的周川招呼杨关。

周川回来以后,沈梦洁又在附近租了一间房子,一家人都搬过来住了。周川每天没有事体做,就同儿子白相,看沈梦洁做生意。

杨关走过去,问:"周老师,什么事体?"

周川拿着一本书:"小杨,想请教你一个问题。"

杨关一看书名,是一本针灸入门。

周川笑笑:"我现在天天要去医院针灸,太麻烦了,我想自己学,可是穴位吃不准,你帮我看看,这里是不是……"

杨关皱皱眉头:"周老师,针灸不是弄白相的事体,也不是三日两头能学会的。"

周川说:"我现在反正没有事体,试试吧,医生说我这两条腿,下半世是立不起来了,我不相信,我小辰光听我姆妈讲过,我的命不坏的,中年以后还有福呢。"

杨关看看周川那张白苍苍的面孔,说:"以后每天我上班前下班后来帮你针……"

周川摇摇头:"我要自己学。"

沈梦洁一直坐在柜台里,好像根本没有听周川和杨关讲话,其实她的心思全在周川身上。周川刚回来那几天,她日日安慰他劝他,可过了不多久,她却发现周川根本不需要她的关于人生的、关于经受考验的,以及其他种种的劝慰,他十分乐观,很活得落,没有表现出一点点为下半世人生发愁的苦恼和烦闷。相比之下,倒是沈梦洁要苦恼得多,她为周川苦恼,为他的前途担忧,也同样为自己苦恼,她几乎不晓得她自己的前途将是怎么一回事体。

一切都颠倒了,看着周川那神采飞扬的样子,她哭笑不得,心想,好像瘫痪的不是他,而是她。

阿婆抱了儿子走过来,周川不晓得说了一句什么话,引得大家笑起来,连那个老是愁眉苦脸的杨关也开心笑了。

沈梦洁也笑了一笑,但心里却苦滋滋的。

第 16 章

寒山寺弄这批书画店的老板当中,林为奇可谓一绝,大家讲他能第一个混出名堂,混出这条弄堂。

林为奇的画,现在外国人特别欣赏,特别服帖,据说有一日林为奇就卖出三十根枪——裱过的长轴画,那个赚头是不得了,隔壁店里的同行想也不敢想,算也不敢算,想一想,算一算,起码几天几夜睡不着觉。

林为奇学画本不是科班出身,而是半路出家,拜的师傅又是专门画中国画的画家。倘若林为奇是一个规规矩矩、认认真真的人,也就不能弄出什么歪门邪道来,可林为奇偏偏是个活络分子,脑筋比别人活,思想比别人怪,别人不去想,或者想不明白的事体,他偏生要去想,还一定要去弄明白。

中国画作为世界美术领域中自成体系的一派,无论从技法特点、表现手法、画幅形式、工具材料,以及独有的装裱工艺等方面看,都是十分丰富并且见功力的。中国画要求"意存笔先,画尽意在",讲究以形写神,神形兼备,无论哪一方面也不比西洋画推板①。可中国画为啥在世界上吃不开呢？为啥人家外国人写的世界美术史里很少提到中国画呢？林为奇高低要探出点名堂来。

林为奇先是研究西洋画的长处，但他心里很清爽，中国人要走外国人的路子，是很难走通的，外国人看自己的画，已经看得烟尿臭了，中国人还要去轧一脚，学人家的物事，不用说，中国人就是有天大的本事也学不过人家的。

为啥中国画在世界画坛地位不高，其中很重要的一个原因，向外面介绍得太少了。外国人根本不晓得中国画是怎么一回事体，怎么能来评价你，吹捧你呢。

林为奇于是一边吸取西洋画的长处，一边努力突出中国画的优点。这辰光，他偶尔在邱荣的"寒山屋"里发现了老师芮质冰的画，不由大吃一惊，芮老师的画真是炉火纯青了。

他抛开一切曾经阻止过他去重访老师的原因，去见了芮质冰。

芮质冰对林为奇的前程十分乐观，充满了信心，这对林为奇是一个顶大顶有力的鼓励。林为奇和芮质冰联系上以后，长进更快。他的画很快引起了不止一两个外国游人的注意和重视。外国人在他店里停留的辰光越来越长了。

林为奇于是不失时机地开始温习二十多年前学过的英语，他虽然已进入中年，但记忆力仍然很好，很快就掌握了英语的口语。从此，到他店里来的外国人，就不只是游客了，来了生意人，他同他们谈生意经；来了懂行的艺术家，他同他们谈艺术，谈绘画、音乐、文学。林为奇越来越活络，和他保持通信联系的外国人，世界各地都有。

---

① 推板：坏或差的意思。

终于有一日,消息传来了,他被邀请出国讲学,为期一年。

这一年当中,他笃定可以赚到可在外国住几年的费用。

寒山寺弄的人讲,喏,看喏,到底林老板来事喏,我们到底不及他喏,别样生意经可以学,画画这样生意经倒是学不来的。

其实,林为奇对这次邀请他出国讲学,也是大吃一惊的。他原来以为,邀请他出去,肯定是因为他绘画方面的成绩,他猜测可能要请他开个画展。可是当他拆开邀请书一看,却是请他去讲文学、讲诗歌、讲怎么写诗。

林为奇哭笑不得。

邀请他的是英国一所大学的一位教授——威廉。威廉到林为奇店里来过几次,当时谈的什么,林为奇记不清爽了。

平常日脚,林为奇一门心思钻在画上,从来不写诗不写小说,只是在画画,画得厌气了,心烦了,才弄白相地写几句破诗,随手涂在一本记事本上,一句两句,三首五首,倒也写了不少。有辰光,来看他作画的外国人,也会随手翻翻他的记事本,从来没有人当一回事体的,那一日,威廉看了他的几首诗后,当时好像也没有说什么话,只是买了他几幅画,并请求把这几首诗送给他,林为奇想也没有想,就答应了。

过了一个月,威廉来信了,称他为"诗人",告诉他,他所在的学校正式邀请他去讲诗。

林为奇这辰光才知道自己的那几句破诗起了什么样的作用,他心里呜啦不出。出国,自然是桩开心事体,但不是因为他的画,而是因为他的诗,他未免有点失望,也有点发急了。他的诗是写写白相的,能讲得出什么学问,要讲绘画,他倒有一肚皮的货色。

英国方面很快通过大使馆为他办好了手续。林为奇到市公安局去办证的辰光,心里怦怦跳,当年,他就是在这里被上了手铐去吃官司的。尴尬的事体偏偏让他碰上了,当年专案组的老王,因为年纪大了,调到内保科来了,一见林为奇,老王马上笑起来:"哟,是你啊,来办证啊?"

林为奇心想,老王是不是认错人了,一时没有应答。

老王招呼林为奇坐下来,又说:"恭喜恭喜啊,我老早就听说你的画不错,想不到你还会写诗,外国人到底识货,可惜中国人不识货,我们当年专案组几个人一直议论你的,你是个人才……"

老王没有认错人,林为奇也不好再缄默了,连忙说:"瞎猫碰上死老鼠,碰得巧,额骨头高……"

大家笑起来。

来公安局之前的担心,怕政治上的污点对出国有影响的担心,现在全消除了,林为奇走出公安局那扇威严的大门时,深深地出了一口气。

他原想到老婆那里去报喜,但考虑了一下,还是直奔芮质冰那里去了。

芮夫人一个人坐在客厅里抹眼泪。

芮老两个月前中风,情况很不好,医生估计只能拖个把月,现在却已经过了两个月了。芮老中风后,不能说话,不能动弹,一日到底只是木然地看天花板。

"芮师母,"林为奇招呼芮夫人,"芮老怎么样?"

芮夫人揩干眼泪,说:"大概,大概,快了,快了……"

林为奇问:"人呢,怎么一个也不来,怎么……"

这一问,芮夫人又哭起来。"他们晓得老头子不来事了,可是一个也不过来看看,小五子去叫他们了。"

林为奇连忙走进芮质冰的卧室。

芮老盯着天花板的眼睛突然转动了一下,亮了起来。

林为奇不晓得这是不是回光返照,连忙奔过去。

芮老死死地盯着林为奇看,看了半天,突然开口了,但话语含糊不清,林为奇一个字也没有听出来。

他只有大幅度地点头。

芮质冰好像笑了一下,又说了什么,仍然一个字也听不见,只看见有两颗眼泪挂在老人眼角。

老人进入弥留状态了,林为奇紧紧握住芮老的手,这双手,曾经是那样神奇,那样出众,曾经使多少人钦佩不已,为之神往。可是现在,它渐渐地僵硬了。

芮文乐带了医生回来了。

芮夫人问他阿哥阿姐怎么不来。

芮文乐冷笑一声:"不急,下了班也来得及。"

"来不及了。"芮夫人指指床上的芮质冰。

医生马上过去检查。

芮文乐像木头人一样,立在那里一动不动。

医生忙了一阵,抬起头来,毫无表情地说:"他死了。"

屋里就像死一样沉寂,芮夫人的哭是没有眼泪的。

芮质冰就这样平平静静地去了,一句话也没有留下,谁也不晓得他走的辰光,带着一腔遗憾,还是带着满腔希望,或者什么也没有带走。

林为奇对芮文乐说,希望追悼会尽量早一点开,他要参加了芮老的追悼会再走。

芮文乐点点头,答应去同书画院的领导商量。

芮老的儿子媳妇女儿女婿,还有孙子孙女外甥孙外甥女,全部来了,书画院也来了不少人,和芮老临终时那种宁静的气氛相比,这辰光简直成了一座大戏院。

芮夫人像散了架似的瘫坐在椅子里,什么话也不讲,什么事也不管,任凭许多人在房间里川流不息。

文君第一桩事体就是问文乐:"爸爸最后说了什么?"

文乐冷冰冰地说:"当然说了,说了许多话,可惜你们都不在,没有听见。"

文君瞪了小兄弟一眼,转身到母亲那里去探听风声了。

开追悼会那一天,天气阴沉沉的,林为奇比规定时间早到了一个多钟头。

火葬场追悼厅里里外外轧满了治丧的人。据说,在高峰时期,追悼厅一天要开十几场几十场追悼会,一个连着一个,不得间断。

芮质冰追悼会之前,是一个孤身老太婆的追悼会,由居民委员会主任主持,来的大都是老人,几十个老人哭成一片,虽然音量不大,但却十分悲切。老人们控制不住了,一直到火化场的工作人员来催促,说早已超过时间了,才慢慢地散开了。

接下来就轮到芮质冰了。

芮质冰的追悼会,规格很高,市人大、市政协都有领导来参加。

来开追悼会的人,大多数人屋里有芮质冰的画,有的挂在客厅,有的收藏在箱柜里。许多人是行家,很识货,能够很准确地品评芮质冰的画,但恐怕很少有人真正理解芮老,作为一个完整人的芮质冰,而不仅仅是作为一个画家的芮质冰。

书画院领导在悼词中对芮质冰的评价很高。

在人们的心目中,留下了芮老德高望重的形象。

林为奇心里有一种说不出的感觉,对芮老的评价确实相当高,可是林为奇总觉得这个评价芮老倘是听得见,一定不会满意的。

最后是火仪。

似乎没有一个人忍心到那个小窗口去看一看芮老的躯体是怎样化为灰烬的。

林为奇却走过去看了,他亲眼看着芮老的肉体消失。

儿子捧着骨灰盒,女儿搀着母亲,芮家老老少少都在哭,没有一个是虚情假意的,他们毕竟都是他的亲骨肉。

闹哄哄的一场追悼会终于散了。

花圈和黑袖套是租用的,都收回去了。

林为奇一直呆呆地立在那里,好像没有发现参加芮质冰追悼会的人差不多都走了。

下一场追悼会又开始了,真像电影院里放电影,林为奇想。

死者是一位妙龄少女,遗容十分端庄秀美,林为奇真想把她画下来。

死者家属也给林为奇发了一只黑袖套,参加追悼会的人很多,家属也不一定会认得,但人多总是件好事。

林为奇于是又给一位少女送了葬。他恍惚听见这位少女死于癌症。

天终于黑下来了,火葬场的人很快散光了,没有人愿意天黑以后留在这个地方。林为奇也走了出来,火化场大门前有几棵大树,他走出来的辰光,看见几只喜鹊飞来了,停在树上喳喳地叫。

怎么会是喜鹊呢,喜鹊是吉祥之物。

为什么不应该是喜鹊呢,一个人孤零零地从这里起步,走向另一个世界,谁知道这意味着悲还是喜呢。

林为奇心里涌起一股奇怪的欲望，他想写诗了，这是从来没有过的，从前写诗，他常常是无意的。

他想起中国的一句老话：有心栽花花不发，无心插柳柳成荫。

我也许再也写不出什么诗来了，他想。

林为奇回到寒山寺弄自己的店里，离出国的日脚不远了，这几天他要抓紧时间处理一些事体。要盘他这爿店做生意的人不少，他刚回来，就有几个人跟了进来。

林为奇利用他们的迫切心情，把开价咬得死死的，一分不让。

林为奇的开价比一般行情高出百分之二十，几个买主嫌林为奇太辣手，正在权衡，突然，有人在门口大声喊："喂，你们不要争了。喂，林老板，照你开的价，我吃了！"

大家一看，都不敢相信，是个小毛丫头，邱小菊。邱小菊身边还立了一个人，是一个和邱小菊差不多年纪，但是比邱小菊矮小得多的小姑娘。

林为奇听邱小菊说要盘他的店，又奇怪，又有点顾虑。邱贵的蛮不讲理，是众所周知的，他虽然不是怕邱贵，但也决不想惹这个不幸的人。

邱小菊见林为奇愣在那里不响，催促他："咦，林老板，你怎么啦，舍不得啦，男子汉讲话要算数的啊，你自己开的价，我现在吃了，你想做缩头乌龟啦！"

林为奇勉强笑笑，说："啥人做缩头乌龟，你存心谈的，就好好谈……"

"你怎么晓得我不存心？"邱小菊咄咄逼人，同她阿姐邱小梅的性格截然相反。

"你，你阿爸，同意的？"林为奇小心翼翼地问。

邱小菊对她的同伴眨一眨眼睛,对林为奇说:"我自己的事体,为啥要他同意?"

林为奇不相信邱小菊和她身边那个小姑娘能拿出那么多钞票来。

也难怪林为奇不相信,恐怕没有一个人会相信,可是,这偏偏是事实。

邱小菊中学毕业后,分配到小菜场卖菜。开始几日,样样事体新鲜有趣,虽然吃力,但日脚倒蛮有劲的。日脚一长,新鲜感没有了,只有无休无止、没完没了的烦恼。邱小菊的脾气像邱贵,非常暴躁,只要顾客闲话中稍微有一点点不好听的意思,她就要同人家大吵一场,小菜场三日两头接到群众来信批评邱小菊。领导寻她谈谈心,她眼乌珠一翻,正好,你嫌我做得不像腔,我还不想做呢,你帮我调个工作,我拔腿就走。领导拿她没有办法,见了她也要避三分。

邱小菊同顾客关系紧张,在单位里人缘也不好。她一张尖嘴,看见张三揩公家的油,要骂张三不要面孔,看见李四工作积极,又要挖苦李四假老戏,弄得同事中不管是要求进步的,还是思想落后的,个个见了她讨厌。

后来,邱小菊总算也交了一个朋友。

她叫苏雯,和邱小菊同年生,也是那一年中学毕业的,分在一家饭店当炊事员,日日早上到小菜场买菜。

邱小菊每日看见苏雯歪歪扭扭地踏一部黄鱼车来买菜,搬菜搬得气吼吼的,看不过,丢下手里的生意去帮助她搬,惹得顾客骂山门。苏雯怕邱小菊影响工作,不要她帮忙,邱小菊却同那些骂山门的顾客对骂,骂得开心了,哈哈笑一阵,一定要弄得有人出来打圆场，求饶，才重新开始做生意。

邱小菊不光性格同阿姐邱小梅不大一样，长相也相差很大，邱小梅小巧玲珑，像娘，邱小菊人高马大，像爷。人大力不亏，有邱小菊帮了忙，苏雯轻松得多了，三来两往，两个小姑娘交上了朋友。

邱小菊礼拜的辰光，就到苏雯那里去吹牛，苏雯休息的日脚，就到邱小菊这里来白相。两个人都还没有轧男朋友，凑在一淘，总是发发牢骚，工作又吃力又龌龊，工资又低，奖金又少，样样不称心。

有一次苏雯讲起她们对面有一家私人开的小饭店，生意做得比她们国营大饭店兴隆得多，一日进账起码二十张大团结。

邱小菊眼热地说："我假使有钞票，我自己一定要开一爿店。"

苏雯却讲："就算有钞票，我也不敢自己开店的。"

可惜两个人都没有钞票。

有一日却时来运转了。

苏雯的一个远亲给她留下了一笔数以万计的遗产。

邱小菊很快就成为这笔巨款的真正主宰人，她说动苏雯去盘下林为奇的店。

所以，当林为奇对她表示不信任的辰光，她却理直气壮，就像这笔钱真是她的，而不是苏雯的。

林为奇问她："你们盘下这爿店，立得牢脚吗？你们想继续做书画工艺品买卖，还是想另开炉灶？"

邱小菊狡猾地一笑："这个用不着你关心了，对不对，林老板，我们作兴要做原子弹生意呢。"

苏雯立在旁边抿着嘴巴笑。

邱贵突然走了过来，凶狠狠地对邱小菊说："你做啥？你作死啊！"

邱小菊眉毛一挑："我不作死，我是作活，要活得快活一点，不像你……"

"你……闭嘴！"邱贵扬扬手，好像想敲邱小菊，可是手又软软地垂下去了。

邱小菊要辞职和苏雯合伙开店的事体，已经告诉过邱贵好几次，但她每次开口，邱贵总是骂一声："你敢！"女儿也总是立马回一句："就敢！"他总以为女儿是寻寻开心，存心气气他的。想不到女儿真的会去盘林为奇的店，邱贵一时倒没有办法了。这个女儿，硬的软的全不吃，自己想做的事体，是非做不可的。

邱小菊见老头子软了，更加得劲，回头对林为奇说："林老板，怎么样，敲定啦，有了店面，我们才可以去领执照的。"

林为奇瞥了一眼邱贵，皱皱眉头："小姑娘，急什么呀……"

"咦……"邱小菊声音又尖又脆，"怎么不急呢，现在做点事体，就是要抢时间吗，这一腔是啥辰光，你又不是不晓得，老虎打瞌睡辰光呀，不趁现在做，等老虎困醒了，一样也做不成，一个也逃不脱的……林老板，你讲对不对，你现在不是趁机混出去了吗……"

林为奇只有朝她笑。

邱贵又骂女儿："你这张嘴巴！我……我撕烂你！"

邱小菊又是笑又是叫："你不敢，你不敢，犯法的事体不敢做的……"

邱贵叹了口气，昏花的老眼里好像有点亮晶晶，他自言自语地说："不像，一点不像她阿姐，唉，还是小梅……"

邱小菊眼睛眨了一下，装作没有听见，对苏雯说："好了，我的大老板，拍板成交吧！"

苏雯点点头。

"慢……"邱贵拦住苏雯,他弄不过自己女儿,转过来想劝劝这个软弱胆小的小姑娘:"小姑娘,你不要跟了她胡乱闹,她其实不懂事体的,你听了她,事体全要泡汤的,弄到头,偷鸡不着蚀把米,哭也来不及。现在外头的人,全是啥等角色,你一个乳臭未干的小姑娘弄得过人家?"

苏雯平心静气地听邱贵讲,慢慢地,她笑眯眯地将话题扯到了不相干的地方:"老伯伯,我和小菊同年,今年刚满二十岁。"

邱贵一愣,心里突然一抖,一阵发冷,好像到这辰光才发现,他老了。

大家沉默了好一阵,邱贵突然对小菊说:"去叫邱荣来,去叫你阿叔来!"

一年多来,邱贵第一次对小菊称邱荣阿叔,小菊心里一喜,马上明白了。

邱小菊却没有寻到邱荣。

第 17 章

咖啡端上来的辰光,邱荣突然笑起来说:"你相信吗,我身边只有这两杯咖啡的钞票了。"

沈梦洁搅着咖啡里的方糖,平静地看着他,听他说。

高红走了,带走了所有的存款和现金,只留下一封信。

邱荣并没有很吃惊,好像是一桩等待已久的事体终于发生了。

他长长地深深地吐出一口烟。

沈梦洁也没有很震惊,邱荣打电话把她叫出来,约在这家咖啡厅见面,她就晓得出了什么事了。

她见过高红一次,凭着女人的敏感,她发现高红那美丽温柔的外表下掩盖的是一颗难以捉摸的心,她的眼睛里没有爱,是不是有恨,沈梦洁却不敢断言。

现在,所有的秘密都被一封长信揭开了。

高红曾经有过爱。她在大学读书的时候,有一个男朋友,她把一切给了他。后来他要自费出国,交给国外亲戚的部分保险金甚至连托福考试的报名费都是高红资助的。他考取了,和生活中以及许多小说电影里的情节相似,她被抛弃了。所不同的是,他性子太急,还没有拿到签证,就同她摊了牌。

高红什么话也没有说,以闪电般的速度和一个比她大将近二十岁的新近丧妻的干部结了婚。

高红给那个负心人发了请帖,他居然面不改色地来参加她的婚礼。高红彻底明白了,她立即结婚或永远单身,都引不起他的兴趣。

可是,当高红告诉他,她的丈夫是一个掌管出国图章的官员,他的面孔一下子发白了。

他难受了好一阵,终于迈着稳定的步子,向高红的丈夫走去。

高红失算了,她的丈夫是一个老奸巨猾、头脑清醒的人,高红在新婚之夜,提出她的要求,他一边和她亲热,一边拒绝了她。他心里很清楚,那个人倘是不出去,高红是不可能老老实实做他的妻子的。

高红接连遇上了两个浑蛋,她开始一门心思地想出国,她要逃离丈夫,报复他,她要去追寻那个男人,报复他。

她的丈夫却笑眯眯地对她说:"你想出去,真是嫁错了人,我怎么肯让我年轻漂亮的妻子扔下我投到外国人的怀里去呢。"

高红彻底失败了。

过了不多天,邱荣找到了她,也启发了她,使她相信了金钱可以办成一切,一条路走不通,可以换一条走走。邱荣这里是一个非官方的通向外面的最好的窗口。

她主动向邱荣进攻,并到处夸大其词地宣扬自己的丑闻。丈夫为了保全自己的面子和官职,被迫同意离婚,但临别还不忘"关照"她,叫她不要再妄想从他手里能滑出去。

她凭着自己得天独厚的条件——外语,外貌,书画店,不断和外国人接触，只要有一丝希望她也不会放过。

很快，她就结识了一些外国人，他们都向她保证，有办法不通过官方的卡口把她弄出去，其中有两个人的条件是，要她提供什么情报。她犹豫了很长时间，断了这条线，她很清楚，一旦上了这条船，是身不由己的，他们决不会让她马上出国的。另一个人要同她睡觉，她心甘情愿地接受了，可是那个浑蛋却溜之大吉了。

高红一次次地失败，又一次次地寻找希望。

机会终于来了。这一次她碰上了一个中国通，他居然有本事弄了一张伪造的出国护照。

她终于成功了。直到临走前一天，她还去学校上班，上了三节英语课，下班回来，她写了这封长信留给邱荣——一个自以为是的却被她当成跳板的男人。

"你想——做什么？"沈梦洁问。

"走。"邱荣说。

"去寻她？"

邱荣笑笑："不是寻她，是寻一块完全陌生的地方……我想出去混混。"

沈梦洁想了一下，问："你需要多少？"

邱荣看了她一眼，"噢"了一声："我不是来向你借钱的。"

沈梦洁有点尴尬。

邱荣却说："谢谢！"

如果说此时此刻他心里还残存一点点温情的话，那就是来自沈梦洁。高红带走了他的钱，也带走了他最后的希望。在给沈梦洁打电话之前，他在街上逛荡了很久，只觉得胸口翻出一股股恶气。他冷静下来反思了一阵，突然自嘲地一笑。不能说是高红骗了她，而是他诱惑了她,说不定正是他把她引向这条路的。他卖了别人,又被别人卖了。他猛地想起了沈梦洁,他也曾诱惑了她,他突然感到一阵内疚,他想起第一次见到沈梦洁时,她的自信,她的活力,她的闪闪发亮的眼睛,可是,后来,她好像越来越沉重了。

他忍不住打了电话约她出来。

果然看得出她生活得很沉重,但她的那五个平平淡淡不包含任何感情色彩的字"你需要多少"却使他内心震动了一下。

邱荣觉得胸口有点发慌,连忙别过面孔看着其他地方。

沈梦洁不晓得他在想什么,问:"那么你叫我来……"

"是的,"邱荣一下子回过头来,盯住她,"就是为了来告诉你,这还不够吗?"

沈梦洁没有在乎邱荣一下子变得恶狠狠的口气,停了一会儿,说:"哦,对了,顺便告诉你一下,小菊到处寻你呢。"

邱荣晓得沈梦洁有意在帮他岔开思绪,但听到小菊的名字,他还是心有所动的。

"小菊有什么事?"

"是你阿哥,邱贵,叫她来寻你的……"

邱荣眯起眼睛,摇了摇头。

"小菊和别人合伙开店,盘了林为奇的门面,邱贵也不想阻挡她了,他大概想请你……"

"请我,"邱荣阴森森地说,"请我再去害他的小女儿?"

沈梦洁不再说什么了。

邱荣站起来,说:"你帮我转告他们,我要走了,他们不会再见到我了。"

沈梦洁担心地看着他。

"你用不着这样看我,你以后要是有机会游长城,你会在八达岭看见我的店。"

沈梦洁"哦"了一声,她以为高红的事把他打垮了,现在才发现,他没有失去过去的那种气势,她松了一口气。

他们在咖啡厅门口分了手。

邱荣又在外面转了很久,才回家去。

房门虚掩着,邱荣心里一跳,推开门一看,他惊呆了。

高红坐在那里,像个木头人,两只眼睛定定地盯着墙壁。

邱荣立着不动,不晓得过了多少辰光,邱荣突然怪里怪气地一笑:"你怎么又回来了,良心发现了?"

高红慢慢地说:"只不过是一念之差,一步之遥,我已经坐在虹桥机场的候机室了,旁边有个人问了我一句'你到外面去干什么',我突然吓了一跳,我根本没有目的,我不晓得我去干什么,我突然发现自己像个白痴,脑子里空空荡荡,我突然醒了,这些年来的追求,现在所达到的目的,好像全是一场空……"

邱荣歪了一下嘴巴,好像在笑,又好像要说什么。

高红不让他说,急急忙忙往下讲:"我突然想到,当我出现在他面前,他恐怕根本就不记得我了,我一下子浑身发软,最后的一点力气也没有了。"

邱荣死死地盯住高红的眼睛,高红却避开了。

"你不会相信我的,我可以再给你另外一个答案——我又被骗了。约好在机场碰面的,结果他没有来,所有的证件全在他那里,我又上当了……这个答案,你相信了吧,你满意了吧……"

"你要怎么办?"邱荣冷冰冰地问。

高红拿出她带走的存折和现金,放在桌上凄然一笑说:"我也不晓得怎么办。"

邱荣盯了高红一会儿,突然冲动地抓住高红的手:"你,跟我走!"

高红也看了他一会儿,终于点了点头。

敲门声惊动了他们。

邱荣去开了门,是邱小菊。

"哈,沈老板的消息到底灵,她告诉我你在屋里,我就奔过来了。啊哈,果真……哎,阿叔,还有婶娘,跟我回去吧,我阿爸在屋里等你们呢!你晓得为啥,我自己要开店了。你还不晓得吧,阿爸想叫你来做我的参谋呢。你猜我们店叫什么名字——民间工艺实业公司,不是我想出来的,是苏雯的一个朋友,学美术的大学生。噢,苏雯你不晓得吧,我的小姐妹,钞票是她的,她是大老板,我是二老板。哟,阿叔,你不要看不起我们,什么事体不是学起来的……"

邱荣说不出话来。比较起来,两个侄女儿他当然更喜欢小梅。小菊这样疯头疯脑,瞎七搭八,肯定是要拆烂污①的。

"好吧,"他对小菊说,"我马上去一趟。"

小菊又看了一眼高红。

高红坐着不动,面孔上毫无表情。

邱荣出门的那一刻,高红突然指指桌子上的存折和钱:"你不怕我再走?"

邱荣对她说:"我以前从来不相信命,现在我开始相信了。"

邱荣回到寒山寺弄,天已经黑了。在离家不远的地方,他看见唐少泽和凌丽,小夫妻亲亲热热地挽着手臂。

---

① 拆烂污:做事马虎,不负责任。

凌丽显得特别温顺，男人出了事体，她倒变乖了，再也不作骨头，不摆干部子女的派头了。这种女人，是有点贱。

邱荣赶上去，喊了一声："小唐。"

唐少泽和凌丽同时回头，笑着说："哟，长远不见了，到哪里去大发了？"

邱荣刚想问问唐少泽的情况，凌丽已经抢先讲了："他马上要调出来了，已经在办手续了……"

邱荣"嗯"了一声。

唐少泽不自在地说："在哪里不是一样过。"

凌丽说："那是不一样的，你的外语水平，放在学校里可惜的。你的同事也讲的，又不是我吹牛……"

"还回旅游局？"

"旅游局不去，那种地方没有花头的，出国机会太少，这一次他去外贸局。"

唐少泽皱皱眉头，对凌丽说："你先回去，我马上来。"

凌丽服服帖帖地"噢"了一声，先走了。

唐少泽告诉邱荣，张宏元旦前要回来了。从明年开始，恐怕要作为公司常驻中国的代表，要住回苏州来。

邱荣淡漠地说："他要回来了，我倒是要走了……"

唐少泽想问邱荣要到什么地方去，但是看他的面色，什么也没有问。

邱荣走进了林为奇的店。

林为奇已经走了，属于他的一切也都没有了。邱荣发现店里堆了许多零碎绒布呢子布料，还有一些杂乱的草垫子。

三个小青年一起迎了出来。

邱小菊神气活现地说:"来,介绍一下,这是我阿叔,人称老枪。你们有数脉了吧,老枪,做生意,嘿嘿,一只顶。这是——苏雯,老板;他,小李,大学生……"

那两个年轻人谦恭地对邱荣笑。

邱荣指指屋里乱七八糟的破烂:"这是做什么?"

小菊得意地一笑,从抽屉里拿出几本杂志,全是介绍民间工艺壁饰的,又从里边捧出来几件实物。

"这些,全是小李自己设计,我们自己制作的,你看怎么样?"

小菊随手拿起一块挂在墙上。

用几色绒布剪出几块象征性的构图,用胶水贴在硬的发泡塑料上,往墙上挂,产生了意想不到的艺术效果。

小菊又显示了一件。这一件原材料更简单,一把枯藤草,编成一个花环形的物体,又用红布和黄布做了两只变形的鸟,随意插在花杯上,就变成了一件很雅致的工艺品。

邱荣不由看看几个年轻人。

"你们,想自己动手做,然后出卖?"

小菊眨眨眼睛:"你说的,这算什么生意,能赚几个钱,我不是告诉你我们这里不是小店,是公司嘛,我们已经接了几批业务了,人家大商店大单位很欢迎这种东西,不光外国人喜欢,中国人也很热门……"

"你们怎么生产?"

"啊哈,村办厂,这也是小李出的点子,那些乡下女人手巧得不得了呢,又快又好,手工费也好商量的……"

邱荣不由得认真起来。

"我想……"小李谦虚地说,"我们这个店面也出售一点零货,但主要目的是办成一个信息窗,从各地的游客,特别是外国人那里得到信息……"

小菊又插说:"用不了多长辰光,我们的公司,嘿嘿,你看吧……喂,苏老板,你讲呢……"

苏雯抿着嘴巴笑。

邱荣不由自主地点点头,突然,他发现邱贵也站在门口,不声不响地看着他们,也不晓得站了多少辰光了。

邱荣犹豫了一下,叫了一声:"阿哥。"

邱贵含含糊糊地应了一声,又含含糊糊地说:"你来啦,吃饭吧——"

邱荣发现邱贵的眼睛更加昏暗,他叹了一口气,老了,邱贵老了,他自己也老了……

小菊拍着手说:"哎哎,讲好了啊,你做我们的顾问啊,我们正式的啊,发聘书的,有报酬的啊……"

邱荣苦笑了一声:"顾问,我现在连自己也顾不上了……"

小菊横扫了邱贵一眼,说:"不来事的,不来事的,你不帮我们,他要搅我们的……"

邱荣看看邱贵。

邱贵不表态,自顾自抽烟。

邱小菊眼乌珠一转,说:"先吃饭,先吃饭,今朝的夜饭是苏雯安排的。生意经小李设计,苏雯擅长烹饪,我这个人嘛,一样本事没有,独出一张嘴,哈哈哈……"

夜饭间小菊再也没有提顾问什么的事,这个小姑娘,看上去是个马大哈,实际上还是蛮有心计的。

吃过夜饭,小菊把邱荣拉到一边,说:"阿叔,你帮帮我们吧,你看得出的,我阿爸不放心我们,你肯插一手,他就放心了……你怎么样,你真的不肯?你不肯,我去寻沈老板啦,我叫沈老板来劝你……"小菊狡猾地一笑,"沈老板的话你就肯听了……"

邱荣有点恼怒,不晓得该说什么。

小菊简直没大没小:"你也用不着难为情,你对沈老板那个,大家晓得的,不然为啥别人要租'寒山屋'你不肯,沈老板一来开口你就点头。还有,你要是和沈老板不搭界,婶娘为啥一直不开心,为啥小人也不养,嗯?"

邱荣盯牢小菊翕动的嘴巴,恨不得刮她一个耳光,可是他一动也没动。

"不过么闲话讲回来,沈老板人是不错的,上路的,人家全讲阿叔你有眼光的……"

邱荣一言不发,突然转过身,走了出去。

小菊莫名其妙地叫起来:"哎,哎,你不要走,我还没有讲好呢……"

苏雯和小李追出来问:"什么事体?为啥走了?你讲了什么?他动气了?"

小菊翻翻眼睛。

邱贵一边自顾自抽烟,木痴木觉地看着这几个年轻人。

邱荣说不出好气还是好笑,走了出来。

沈梦洁正在"寒山屋"门口站着,不晓得为什么邱荣觉得她在等他,他想起小菊的话,心里不由有点乱。

沈梦洁确实在等邱荣。

和邱荣在咖啡厅分手回到"寒山屋",邮递员送来一封挂号信,她拆开来一看,不由大吃一惊,是一份迟发了一年多的招聘通知书。

原来,她在租"寒山屋"干个体户之前,为寻工作四处奔走时,曾去参加过一家新开的大酒店的招聘考试。

当时的招聘对象有两类,一类是管理人员,一类是服务性人员。她考的是管理人员项目。她的成绩是名列前茅的,可是却没有录用她。她不服气,找上门去,人家说管理人员已满,她如愿意转服务类,马上可以发聘书,试用一年,转正。沈梦洁断然拒绝了。

最近,这家宾馆大换班,新上任的经理把前任开后门招进来的人员全部辞退了,根据前次招考的成绩,重新进人,于是沈梦洁一张迟发了一年多的招聘通知发出来了。

周川极力主张沈梦洁马上去报到,他说沈梦洁用不了多久,就会成为这家三星级宾馆的副经理,比她干个体户书画店更有前途。

沈梦洁被他说动了。

可是,她和邱荣签的租赁房合同是三年。更何况,她对"寒山屋"已经有了很深的感情,她走了,"寒山屋"怎么办,另易其主?邱荣会收了自己回来吗,不会的,他说他要走了,这是真的。

邱荣走上前一步,没头没脑地对沈梦洁说:"天方夜谭,她回来了。"

直到说这句话的时候,邱荣才真正发现,他一点也不爱高红,大概从来没有爱过,他仍然愿意和她一起过,只不过是出于一种怜悯和对爱情的失望。

沈梦洁不动声色地点点头,别人不可思议不能理解的事,她都可以容纳。等了一会儿,邱荣看上去不想再说什么了,沈梦洁才犹豫不决地说:

"'寒山屋',恐怕要换人了!"

邱荣愣了一下:"你,你要走?"

沈梦洁把招聘的事讲了，说："我不想放弃。"

"当然，那里才是你的去处，许多人赚了一笔钱就从我们这个队伍里逃出去了，这恐怕是上策——"邱荣凄凉地说，"'寒山屋'要关门了——"

"寒山屋"还可以租出去，"寒山屋"仍然会很兴旺的，"寒山屋"永远是这地方的第一家。可是，有一些东西却不复存在了，沈梦洁和邱荣都感觉到了，他们有许多相通的地方，所以，很容易想到一起去。

邱荣突然很烦躁地说："你要是决定了，就早点告诉我，我……"他没有说完，丢开沈梦洁一个人走了。

沈梦洁也很烦，却说不出名堂，大概也和邱荣一样，有一种无名的东西在弄送人。

小陈请假回去看父母了，沈梦洁守在店里过夜。天已很晚又很冷，不会有什么生意了，她关了门，心神不定地拿过一本通俗小说看了起来。

外面起了北风，风刮打着后窗，发出啪啪的声响，沈梦洁总以为有人在敲后窗的玻璃，她有点害怕，想跑回去睡，可是却有一股力量在阻挡她，不让她回去。

"啪啪。"这一次听得很分明，确实有人在敲后窗，决不是风。

"谁？啥人？"

沈梦洁大声问，想让后面天井里的人听见她的声音，后窗通在天井里，有什么动静，里面几家总会先听见的。

"啪啪！"

又是敲击声，不轻不重。

沈梦洁突然有点紧张，会不会是邱荣？她不怕鬼，却怕人，最怕的是邱荣。如果是邱荣,她就不能大喊大叫,她也不能……

她压低了声音问:"是谁?"

仍然没有回音。

沈梦洁强迫自己进入小说的情节,女主人公是个女继承人,掌握着家族传下来的一个跨国跨洲的辛迪加公司,自己却没有养尊处优,除了处理公司的事务,还在公司下属的一家普通旅馆做领班。后来她终于发现自己其实更适合做一个旅馆的领班,于是放弃了董事长的位置。

沈梦洁想到了自己要去工作的地方,她突然感到一阵悲哀,她发现自己对那个新的生活居然毫无兴趣,毫无信心,毫无把握。

我的自信呢?我的活力呢?我的理想呢?我的热情呢?沈梦洁很陌生地想到这些空洞的虚幻的名词。

"啪啪。"

又是敲击声,不是风。

沈梦洁想了一会儿,沉着地穿过店堂,开了前门,想转到后面天井里去看看,却发现门前不远处有一个人影子往前走了。

是个和尚,穿着袈裟,看不出年纪,但从轻捷的步子看,是个年纪轻的。沈梦洁正想笑,回身看见杨关站在门口。

"你……做什么?"沈梦洁吃惊地问。

杨关反问:"你做什么?"

沈梦洁说:"我关门。"

杨关说:"我送送人,小和尚无聊,夜里溜出来到我屋里来吹牛。"

沈梦洁看看杨关,又朝后面黑乎乎的天井看看,没有说什么,她把店门反锁上,回屋里去睡觉了。

第 18 章

钱老老失踪了。其实钱老老也可能没有失踪,只是大家突然想起来,怎么好几日不见钱老老出来晒太阳了,去敲敲门,不开。从窗里探进去看,屋里空空荡荡,静悄悄,没有人声,也没有人气。

大孃孃顶急了,老人关心老人,这是自然的。

郭小二要去报告公安局,被大孃孃"呸"了一声,说他触钱老老霉头。

又过了几日,还是不见钱老老回来,于是关于钱老老的传说就更多了。有人看见钱老老在火车站买到去北京的火车票,有人讲钱老老进寒山寺做和尚了,他从前是做过和尚的。大家看见小和尚出来,就盯牢了问,叫他把钱老老还出来,小和尚贼兮兮地念两声"阿弥陀佛",便走开了……

后来终于有人懂点法,去报告了派出所。派出所来了几个警察,一本正经地察看现场,忙了半天,一句着实的话也没有留下来,走了,说是要去立案侦查。

警察立案立了好久,也没有弄到钱老老一点消息。

大家心里好像越来越相信钱老老出事体了,豁边了,一有空闲就聚在一堆讲钱老老的事体,越讲越紧张。

又过了一阵,仍然不见动静,大家讲得厌气,就再也不讲钱老老了。

再过一阵,不少人就不再去想钱老老了,钱老老已经不属于这里了,他已经从这地方消失了。

只有大孃孃和郭小二几个人还在等钱老老,还在想着有一日钱老老会突然出现的。

沈梦洁心里也有这样的预感,钱老老会回来的,好像一直有一个声音在告诉她。

过了冬至夜,到了阳历年底,天寒地冻,钱老老还是没有回来,大孃孃终于绝望了。

"沈老板,你讲钱老老是不是豁边了,我讲肯定是豁边了,你讲呢?"大孃孃沉不住气了,一大清早就盯牢沈梦洁,好像沈梦洁会有明确的答案给她。

沈梦洁摇摇头,她心里的那个预感也越来越不牢靠了。

"唉,老头子,"大孃孃缩着头颈,无精打采地打哈欠,"前世作孽噢,老头子,不晓得……"她好像想到什么可怕的情景,浑身一抖。

沈梦洁心神不定,没有注意大孃孃的神态。

大孃孃也不一定要沈梦洁听,只是自言自语地讲:"开了年,更加没有劲了,你又要走了。唉唉,到底,人家讲,有脚路的人,都吃不长这碗饭水的,早点晚点要跳槽的,这碗饭水到底不牢靠的。林老板走了,李江也跳出去了,还有杨家里的小鬼头,沈老板算是这里一只顶了,到底也要走的,我倒弄不明白沈老板你为啥额骨头①这么

---

① 额骨头:亦做"额角头",意为命运、运气好。

高……"

沈梦洁并没有听清大孃孃在讲什么,她又看见铃木宏从寒山寺出来,又是那个老和尚送他。铃木宏这次回来,几乎每天进寺去,据他自己讲,是去听慧远大师讲课,他对佛教产生了很浓的兴趣。

沈梦洁盯着他们看,突然她发现老和尚很像钱老老,人的架势,走路的姿态,说话的腔调,几乎和钱老老一脱一样,她不由脱口而出:"啊呀,钱老老……"

大孃孃停止了自言自语,急急忙忙地问:"啥人?啥人?"她顺着沈梦洁的目光看过去,马上泄了气:"哎哟,老和尚……"

沈梦洁也叹了一口气。

"哎……"大孃孃看见铃木宏,突然有了谈兴:"哎,沈老板,你晓得那个假东洋回来做啥?我听人家讲,他要来同和尚横向联营,帮和尚办公司呢,嘻嘻,和尚办公司,滑稽事体,现在这爿世界上,滑稽事体太多了……"

"大概是吧。"沈梦洁答非所问地应了一句。

大孃孃盯住沈梦洁呆看了一歇,说:"沈老板,你是不一样了,同从前不大一样了,怪不得昨日假东洋讲你变了,我想想是不错,你从前往店门口一立,哎哟,光鲜鲜的,一开口,说得男人家骨头发酥呢。你现在怎么不肯开口了,煨灶猫兮兮的,我真弄不明白,你现在还有啥不称心呢……"

沈梦洁是没有什么不称心的,她可以说是万事如意,不少人认为最好的办法就是趁这几年共产党打瞌盹的辰光,先假个体户捞一票,然后想办法买一个公职,过太平日脚,享享福。现在沈梦洁已经捞了一票,何况好工作又送上门来了,她完全应该振奋精神去投入新的生活,却总提不起精神来,是留恋现在的生活,还是其他什么原因,她自己也讲不清。

邱荣来找过她。她以为他要谈收回"寒山屋"的事,可是邱荣却只字不提,也不问她决定何如,好像他根本不晓得她要走了。

他只告诉她一个消息,市里有一家集体性质的时装百货公司,有一个门市部由于严重亏损,主管部门决定公开招标,任何人都可以投标,包括个体业主。这家门市部,营业面积二百平方米,现有固定资产三十万,职工二十人,中标人大约要投入二十万流动资金,门市部就可以周转运行了。

他什么都摸透了,真是个生意人。沈梦洁想,她还在等他的下文。可是邱荣却没有再说什么,既不问沈梦洁有没有兴趣,也不讲他自己是不是有什么动向。

他坐了一刻钟就走了,这几天再也没有来过。

沈梦洁记得很清爽,邱荣说公开招标的日脚是元旦,1月1日。

新雅酒家的报到限期也是这个日脚。

明天,就是元旦了。

铃木宏走过来笑着说:"今天夜里你的生意要兴隆了。"

沈梦洁淡淡一笑,说:"不晓得会不会落雪,天气……"

"落雪更有情趣。"铃木宏说。

大孃孃看了他一眼:"冻煞人,情趣呢,只有外国人吃冻……"

"听他们说,今年人数超过往年,大约有去年的三倍,龙船也准备了……"铃木宏看看沈梦洁的反应,发现她心思很不集中,他收住了话头。

"怪不得公安局一大早就来了……"沈梦洁看看寒山寺的大门,

"去年不许中国人进,拦在枫桥镇外面,那批大学生气煞了⋯⋯"

"哼哼!"大孃孃白了一眼铃木宏:"不许中国人进,没有道理的,中国人的地方,不许中国人进来,什么名堂?我是老了,轧不动了,没有办法,要不然我偏要轧进去,看他们敢把我怎么样⋯⋯现在这帮人,只会拍外国人马屁,不像腔,不像腔。当年东洋人打中国人全忘记了,为啥?东洋人袋袋里有钞票嘛。公安局,还有什么安全局,人来了不少,全是对付自己人⋯⋯"

铃木宏有点尴尬,岔开去,同沈梦洁说:"你店里有点什么新花样,准备点什么好货色,今天的生意⋯⋯"

大孃孃突然打断铃木宏的话,插上去说:"其实,沈老板,你不走也蛮好的,管他呢,现在的人,捞一票是一票,你想想看,你这里一关门,白白地要少进账多少。你过去做,工资肯定不会大的,对不对;奖金也不及这里一个零头呢,你讲是不是⋯⋯"

铃木宏听大孃孃没头没脑地哇啦哇啦,莫名其妙,问沈梦洁:"她说什么?"

沈梦洁笑笑不答。

大孃孃迫不及待地告诉铃木宏:"要关门了,'寒山寺'要关门了。你看看,这样好的市口,这样好的风头,唉,我实在是穷得清汤清水,我假使有钞票,我就租下来,做了一世穷人,也做几日老板尝尝滋味,嘻嘻⋯⋯"

铃木宏对老太婆不感兴趣,沈梦洁现在变得很少开口,但他觉得她的魅力好像更大了。

"你做什么?"铃木宏好像有点惆怅,"你要做什么?"

沈梦洁刚要说什么,大孃孃又抢过来:"沈老板要走了,其实也走不远,喏,那边,新开的,大宾馆,要招她去做经理⋯⋯"

沈梦洁哭笑不得,又不好小里小气地解释,只好咧咧嘴。

铃木宏惊讶地看着沈梦洁。

沈梦洁突然问他:"你说呢,你说……"

铃木宏心里一动,他突然发现沈梦洁表面平静,内心却很混乱,而三年前他来的时候,她给人的感觉是表面混乱,内心却很平静。共产党的政策像月亮,初一、十五不一样,中国老百姓,以及和中国做生意的外商恐怕都知道这句民谣。他能够理解她,却不大好帮她出主意。

"也好,"铃木宏吞吞吐吐地说,"也好……"

沈梦洁"扑哧"一笑,又有了些从前的活泼。

下午,天果真下起雪来,入冬以来第一场雪,下得很威风,下了一会儿,地上、树上、屋上全白了。

尽管雪花飞舞,仍然有一车子一车子的日本人来,停车场已经轧得实实足足了。大孃孃奔来奔去,滑了一跤跟头,跌了一身的雪,引得这边一排店里的人捧腹大笑。

日本人下车,转一圈,很少有人到这边来买东西,大都跟了导游翻译进了宾馆。

对面"吴中宝"的黑皮嘴巴里啰里吧唆在骂人,说现在那几家大宾馆也精了,什么寒山宾馆,新雅酒家,吴都宾馆,一家比一家卖力,组织什么活动,把外宾吸引在宾馆里,叫外国人到他们小卖部买物事,抢了个体户的生意。

骚妹妹现在举止文雅多了,她已经取得了老板娘的合法地位,春节就要做新娘娘,自然不能再野头野脑了,听黑皮骂人,她在边上只是笑。

大孃孃忙了一阵,跑过来,掸掸身上的雪,冻得跺脚搓手,沈梦洁把手里的热水袋递给她捂捂。

"日本人,真是,日本人……"大孃孃一边跺脚,一边说:"真是钞票多得无处去,冻煞人的日脚,悬空八只脚跑到这边来作死,老和尚敲钟有啥好听……"

黑皮寻开心:"听老和尚敲钟长寿命的,听108响,活108岁呢……"

"去去,108岁呢,千年不死老乌龟呢,人活得太长没劲的,你们不相信,我刚刚到六十岁,已经没有什么劲头,一日一日混日脚罢了……"

"你拿自己比别人呀,人家日本人有钞票,就有劲道,你试试看,你银行里有个三万五万,你就不讲没有劲道了……"骚妹妹说。

大孃孃朝她翻翻眼睛:"你懂点啥,我看就不见得,你们就是有钞票的人嘛,你看你们黑皮有没有劲,小老头兮兮的,我看他也没有什么劲,一日到夜骂山门,不开心,不称心,火气大得不得了。还有沈老板嗒,从前刚刚来开'寒山屋'那一阵,有说有笑,有劲头。现在发了,反倒闷声不响了,你说是不是?"

沈梦洁听了大孃孃的话,心里有一种说不出的滋味。

邱荣曾经多次讲述过创造财富就创造了一切的观点,她也正是在这种观念的支持下,才跑到这里来开办"寒山屋"的。可是周川却认为,她虽然嘴上承认个体户的价值,承认创造财富的价值,但在她内心深处始终没有承认这一点,所以她必须选择新雅酒家,而放弃"寒山屋",只有这样,她的灵魂才又能安静下来。

沈梦洁却不愿意承认这个事实,她一拖再拖,一直没有到新雅酒家去报到。可是,明天是最后一日了,过了这个限期,就算是自动放弃了。她突然有点怨恨邱荣,虽然过去她一直是很感激他的,可他为什么那天早晨要跑来告诉她招标的事体呢？她原本是想在那一天去报到的，可是邱荣来过以后，她的心又乱了，她是不会去投标的，她也没有那么多钱投进去做流动资金，但这件事却使她重新又看到了一点什么，是希望，是光明的前途，还是一种什么好的兆头，反正她感觉到了。

她又摇摇摆摆地过了几日，这几日日脚太快了。现在，只剩下最后一天了，她必须在这一天做出最后决定。她不能再犹豫、再摇摆了。

突然她看见邱荣和铃木宏一起走了过来。

大家一时好像没有什么话说，沉默着。过了一会儿，邱荣才对沈梦洁说："我来和你告别，明天走。"

"明天？"沈梦洁猝不及防，"明天，元旦。"

"元旦，新年第一天嘛。"邱荣转向铃木宏，拍拍他的肩，"要是到北京来，到八达岭来……"

铃木宏只是点点头，什么话也说不出来。

"怎么，这么急？"沈梦洁好像还很不甘心，"怎么说走就走了？"

"其实已经好长时间了，所有的准备工作一个月前就做好了，那边的合伙人等得要骂人了……"

"那，这'寒山屋'，我……怎么去？"沈梦洁说，他们还没有正式谈过归还"寒山屋"的事呢。

邱荣很轻松地说："不是订了三年合同吗，还早呢……我现在又不想和你打官司……"

沈梦洁晓得他故意回避，他是希望她继续留在"寒山屋"。

"这三年里，'寒山屋'是归属于你的，你愿意怎样就怎样，你可以再租出去嘛,当然,也可以继续……"

沈梦洁摇摇头。

大家又不作声,邱荣朝邱小菊店那边指指:"他们,怎么样?"

沈梦洁说:"一直没有开门,不晓得在忙什么。"

邱荣出了一口气,看不出他是担忧还是欣慰。

"你……"沈梦洁犹豫了半天,终于说:"那个公司招标,你不去……"

邱荣看着她,一字一顿地说:"那个,应该留给你的……"

沈梦洁想说,你寻开心,你明明晓得,我要走了,可是她没有说出来。

后来邱荣和铃木宏一起进天井去看唐少泽,沈梦洁听见铃木宏对邱荣说:"夜里聚一聚好吧,到我那里,还有小唐……"

沈梦洁没有听见邱荣的回声。

大孃孃还在同黑皮他们吹牛,说得更加放肆:"今年不晓得会出啥花样经,去年你们还记得吧,嘻嘻,108记钟声响过,少了十几个日本人,嘻嘻,啥地方去了,钻错了被窝头了,钻到书画店里去了……公安局啦,安全局,啦急煞了,可是啥人也不肯去敲门,你推我,我推你。"大孃孃眼睛朝沈梦洁店里一溜又朝黑皮店里一溜。

骚妹妹"扑哧"笑了。

"你笑啥?"大孃孃不怀好意地盯牢骚妹妹的肚皮,"我听说你的门也被人家敲的……"

"放屁!"黑皮唾沫直喷,"你这个老太婆,一把年纪了,一张嘴,嘴哼哼,你嘴巴清爽点啊!"

"咦,"大孃孃翻翻白眼,"又不是我讲出来的,我也是听人家讲的,我半夜里老早困着了,啥人晓得你们去做啥好事体呢,哼哼,关我屁事呢……"

沈梦洁不由苦笑了一下,去年阳历除夕后半夜,"寒山屋"的门也被敲开了,说是查对户口,那几个小子的眼睛到处转,恨不得掀开被头,掀开床板来看。

黑皮拉了一把骚妹妹,两个人一起缩进店里,不晓得是心虚,还是不想同大孃孃拌嘴巴。

大孃孃无趣,看看沈梦洁也没有谈兴,叹了一口气,也走开了。

沈梦洁呆呆地望着门前白茫茫的世界,觉得自己孤零零的。周川带了小人到乡下去了,有个亲戚元旦结婚,派了两个人租了一部出租车把周川接回去,现在乡下人派头也大起来了。

周川没有主动提出叫沈梦洁一道去,沈梦洁也同样没有主动提出自己要一道去,就这样,周川走了,小人也带走了,沈梦洁一个人守在"寒山屋",辞旧迎新。

唐少泽和凌丽送铃木宏和邱荣出来,凌丽依在唐少泽身边,好像怕别人把唐少泽拉走。

唐少泽面露难色地对邱荣和铃木宏说:"夜里,怎么办,你们……我们……"

凌丽拉住唐少泽对他们说:"夜里我们要回去向我爸爸妈妈一起吃夜饭,讲好的……"

邱荣和铃木宏对视了一眼。

唐少泽很尴尬地看着大家,面孔有点红。凌丽挽起他的手臂,说:"走吧,差不多了……"

凌丽挽着唐少泽的手臂从沈梦洁面前走过的辰光,特意回头对沈梦洁一笑,这一笑里含着多少意思,她自己晓得,沈梦洁心里也很清爽。

铃木宏问邱荣:"你……怎么办?"

邱荣说:"走,我们走。"

铃木宏回头招呼沈梦洁:"你去不去,一起热闹热闹……"

邱荣好像暗暗地期待什么。

沈梦洁僵了很长时间,最后还是摇了摇头。

铃木宏失望地看着她。

邱荣好像又暗暗地松了一口气。

沈梦洁目送他们朝寒山宾馆走去,雪地里留下两行乱七八糟的脚印。她突然想起高红,邱荣怎么……是的,她心里明白,邱荣和高红终究是走不到一起的。尽管高红没有出去,也没有拿走邱荣的钱,但高红和邱荣是不可能……高红早晚会走出去,也许她已经走了,去寻找她自己的位置。

邱荣和铃木宏的背影很快消失了。

沈梦洁眼前一片白茫茫,雪还在下,也没有马上停止的迹象,也许会下到明天,明天,也就是明年了。

天慢慢地暗下来,来听钟声的日本客人此刻大概都在宾馆的高级餐厅里,要到酒足饭饱,他们才会出来。

突然,在白茫茫寂静的雪野中,传来一阵喧闹声,从雪白的江村桥上,走下来一群年轻人,都佩着校徽,是一群大学生。他们在那边空地上停了下来,围着一处叽叽喳喳,指指戳戳,有两个人朝这边走过来,走到寒山寺弄一号门口,对着天井里面大声喊:"喂,邱小菊!"

邱小菊在里面大声应:"哎,来啦!"

邱小菊奔出来,满面春色,对着那边的一大群人喊:"喂,来吧,全堆在这边天井里!"

男男女女的大学生奔过来,跑进一号天井,抱出一堆一堆的木柴,很快,在雪地中央他们扫出一块空地,空地上堆满木柴。等到天完全黑下来,他们点燃了干柴,顿时火光熊熊,照亮了半边天,年轻人在火堆四周跳起了迪斯科、霹雳舞。

沈梦洁站在自己店里,看着他们尽情快活,看着那堆火,心里也很激动。

守夜听钟声的日本客人越聚越多,有的人也情不自禁地扭了起来。有几个警察走过来,看看这场景,也不知怎么办才好。

日本人一批一批地进入寒山寺去了,火堆前大学生们还在跳,游客都被吸引过去了。这边书画店少做了不少生意,有的店老板在骂人,有的却兴致勃勃地看着。

终于第一声钟声响了。

"当——"

洪亮的钟声在黑夜里回荡了许久,然后又是第二声。

"当——"

围着火堆的人都拥向寒山寺。

没有人再往火堆上添木柴,火堆慢慢地熄灭着。

在钟声里,各家书画店纷纷关门歇生意了。

沈梦洁看着那堆渐渐熄灭的火,她在等待着最后一下钟声。

那就是明天了。